I MAGNIFICI MAYER

Carla Tommasone

CARLA TOMMASONE

Le Onde del Cuore

ROMANZO

Prima edizione febbraio 2020
Grafica Carla Tommasone
Sito internet dell'Autrice **www.arteiamo.it**
E-mail carla.tommasone@hotmail.it
L'immagine di copertina è tratta da una foto di Carla Tommasone

LE ONDE DEL CUORE

La saga della potente famiglia Mayer continua.

Dopo Stefano, il maggiore dei cugini Mayer e sua moglie Ilaria in **UNA FIDANZATA SU MISURA**, Manuel e Kelly in **IL BACIO DEL GATTO**, Daniel e Giada in **LA DONNA DEL BUIO** e Giulio e Vivian in **UNA VITA A SCELTA** è il turno di Rebecca con **LE ONDE DEL CUORE**.

Sta a lei trovare l'amore, costruire un rapporto saldo e duraturo, piantare le basi per una relazione soddisfacente e appagante che le riempia la vita.

Sarà l'affascinante Alexander Jenko a colmare le lacune?

Rebecca ne è attratta ma i dubbi l'assillano e il desiderio di emulare i suoi cugini e trovare per se stessa quello di cui ognuno di loro gode, potrebbe indurla a compiere scelte avventate.

Ma sarà la passione a guidarla nella sua scelta, quella passione che valicherà le onde del cuore, per raggiungere il fulcro della sua anima.

La passione che tanto egregiamente l'Autrice descrive rendendo ogni sua storia appassionante, intrigante, stuzzicante ed elegantemente erotica.

Opere della stessa Autrice presenti nella vetrina Amazon

Il Buio della Notte
Frammenti di una Vita
Un Uomo di una Razza Superiore
Standby
Una Sposa per 6
Sotto la Sabbia del Tempo
Sole e Buio Sale e Miele
La Rivalsa del Bruco
Il Volo della Fenice
Di nuovo il sole sorgerà
Il tempo del raccolto
Il risveglio dei sensi
A spasso nel tempo
Seguendo la strada del cuore
Il dettaglio celato
Qualcosa di dolce
Viaggio fino al termine del diario (Trilogia)
I voli dei sogni
Ondeggiando nel vento della vita
Il futuro in un battito di ciglia
Una fidanzata su misura
Racconti e fiabe di Natale
Il sussurro del demonio
Il bacio del Gatto
La donna del buio
Tutto quello che vorrei dirti
L'influsso di Johnson
La finestra sull'amore
Una vita a scelta
La Verifica del Cuore
Aspettavo che tornassi da me

*Dedicato a chi
non valica le onde del cuore,
a chi per paura,
non si abbandona all'Amore.
Ragazzi, perdete
una delle esperienze più significative e
appaganti della vita.*

Carla Tommasone

1
La famiglia si allarga

La distesa del mare scintillava come un tappeto tappezzato di stelle pulsanti. Rebecca inseguiva i riverberi accecanti cercando di focalizzare l'attenzione su quei barbaglii sfuggenti.
Le sovvenne di pensare che il mare stesse respirando.
«Pertanto?» la sollecitò Vivian al suo fianco.
«Non so che fare», rispose Rebecca volgendosi verso la cognata.
Sedevano entrambe nella sabbia, poggiando la schiena a un vecchio tronco ormai bruciato dal sole, mutilato da chissà quale evento atmosferico, trasportato su quella solitaria spiaggia di Mentone da una capricciosa corrente marina che lo aveva deposto là marcescente e sgretolabile, a deteriorarsi nel vento e nel sole.
«Perché? Non comprendo quale sia il problema», replicò Vivian aprendo la borsa al suo fianco per cercarvi gli occhiali da sole che si affrettò ad inforcare.
Rebecca li aveva dimenticati a casa e, nonostante gli occhi soffrissero per la luce accecante, pure apprezzava lo spettacolo che ammirava e che forse, con i vetri oscurati, non avrebbe notato.
Non si era mai resa conto di quanto quella distesa in perenne movimento potesse riverberare i raggi del sole in ogni instancabile increspatura.
E forse era quello il suo respiro. Il mare respirava in quel modo.
«Cosa ti impedisce di consumare sesso con quest'uomo?» insistette Vivian.
Rebecca sospirò. Già, cosa le impediva di consumare sesso con quell'uomo stupendo, magnifico, maschio in ogni muscolo sodo, in ogni linea, desiderabile in ogni rilievo di quel corpo atletico ... attraente per lei e per ogni altra donna che s'imbattesse in lui. Quante ne aveva vedute al suo fianco fino a quel momento?
«È un puttaniere. Mi ricorda mio fratello e la vita che ha condotto fino a qualche tempo fa, senza offesa, Vivian», espulse con astio.
La risata di Vivian fu un suono assai gradevole e armonioso per le orecchie di Rebecca.
«Oh, nessuna offesa Beck, sono informata di quale sia stata la vita di Giulio prima che lo incontrassi, però, questo non ha senso. Tu hai affermato di volerci solo scopare con quel tipo, o sbaglio?»
«Infatti! Ho detto basta con le relazioni amorose complicate. Ne ho piene le scatole di provare a costruire qualcosa di importante con uomini sbagliati e

Alexander sarebbe l'ennesimo granchio, lo so per certo. Però ...» Rebecca esitò, rincorrendo nella mente l'immagine di Alexander Jenko.

«Cosa?» la invogliò Vivian.

«Però il desiderio di essere stretta da due braccia forti sta diventando intollerabile, Viv. Quell'uomo mi attrae e sono sicura che sia capacissimo di appagare una donna. Lui esprime la propria mascolinità da ogni poro», considerò Rebecca contrariata. Detestava sentirsi così attratta da quell'uomo, considerare l'idea di essere un uomo-dipendente dal momento che aveva stabilito di bastare a se stessa.

«Se non cerchi una relazione stabile che ti importa di quello che è? Che conta che sia un puttaniere? Forse, è proprio questo che lo rende abile nel soddisfare una donna e con le dovute precauzioni non correrai alcun rischio. Però, dovresti essere chiara e specificare quello che pretendi da lui. Che sia informato che intendi solo usarlo fino a quando non troverai l'uomo giusto per te. E diavolo, che imparino a rispettarci!», suggerì Vivian.

«Ormai dubito di riuscire a trovare l'uomo giusto, Viv e mi ci sono rassegnata», replicò Rebecca depressa.

«Oh, questa è proprio una madornale sciocchezza. Anche Giulio credeva che non esistesse una donna giusta per lui e invece eccomi qui. Come ognuno dei tuoi cugini; tutti loro pensavano che non ci fosse la donna capace di far sembrare il matrimonio una meta ambita da raggiungere, cominciando da Stefano e guarda la solida Ilaria e Kelly, Giada, che sono donne perfette per i loro mariti. Tutte compagne che hanno rivoluzionato la vita di quegli uomini inducendoli a desiderare di crearsi una famiglia con loro.» Vivian sospirò. «Perciò mia cara, anche tu troverai il tuo uomo prima o dopo. Sei troppo bella intelligente e valida perché qualcuno non provi ad accalappiarti.» Annuì puntandole contro un dito minaccioso. «Però, essendo una donna intelligente, nutri aspettative molto alte ed è solo per questo motivo che ancora non hai trovato il meglio!»

«Già, intanto ho raggiunto i trent'anni e ho buttato al vento sei anni della mia vita con un uomo che poteva essere quello giusto ma che se n'è andato all'altro capo del mondo, senza mai chiedermi di seguirlo. E poi ho bruciato ancora due anni con un altro che è così profondamente ottuso da logorarmi.»

Vivian si rizzò. «Se Giorgio ti avesse chiesto di seguirlo a Cap Town saresti andata con lui?» chiese osservando la cognata con più attenzione.

Rebecca ricambiò il suo sguardo e i suoi occhi verdi come la distesa del mare che avevano davanti parvero risplendere di luce e di colore. «Non lo so», rispose sincera dopo un po'. Aveva amato molto Giorgio e aveva sofferto quando lui se n'era andato, però, piantare tutto per seguirlo sarebbe stato limitativo per lei. Forse quell'amore non era abbastanza, non valeva la rinuncia alla sua vita, al lavoro, alla famiglia, agli amici che si sarebbe dovuta lasciare alle spalle. Probabilmente non avrebbe acconsentito a seguirlo se Giorgio le avesse domandato di partire insieme con lui.

«E forse è questo il motivo per cui lui non ti ha chiesto di seguirlo. È probabile che Giorgio avesse intuito un tuo probabile rifiuto e se ti avesse costretta a dichiararlo, avreste ammesso che il vostro amore non era sufficiente per un passo tanto impegnativo. In ogni modo, quella con Giorgio e anche l'altra, sono ormai storie vecchie ed elaborate. Fanno parte del tuo bagaglio di esperienza ed è giusto che tu le ricordi perché in qualche modo ti hanno arricchita, hanno fatto da base a quello che sei ora», replicò Vivian con fermezza.

«Ovvero una donna desiderosa di trombare», specificò Rebecca con un sorrisetto divertito.

Vivian aggrottò la fronte. «Ed è un crimine? Non fa parte della nostra natura copulare? Non è un bisogno fisico di tutti? Gli uomini non lo hanno sempre fatto senza problemi? E perché mai dobbiamo crearcene noi? Temi che ti additino come a una puttana se provi a soddisfare un tuo bisogno? E perché se le donne scopano come un uomo per dare soddisfazione a un istinto devono essere marchiate come puttane? È comodo per gli uomini pensarlo e farlo credere anche a noi, tuttavia, per indurli a cambiare opinione, per educarli, dobbiamo essere noi stesse le prime a credere che non siamo affatto prostitute! Ah, tesoro, è finita l'epoca delle timorate di Dio, delle virtuose vecchie bigotte», ribadì Vivian tirando il fiato. La veemenza delle sue parole le aveva infiammato le guance.

«Dovresti fare l'attivista», considerò Rebecca derisoria ma Vivian non raccolse la provocazione.

«Sì, certo, tuttavia ancora non abbiamo focalizzato il fulcro del problema ed io credo di capire quale sia, cara la mia Beck», continuò imperterrita assottigliando lo sguardo. «Alexander Jenko ti attrae e ti piace tuo malgrado, pur avendo coscienza che non sia l'uomo giusto per te e nonostante ti sembri tuo fratello. E tra parentesi tu adori tuo fratello, anche se è stato un puttaniere per lungo tempo. La verità è che sei attratta da questo stallone e hai paura di scottarti se ci fai sesso. Vero che è questo che temi? Sii sincera con me», la esortò Vivian con uno sguardo così fermo e deciso che Rebecca si sentì inchiodata.

Sospirò contrariata dal dover ammettere quella possibilità. «Forse», ammise sommessa.

«Forse ... che risposta vaga. Prima di tutto devi essere sincera con te stessa Rebecca, stabilire quali sono le tue aspettative.» Vivian tornò a poggiare la schiena al tronco e riprese a parlare. «Devi convincerti che da questa dubbia relazione non ci ricaverai nessun sentimento d'affetto ma solo benefico sesso. E non cercare niente di più. L'intento è di soddisfarti sessualmente di quest'uomo, di usarlo e, quando avrai raggiunto lo scopo, potrai cambiare partner.»

«E questa condotta non è da puttane», ribadì Rebecca ma lo scetticismo trapelò dal suo tono.

«No, non lo è.» Il tono di Vivian fu secco e tagliente. «Sono quelle della nostra generazione ad avere dubbi in proposito ma ti garantisco che le ragazzine oggi lo sanno molto bene e non ...»

Un fervente abbaiare e un guizzo nel campo visivo della ragazza interruppe la spiegazione di Vivian. Un piccolo maltese bianco le caracollò indosso, abbaiando festoso.

«Pocket, amore», lo salutò Vivian felice cercando di placcarlo e di arginare la manifesta felicità del cagnolino.

«Se lui è qui, Giulio è nei paraggi», aggiunse Vivian volgendosi in cerca dell'uomo.

Giulio infatti, avanzava sulla spiaggia in compagnia dei cugini.

«Eccoli», notò Vivian alzandosi e spiccando la corsa verso il marito. Gli volò sul petto inseguita dal cagnolino e Giulio non tardò a serrarla tra le braccia e a farla roteare a mezz'aria, tallonati dal piccolo maltese giocherellone che saltava intorno alle loro gambe rischiando di farli cadere.

Anche Rebecca si alzò sgrullandosi la sabbia dai jeans.

Daniel e Chris la raggiunsero.

«Avete finito?» s'informò la ragazza.

«Sì, tutto sistemato e programmato per i prossimi mesi», confermò Daniel soddisfatto inspirando a pieni polmoni l'aria che spirava dal mare. «Abbiamo pensato di mangiare qualcosa tutti insieme e poi ripartire. Sei d'accordo Beck?»

«Certo», approvò Rebecca mentre Vivian, Giulio e Pocket si avvicinavano.

«Ripartite? Di già? Non volete fermarvi ancora a dormire?» chiese Vivian stringendosi al marito.

«Grazie Viv, sei un vero tesoro ma per quanto mi riguarda, preferisco rientrare. Giada non era proprio in forma ieri e sono un po' in ansia per lei e, notizia dell'ultima ora, be' ...» Daniel esitò e le sue guance stranamente s'imporporarono, «... abbiamo appena scoperto che è incinta», aggiunse con un sorriso raggiante.

«Oh Daniel, che bell'annuncio», esultò Vivian.

«Dan, è meraviglioso!» fece eco Rebecca.

«Complimenti cugi», aggiunse Giulio mentre Chris si complimentava con un'amichevole pacca sulla spalla.

«La famiglia si allarga», considerò Rebecca lieta.

«Già, dopo i gemelli di Stefano e Ilaria e quelli di Manuel e Kelly, sono quasi certo che anch'io mi ritroverò alle prese con una coppia di gemelli benché sia risaputo che la trasmissione gemellare avvenga in presenza di donne. Ciò nonostante la nostra famiglia pullula di gemelli, cominciando da papà che ne ha due e sinceramente l'ipotesi di una eventuale gravidanza gemellare non ci spaventa per nulla, anche se mi pone un po' in ansia», considerò Daniel con una smorfia.

«Già, posso capirlo e non insisterò oltre», rispose Vivian con occhi lucidi e sognanti.

Anche lei e Giulio avevano cominciato a considerare quell'opzione e già accarezzava l'idea di una probabile gravidanza gemellare. E poi i bambini dei cugini di Giulio erano deliziosi. Giulian e Fabian, i gemelli di Stefano e Ilaria erano due cherubini biondi con gli occhioni azzurri sempre sgranati nella curiosità, mentre Mirko e Marika i gemelli di pochi mesi di Manuel e Kelly, avrebbero indotto anche il più gelido dei cuori ad addolcirsi nella tenerezza.

«Chiamiamo Giada e complimentiamoci», propose Rebecca sfilando il cellulare dalla borsa.

«E intanto avviamoci verso la trattoria che sto morendo di fame», aggiunse Daniel ancora frastornato. Da quando aveva appreso che sarebbe diventato padre, non riusciva più a placare il vuoto nel suo stomaco.

Sperava di abituarsi all'idea al più presto o sarebbe diventato di sicuro un elefante!

2
La tentazione

Alexander colpì il sacco con forza, ancora e ancora.
Doveva espellere tutta la negatività dal suo corpo, tutto il veleno che gli serpeggiava nel sangue.

Non era servito scoparsi Emma, o forse sì, però poi non sarebbe dovuto tornare in ufficio dopo quell'effervescente incontro.

Tornare in sede e trovarvi suo padre prima, arrivato per informarlo della convocazione dal notaio e, imbattersi in quel coglione di procuratore dopo, che aveva blaterato senza alcuna cognizione di causa, aveva vanificato gli effetti della salutare scopata con la fin troppo disponibile Emma.

Il pensiero volò per un attimo alla donna che si era tanto prodigata per indurlo a scaricare la tensione, ma subito lo abbandonò. Di là dal sesso, quella ragazza non lasciava alcuna scia dietro di sé. Un vero peccato dal momento che era tanto gnocca e così generosamente disponibile.

In ogni modo, non doveva più lasciarsi coinvolgere in inutili diatribe con quel coglione pieno di sé, non doveva più consentire che quell'avvocatuccio da quattro soldi lo attirasse nella sua rete.

E dove diavolo era Rebecca? Perché non se ne era occupata lei come il solito? Dove cazzo era finita da ben due giorni? Era sparita nel nulla e lui era stato costretto a trattare con il coglione.

Sferrò un altro potente cazzotto al sacco e il sudore gli sgocciolò dalla fronte finendogli in un occhio. Immediato s'irradiò il bruciore nell'orbita oculare.

Si fermò ansante, col desiderio di sfregarsi l'occhio per mitigare la sensazione di fastidio e di bruciore ma, impossibilitato dal guantone, si limitò a strofinare l'occhio sul braccio.

Rebecca, accidenti a quella strafiga che troppo spesso albergava nei suoi pensieri!

Ma lo conosceva il motivo di tanto interesse per quella donna, oh, certo che lo conosceva! Non si era ancora soddisfatto di lei per una strana ritrosia di quella femmina malefica!

Lo sapeva che era tentata, lo intuiva e lo sentiva a pelle ogni volta che le era vicino e tutto si allertava in lui, eppure, fino a quel momento, lei aveva elegantemente declinato ogni invito.

Accidenti a tutti gli accidenti!

E trovarsi quella bomba sexy davanti, all'improvviso, stava minando la sua stabilità mentale.

Doveva scoparsi quella donna in un modo o nell'altro! Doveva accerchiarla e obbligarla a cedere ai suoi approcci che tanto di sicuro lo voleva anche lei! E dopo avrebbe potuto ignorarla. Dopo, quando non avrebbe più nutrito di aspettativa la sua fantasia, quando scorgerla nei corridoi con i suoi calzoni aderenti alle chiappe sode non gli avrebbe più procurato la strizza dei testicoli, quando soddisfatto di lei l'avrebbe considerata alla stregua di tante altre che erano finite a scaldargli il letto per un po'; una femmina con cui divertirsi e lasciarsi poi alle spalle. Come suo nonno gli aveva prodigamente insegnato!

Ma fino a quando non fosse riuscito a infilarsi tra le sue chilometriche cosce, quella donna sarebbe rappresentata una continua, snervante, stuzzicante tentazione!

Lasciò ricadere le braccia lungo il corpo, sfinito, eppure per nulla soddisfatto.

Aiutandosi con i denti strappò il velcro e si sfilò un guantone e finalmente poté strofinarsi l'occhio con la mano bendata ma anche quella era sudata e l'occhio bruciava.

Sfilò anche l'altro guantone, afferrò la salvietta con cui si deterse il viso e, sbuffando di frustrazione e scontento, si diresse alle docce.

Che diavolo doveva fare per sentirsi un po' svuotato e appagato?

Doveva studiare un altro sistema.

Forse con la corsa ...

3
Un piacere illusorio

Rebecca distese le gambe nella vasca e sospirò di piacere dopo aver aspirato l'odore intenso di vaniglia e cannella delle candele profumate che aveva acceso e deposto lungo il bordo della vasca.
Il viaggio di ritorno da Mentone non era stato lungo ma Daniel, che aveva premura di rientrare, aveva preferito non fermarsi più di una sola volta per un caffè, pertanto non si era neanche sgranchita un po'.

Chiuse gli occhi, cercando di rilassarsi completamente.

Quanto le piaceva restare in ammollo nell'acqua calda, rilassarsi senza pensare a nulla, o meglio, non era in grado di bloccare il pensiero in maniera definitiva però, lo lasciava vagava libero, senza concentrarsi troppo, evitando di affrontare questioni spinose che richiedessero soluzioni ragionate. E dunque poteva ripercorrere con il pensiero i due giorni appena trascorsi in famiglia, in quel posto che suo fratello amava e in cui aveva riscoperto una nuova dimensione di se stesso.

Sorrise accarezzando l'immagine del fratello.

Da peccatore a Santo, pensò ironica ripercorrendo sommariamente i punti salienti della vita di Giulio. Era stato circondato dalle donne, aveva consumato relazioni multiple come ognuno dei suoi affascinanti cugini. Già, quella pareva proprio una maledizione comune per tutti i cugini Mayer eppure, per ognuno di loro come per lo stesso Giulio, ora non esisteva che una sola donna, cioè la propria moglie. Suo fratello non aveva occhi che per Vivian, nonostante ogni donna che incrociasse si attardava a divorarlo con gli occhi. Già, per colpa di quel dannato fascino dei Mayer!

Comunque, tanto di cappello per Vivian che aveva ricollocato suo fratello sulla retta via. E tanti ringraziamenti al cielo per aver salvato Giulio da una moglie sanguisuga che aveva mirato ai suoi soldi e con la quale Giulio aveva contratto un dubbio matrimonio solo perché ubriaco.

Ora Giulio era senza dubbio un uomo soddisfatto di se stesso, finalmente felice e ben più sano di quanto non lo fosse stato ai tempi di quell'infausto matrimonio, giacché all'epoca fumava più di due pacchetti di sigarette al giorno, beveva a dismisura e si sfiniva nel letto di qualsiasi femmina compiacente.

Già, ora la felicità trapelava dal suo sguardo ogni volta che sfiorava la bella Vivian. La felicità e la piena consapevolezza di aver finalmente agguantato tutto ciò di cui avesse bisogno.

E tanto aveva insistito, tanto l'aveva tormentata che alla fine aveva smesso di fumare anche lei per non essere più bersagliata dalla sua ansia pressante.

E ora lei provava una gioia immensa nell'accarezzare l'idea di uno, o altri due bambini in arrivo nella famiglia. Quello era un pensiero confortante. Le nuove generazioni dei Mayer che si affacciavano al mondo erano una continuità tranquillizzante.

Per il momento non era lei a doversi preoccupare se la gravidanza sarebbe stata gemellare oppure no. Probabilmente molto presto, anche suo fratello e Vivian avrebbero annunciato il lieto evento. Erano pronti entrambi per quell'altro passo e lei sarebbe stata lieta di diventare zia, perciò augurava a suo fratello e a sua cognata ogni bene, compresa una nidiata di bambini che con la continuità di parti gemellari che si stava verificando in famiglia, era facile prevedere.

In ogni modo, le previsioni delle braci alla Festa del Buon Augurio[1] erano sempre esatte.

Sospirò lasciando vagare le mani sul suo corpo. L'ammollo in quel bagno di aveno e morbida schiuma rendeva la sua pelle liscia e levigata privandola delle cellule morte, preparandola alle carezze di una mano gentile ma anche un po' rude e vogliosa.

Peccato che non ci fosse alcuna mano a renderle quel favore.

Da quanto tempo non dormiva con un uomo? Si chiese lasciando scivolare le dita tra le gambe. Si lisciò lieve la tenera carne, giocò con le dita dispiegando le pieghe.

Aveva mollato Ivan da dieci mesi ormai e anche prima, quando stavano insieme, difficilmente aveva goduto con lui. Accidenti agli uomini affetti da eiaculazione precoce!

Per quello Ivan era stato così tenacemente geloso! Conoscendo i propri limiti aveva temuto che lei si concedesse anche ad altri per appagarsi e diavolo, avrebbe potuto farlo, specie con quella sorta di stallone in giro per gli uffici della Procura che aveva da subito dichiarato l'attrazione per lei! E invece no! Nonostante quello che affermava Vivian, lei era stata educata in un certo modo e soddisfare i propri istinti con chiunque le capitasse a tiro e che le dichiarasse la propria disponibilità, non era proprio giusto per lei, benché quel comportamento lo avesse giustificato e tollerato in Giulio e in tutti i suoi cugini.

Le dita scivolarono tra le pieghe e lisciarono il piccolo nodulo già gonfio per effetto dell'acqua calda in cui era immersa. Un brivido le corse giù per la schiena.

E lo giustificava anche in Alexander. Era un uomo, un uomo forte e di sicuro molto caldo e appassionato, libero e inarginabile come il vento, un uomo che non intendeva farsi imbrigliare ma che non avrebbe potuto

---

[1]Consulta "Una fidanzata su misura", il primo dei volumi sulla saga della Famiglia Mayer in cui si parla della previsione delle braci e della festa del Buon Augurio.

soffocare la propria sessualità neanche se lo avesse voluto. Perciò era giusto per lui scoparsi qualsiasi donna che gli gravitasse attorno e lo invitasse e, di certo, gli inviti dovevano fioccare come le gocce di pioggia durante un temporale.

Alexander era attraente, sicuro di sé, emanava potere successo e ricchezza, forza e vitalità e se solo pensava ai suoi bicipiti …

Le dita sfregarono il duro nodulo con più insistenza, lo schiacciarono tra pollice e indice e l'aspettativa crebbe dentro di lei.

Oh, diavolo … i bicipiti gonfi di Alexander … il suo torace … i suoi capelli mossi e disordinati in cui infilare le dita … il suo volto scolpito, concentrato, freddo … e il suo pene duro, granitico, deciso, affamato …

Un dito scivolò nell'apertura facilitato dall'acqua, il pollice premette con forza la carnosa protuberanza. Un desiderio vivo, profondo, s'irradiò nel suo corpo costringendola a muovere le dita con maggiore affanno.

Detestava quel modo di procurarsi piacere ma non poteva fermarsi adesso! Inseguì l'immagine di Alexander, fantasticò di vederlo chinarsi nella vasca e stendersi su di lei, percepì la durezza del suo corpo maschio contro il proprio e immaginò l'intrusione di quella parte di lui tanto dura e dilatata da riuscire a colmarla fino in fondo.

Spinse avanti le proprie dita dimenandole con affanno, irrigidendo ogni muscolo e ancora, con brama, inseguì le immagini della mente che vedevano Alexander spingersi in lei con rude fermezza. Si afferrò un seno, si strizzò il capezzolo mentre si sfregava con l'altra mano, tendendo le orecchie, captando il suono della voce dell'uomo che immaginava a spingersi in lei.

«Vieni Rebecca … vieni tesoro … rilassati … fallo per me … mi fai morire …»

«Dai … dai …» si esortò dimenando le dita, forzando il ritmo. Il senso di vuoto assoluto l'assalì e subito dopo cominciò a pulsare freneticamente. L'estasi durò solo qualche secondo, poi la desolazione s'impadronì rapida di lei.

Che palle!

Procurarsi un orgasmo insignificante con la masturbazione e per riuscirci, doversi concentrare su quell'essere detestabile e inconcludente, era proprio da sfigati!

Era messa proprio male e non vedeva uno squarcio di sereno nel suo orizzonte cupo, accidenti ad Alexander e ad ogni uomo di quella terra, esclusi i suoi cari, ovviamente!

4
Un'illusione

La ragazza gemeva forte, inarcando la schiena per facilitargli le spinte e Alexander strinse i denti mentre affondava nelle sue carni. Il profilattico ottundeva un po' le percezioni eppure, percepiva il bollore di quella guaina di carne, la sua rovente stretta intorno al duro fuso che reclamava sollievo.

Si distese sulla schiena portando la partner con sé e quella ansimò forte nel suo orecchio, poi, mossa da un impeto di rovente passione si avventò sulla sua bocca per baciarlo.

Alexander fu lesto a volgere il viso e a schivare quel bacio famelico.

Niente, non c'era niente da fare! Non amava i baci, di nessuno, non riusciva a desiderare di poter miscelare la propria saliva con quella di un altro essere, nonostante ne assaggiasse gli umori più intimi.

E forse era per quello che il dubbio latente di somigliare in qualche modo al padre lo tormentava, ed era per quello che doveva scoparsele tutte, proprio per dimostrare di non essere come l'uomo che lo aveva generato.

Sollevò i fianchi per penetrare ancora più in profondità e, afferrando le braccia della ragazza, le sollevò di peso il busto.

Quella urlò di gioia e si mosse ancora più decisa, cavalcandolo come una fiera amazzone. Le afferrò i seni ballonzolanti e li strinse plasmandoli nelle sue ampie mani.

Sì, quelle carni erano assai stuzzicanti e il brivido serpeggiava in lui, nel suo ventre, nei suoi testicoli, preparandosi all'esplosione liberatoria.

Aprì gli occhi e cercò il viso della donna per capire a che punto fosse e per un attimo si stupì di non scorgere il volto di Rebecca.

Perché mai si era aspettato di scorgere quel viso?

La donna s'impennò e tremò violentemente, urlando il suo piacere e finalmente sgravato di quel peso, Alexander si lasciò andare.

L'esplosione fu meno violenta di quanto si fosse aspettato e lo ridusse immediatamente alla detumescenza.

Riaprì gli occhi e osservò la sua compagna. Noemi, giusto? E perché diavolo avrebbe dovuto essere Rebecca? Perché, per un attimo, aveva immaginato di spingersi dentro di lei.

Cazzo, non stava mica fantasticando troppo su quella dannata ragazza?

Doveva correre ai ripari, scoparsela al più presto e abbandonare il suo tormentoso pensiero.

Sì, il giorno successivo avrebbe dato inizio a un accerchiamento serrato e l'avrebbe invitata a seguirlo al castello.

Forse lei aveva bisogno di una spinta e in quel luogo avrebbe trovato lo stimolo per adeguarsi ai loro reciproci desideri. Già, non c'era stata compagna che avesse condotto in quel luogo che non si fosse lasciata coinvolgere dall'atmosfera. Sì, il castello di Mattofogli avrebbe fornito il gusto input.

«Ah, Alex sei una forza, uno stallone di razza», mugolò la ragazza sollevandosi e distendendosi al suo fianco, cercando di accoccolarsi vicino a lui.

Sì, certo, e lei lo amava già alla follia.

Si ritrasse infastidito e si alzò. «Il bagno?» chiese raccogliendo i boxer e i calzoni.

«Ma che fretta c'è? Aspetta ...», lo esortò Noemi volgendosi con un fare languido e ammiccante che avrebbe voluto essere sensuale e invitante ma, che risultò soltanto fastidioso perché visibilmente falso e artefatto.

«Devo andare Noemi, il lavoro mi aspetta.»

«A quest'ora?! E quando dormi, scusa?»

«Solo quando avrò liberato la mente e il lavoro sarà stato portato a termine», replicò con un sospiro stanco.

La bella Noemi che lo aveva avvicinato mentre mangiava una piadina, aveva avuto ciò che gli aveva chiesto ma ora era tempo che tornasse ai suoi impegni.

5
Un imprevisto consenso

Rebecca si specchiò nel retrovisore dell'auto per darsi una controllata. Sì, i capelli erano a posto nonostante avesse mantenuto il finestrino dell'auto aperto durante il tragitto e l'aria li avesse sgrullati ma, Antoine era un parrucchiere fantastico, un mago che aveva la perfetta cognizione di come trattare i suoi capelli e sapeva quali accorgimenti adoperare per farli restare in piega nonostante, le peggiori intemperie.

Si infilò la giacca e uscì dall'auto.

Quella mattina si era preparata con particolare cura indossando il tailleur pantaloni bianco che le calzava a pennello. Voleva essere bella ed elegante, però senza pretenziosità, pertanto di sotto la giacca indossava una semplice t-shirt in tinta.

Desiderava essere ammirata e possibilmente corteggiata, voleva riuscire a colpire la fantasia di qualcuno, qualcuno che magari la guardasse con vivo desiderio. Voleva piacere e attirare gli uomini come i fiori le api. Forse tra quelli avrebbe trovato uno straccio di compagno che le avrebbe permesso di non ricorrere alla masturbazione per provare un cazzo di brivido!

Si avviò verso l'ufficio della Procura a passo spedito.

Quali erano i programmi di quella giornata?

«Rebecca Mayer, stamattina sei uno schianto!»

La voce profonda di Alexander le carezzò le orecchie procurandole una vampata di calore nel ventre.

Volse appena un po' il viso per intercettarlo.

«Solo stamattina? Sono sempre uno schianto!» lo corresse spavalda allungando il passo.

«Devo convenirne», acconsentì Alexander afferrandole un braccio perché si fermasse. «Non lo vuoi un caffè?»

La stretta decisa attorno al braccio le procurò un'altra vampa di cupo calore che le rammentò le fantasie su quell'uomo della sera precedente, nella vasca da bagno.

Serrò le mascelle ritirando il braccio. «Sì, certo, andiamo al bar?» chiese disinvolta.

«Sì», approvò Alexander evitando i suoi occhi. Che gli era preso? Da quando non la guardava in faccia?

«Stasera vuoi venire in un posto con me?» chiese l'uomo mentre le faceva strada verso il bar all'angolo della strada.

«Dove?»

«In un luogo di assoluto divertimento.»

«Che genere di divertimento?»

Alexander sogghignò e, finalmente, si decise a guardarla negli occhi. I suoi erano azzurri, freddi e insondabili. Belli come il peccato.

«Non sei un'ingenua, sai bene come ci si possa divertire, così come sei informata di che cosa io voglia da te. E poiché lo vuoi anche tu, forse è arrivato il momento di condividere quel divertimento», spiegò con voce sommessa e calma ma ferma e decisa.

Rebecca tacque.

«Nessun impegno», chiarì Alexander con un accattivante sorriso. «Solo una ... prova e fin dove vuoi arrivare tu, così, tanto per capire cosa si potrebbe offrire all'altro», continuò disinvolto e convincente, fermandosi davanti alla porta del bar e tendendo il braccio per aprirla.

Il bicipite si gonfiò segnando la stoffa della giacca, quel dannato bicipite al quale aveva pensato la sera precedente, quel dannatissimo muscoloso bicipite che le rammentava la forza e il vigore di quell'uomo, forza ed energia che moriva dalla voglia di sperimentare in sé. E perché no, dannazione? Perché non seguire i consigli di Vivian? Maledizione, voleva un vero uomo per una volta!

Si liberò il viso dai capelli. «Solo un divertimento. Non voglio legami di alcun tipo, sia chiaro», specificò decisa.

Gli occhi di Alexander guizzarono e per un attimo a Rebecca parve di scorgervi un moto di trionfo. Le sue labbra si incrinarono in un sorriso appena accennato ma che fu alquanto inquietante.

«Tesoro, è proprio quello che io tendo a precisare ad ogni mia compagna di gioco», replicò spavaldo aprendo la porta del bar e invitandola ad accomodarsi.

«Bene, l'importante è capirsi», confermò lei passandogli davanti. Alexander la seguì. «Infatti, Rebecca, siamo adulti, responsabili e intelligenti, perciò noi due ci capiamo. E sono certo che potremmo interpretare i desideri dell'altro senza sforzo», aggiunse sommesso camminandole al lato fino a che non deviò per la cassa.

Il cuore di Alexander pompava frenetico.

Estrasse il portafogli della tasca della giacca e cercò la banconota che depose sul piano della cassa.

Bene, Rebecca aveva finalmente acconsentito a seguirlo.

«Prego», lo invitò il cassiere ma, immerso nei suoi pensieri, Alexander non lo udì.

Faticava a tenere a freno l'eccitazione. Non aveva mentito, davvero era consapevole che Rebecca fosse una donna intelligente e di sicuro non poteva aver equivocato a quali piaceri lui alludesse, assicurandogli il suo consenso. Questo stava ad indicare che probabilmente, quella sera stessa si sarebbe finalmente soddisfatto di lei. Il suo cuore pompava così forte che ne udiva il battito nelle orecchie.

Già solo vederla quel mattino, con quei dannati calzoni bianchi che le fasciavano le chiappe sode ...

«Allora che cosa vuole?»

Fu improvvisamente consapevole del tono irritato del cassiere e realizzò che doveva avergli già chiesto più volte il denaro.

Spinse avanti, con malagrazia, la banconota.

«È qua!» indicò scortese.

«L'ho visto ma ancora non mi ha espresso la sua richiesta. Che cosa vuole; un caffè?»

«Ah, sì ... due, grazie», replicò impacciato. Non gli capitava spesso di essere colto in errore. Raccolse lo scontrino e il resto del denaro e si volse a cercare Rebecca.

Aveva incontrato un paio di collaboratori e discorreva animatamente con loro, scuotendo la lunga cascata di capelli rosso dorati. Gli occhi verdi come foglioline appena germogliate emanavano lampi di collera. Fremeva di rabbia repressa e Alexander si chiese che cos'altro fosse represso in lei.

Quando le aveva afferrato il braccio per fermarla aveva percepito la corrente serpeggiare in lei, una corrente pronta ad un corto circuito e quasi era divampato in una prepotente erezione.

E ancora dovette inspirare profondamente per darsi una regolata, perché osservarla da dietro gli rimescolava il sangue nelle vene attivando i suoi lombi.

Non era in grado di descrivere che cosa ci trovasse di particolare in quel corpo femminile. Era l'incarnazione di una vera femmina, una femmina assai sensuale, carnale, con un corpo che avrebbe permesso alla propria lussuria di sguinzagliarsi e manifestarsi in pieno.

Una femmina che stimolava la sua libido documentando una volta per tutte il suo essere uomo e così lontanamente e decisamente diverso dal proprio genitore.

Si fece avanti e ordinò i caffè. I collaboratori, scorgendolo, lo salutarono ossequiosi. Rebecca si volse verso di lui manifestando tutta la sua irritazione. Dio, era davvero un portento così sdegnata! Forse, prima di godere di lei, avrebbe dovuto indignarla.

«Cos'è successo?» chiese interessato.

«Quell'invertebrato di Marini ha combinato un colossale pasticcio!» esplose la ragazza rabbiosa. Non aveva mai notato come le si colorissero le guance con la stizza e anche le labbra, rendendole compatte e turgide. Forse avrebbe potuto morderle. Non si sognava di baciare neanche Rebecca, però le sue labbra lo ispiravano. Erano talmente spesse e colorite di un cupo rossore che facevano pensare al fuoco.

Era lo stesso fuoco che le serpeggiava nelle vene? O il suo essere terribilmente sexy era un bluff e lei era solo molle e scivolosa come gelatina nelle parti intime?

Dovette inspirare a scatti per mitigare la pressione che avvertiva incedere nel basso ventre ma il pensiero, di verificare con quale tipo di carne si sarebbe misurato, lo accendeva di passione.

«Sarai di certo in grado di risolverlo. Stai tranquilla», la esortò roco e sommesso, il desiderio per lei pronto a divampare rendendo evidenti i suoi pensieri.

Forse fu il tono, o le parole gentili che in genere non le destinava a rendere Rebecca attenta e ricettiva.

Sollevò su di lui i suoi occhi da gatta e parve volergli leggere dentro e di sicuro comprese la sua brama.

Si inumidì le labbra che rese in quel modo ancora più turgide e invitanti. Poi, inspirò profondamente aprendo il torace e in quell'attimo fu palese che non indossasse il reggiseno. I capezzoli appuntiti segnarono la stoffa leggera della t-shirt che scorgeva sotto la giacca sbottonata e Alexander dovette serrare i pugni per non tendere una mano a carezzarli.

«Certo che posso risolverlo, tuttavia non vorrei trascorrere le mie giornate a chiarire i casini degli altri. Mi piacerebbe fare tanto altro ...»

Sì, lo immaginava, e immaginava quelle labbra turgide strette intorno al suo pene, e quelle gambe lunghe sollevate per aria, mantenute alte dalle sue mani per avere tutto lo spazio disponibile per spingersi in lei, trafiggendola e inducendola a urlare per il piacere procurato dalle profonde intrusioni nel suo corpo.

Il calore gli invase il ventre e il pene s'indurì nonostante la compressione dei boxer e dei calzoni.

Ansimò volgendosi verso il bancone e affrettandosi a consumare il caffè ormai freddo.

Lei doveva aver intuito il corso dei suoi pensieri perché quando le lanciò un'occhiata, si accorse del sorrisetto derisorio che le incrinava le labbra.

Quella sera! Quella sera le avrebbe cancellato ogni sorriso derisorio dal viso, ogni espressione di scherno, ogni illusione di vittoria su di lui, mostrandole quanto potesse diventare dipendente dal suo pene, quanto fosse in grado di indurla a implorare per essere infine soddisfatta!

Era una promessa che faceva a se stesso e in barba a quella donnicciola di suo padre!

Consumarono i caffè, poi uscirono dal bar e si diressero verso la Procura.

«Come ci accordiamo?» chiese Rebecca disinvolta tirandosi indietro sulla fronte i capelli.

Con quel gesto spontaneo e naturale aveva posto maggiormente in luce il viso. Aveva una carnagione che attirava le sue mani e non solo la carnagione! Tutto di quella donna attirava le sue mani!

«Sono impegnato tutto il giorno ma credo di potermi liberare verso le diciannove. Tu dove sarai a quell'ora?»

«Di sicuro ancora in ufficio», rispose Rebecca con una smorfia. «Alle diciotto vedrò i coniugi Romanini e dubito di riuscire a sganciarmi tanto presto.»

«Okay, ti aspetto. Diciamo che dalle diciannove sarò libero e in attesa di te», terminò Alexander dedicandole un'occhiata indecifrabile e fermandosi vicino alla sua auto.

«Bene, a più tardi», lo salutò la ragazza proseguendo il suo cammino e Alexander si attardò a seguirla con lo sguardo. Quella donna aveva un modo di ancheggiare accattivante e seducente che gli impediva di distogliere lo sguardo dai suoi fianchi e dalle sue chiappe. E la corta giacca avvitata non faceva altro che porle in evidenza.

Sospirò vedendola scomparire nell'androne del palazzo della Procura.

La sera non sarebbe mai giunta abbastanza in fretta.

E ora avrebbe fatto bene ad accantonare l'immagine delle chiappe di Rebecca in un angolo della mente e a concentrarsi sulla causa che andava a discutere e che si augurava di vincere, per permettere alla sua assistita un futuro ben più roseo e agiato di quello di cui godeva attualmente.

6
Preparazione al salto nel buio

Rebecca richiuse il fascicolo e consultò l'orologio.
Bene, erano quasi le diciotto.
Entro breve tempo sarebbero arrivati i suoi assistiti e avrebbe discusso con loro della causa che intendevano intentare alla Polizia Municipale per determinare se vi fossero gli estremi per la denuncia.

E poi ...

Deglutì, cercando di non soffermarsi su quel pensiero silente che l'aveva accompagnata per tutto il giorno. Dove intendeva condurla Alexander? A casa sua?

Solo accarezzare quell'idea la colmava di tepore.

E avrebbe voluto crogiolarsi in quel pensiero ma, forse era meglio soprassedere costatata la sua reazione, considerò tamponandosi le guance accaldate. Tuttavia, il pensiero che entro un paio d'ore si sarebbero finalmente rese concrete le sue fantasie su Alexander, la colmava di trepidazione ed aspettativa.

La porta dell'ufficio si spalancò inducendola a sobbalzare, come se fosse stata colta in flagrante.

«Sono arrivati i signori Romanini», l'avvertì la sua collaboratrice. «Li faccio accomodare?»

«Sì, grazie, accompagnali da me per favore», rispose chiudendo la porta della mente sull'immagine rovente di Alexander!

Slam! Resta fuori che ora devo lavorare!

7
Il castello di Mattofogli

Rebecca uscì dal bagno inspirando profondamente per calmarsi. Erano quasi le venti. Alexander la stava sicuramente aspettando.

Per fortuna in ufficio conservava sempre un cambio d'abiti e così aveva potuto lavarsi e cambiarsi. Ora era fresca e profumata, pronta per lui.

Afferrò la borsa e s'incamminò fuori dal suo ufficio. Raggiunse quello dell'amico e se lo ritrovò davanti non appena ne varcò la soglia.

«Ce l'hai fatta!» approvò Alexander.

«Già.»

«Stavo proprio venendo a costatare se ti servisse aiuto per liberarti.»

«No, è tutto okay e possiamo andare quando vuoi», rispose cercando di controllare l'ansia e l'emozione che le gravavano sul petto.

Inalò profondamente mentre Alexander arretrava.

«Consentimi solo di prendere le chiavi dell'auto», rispose l'uomo serrando le mascelle.

Poco dopo erano nell'ascensore che giunse direttamente nel garage. Montarono nel fuoristrada di Alexander velocemente, senza scambiare parola e lui fu svelto ad attivare lo stereo. E la musica soffusa fu di conforto per entrambi, calmante per i nervi tesi, rilassante per gli animi in subbuglio preda dell'ansia che dominava la coppia.

«Allora, vuoi dirmi dove stiamo andando?» chiese Rebecca dopo un bel po', stendendo le gambe avanti a sé. Finalmente riusciva a dominare le emozioni che la pervadevano.

«Ci siamo quasi Rebecca, dopo quello curva lo vedrai», rispose Alexander sibillino, concentrato nella guida.

«Vedrò cosa?»

«Il castello di Mattofogli.»

La ragazza ebbe un guizzo. «Ah! Conosco quel posto.»

«Lo conosci?!» ripeté Alexander titubante.

«Sì, ci sono stata in compagnia dei miei cugini», confermò Rebecca e Alexander si chiese in quale ala del castello avesse soggiornato durante le sue precedenti visite. Se aveva dimorato nei saloni comuni, aveva partecipato a caotiche feste in maschera, se si era recata nel settore privato, aveva di sicuro consumato sesso.

Ma con un suo cugino?

Lo riteneva improbabile.

Stava per domandare spiegazioni quando Rebecca parlò.

«Ma da quel che ricordo al castello vi si accede solo mascherati», aggiunse accigliata.

«Sì, certo, ma ho le maschere con me», precisò Alexander.

«Ci vieni spesso?»

«Abbastanza di frequente.»

«In quale ala?»

Pertanto, se Rebecca gli poneva quella domanda, era al corrente che vi fossero diversi settori all'interno del castello.

«Ho visitato un po' tutte le sale», rispose dirigendosi ai parcheggi. Erano arrivati.

«E tu?» domandò frenando.

«Anch'io», rispose secca la ragazza ma la sua risposta non lo aiutava a capire dove lei si fosse fermata, anche se in fondo non aveva poi molta importanza.

«Bene, eccoci qua. Vuoi entrare, vuoi desistere, vuoi andare altrove?» chiese inspirando profondamente. Era da tutto il giorno in uno stato penoso, con un chiodo fisso in mente: scoparsi la bella, sensuale Rebecca Mayer e più si avvicinava quell'ormai probabile momento, maggiormente percepiva il cuore pompare rapido. Se andava avanti in quel modo il suo cuore sarebbe scoppiato.

«No, ormai siamo arrivati fin qui perciò tanto vale entrare. Dove sono le maschere?» chiese Rebecca raccogliendo la borsa.

«Dietro, vieni», la invitò uscendo dall'auto e accostandosi al portabagagli. Lo aprì e afferrò le maschere con mani un po' tremanti.

«Ecco, prendi», mormorò passandole la maschera da diavolo. Era giusta per lei quella copertura, adatta per la ragazza che era là per tentarlo e l'aveva comprata quel pomeriggio proprio per lei. Ogni curva del suo corpo parlava di tentazione, di lusinga, di blandizia e allettamento. Ogni arco, ogni rilievo lo chiamava attraendolo, seducendolo.

Ogni curva stimolava la sua brama.

Rebecca osservò la maschera sorridendo. Indicò uno dei corni che le sarebbe finito sulla fronte.

«Un diavolo ... perfetto. È quello che sarò per te questa sera Alex, ma sappi che non ci sarà una seconda volta!»

Questo è da vedersi, pensò infilando la propria maschera.

Il becco adunco calò sul suo naso. Era la maschera di un falco, di un predatore pronto a fiondarsi sulla sua preda e quella maschera, invece, era vecchia e l'aveva usata con frequenza, anche proprio in quel castello.

Le afferrò la mano e con il cuore in tumulto, si avviò verso il ponte levatoio.

Quella sarebbe stata anche una serata di verifiche, oltre che di sfondamento.

8
L'ignota destinazione

Rebecca tremava. L'aspettativa la stava divorando.

Dunque, Alexander l'aveva condotta proprio nel luogo in cui Manuel e Kelly si erano conosciuti e amati ignorando chi fosse il proprio partner, protetti da maschere e costumi.

E Alexander quante volte si era recato in quel castello?

Oh, non dubitava neanche per un momento che si fosse limitato a girovagare nel salone delle feste o in quello del buffet o addirittura nella Stanza dei Desideri[2]. No, nutriva l'assoluta certezza che si fosse addentrato nell'ala privata e la domanda da porsi era se aveva semplicemente scopato con qualche sconosciuta consenziente in una stanza riservata, come avevano fatto Manu e Kelly, o se invece aveva preso parte a giochi più complessi, ad intrattenimenti che avevano coinvolto più persone.

E che diavolo aveva in mente?

No cazzo, aveva acconsentito a scopare con lui e non con altri e se il suo intento era quello, come trarsi d'impaccio?

La mano di Alexander era grossa, la sua stretta salda e la trascinava sospinto da una rapidità che la costringeva ad affannare. O forse affannava per l'emozione.

In breve, superarono la soglia del salone delle feste e si ritrovarono sull'imponente scalone che immetteva nella caratteristica location e, come la prima volta che vi era entrata, per un attimo le mancò il fiato.

Quella sala era semplicemente assurda e magnifica con i suoi imponenti lampadari di ferro a ruota, contenenti centinaia e centinaia di ceri, con quell'arredamento prettamente medievale e tutte quelle maschere strambe e incredibili in perenne movimento.

«È pieno, come il solito», notò Alexander affacciandosi sul salone dall'alto dello scalone.

«È ... è ... un altro mondo», considerò Rebecca stordita.

«Già, un tuffo nel passato ... o all'inferno ... o anche in paradiso. Tutto dipende da dove ci dirigeremo», puntualizzò l'uomo serrandole più fortemente la mano.

«Sì, intanto scendiamo», rispose Rebecca. Voleva assolutamente bere qualcosa prima che rimanesse completamente senza saliva.

---

[2] Vedi **Il Bacio del Gatto**. Vi troverai riferimenti riguardante la Sala dei Desideri in cui è possibile esprimere sogni che altri partecipanti possono esaudire.

Discesero lo scalone e s'inoltrarono tra la gente, schivando le persone che tentavano di bloccarli, già dichiaratamente ubriache. Suore monaci e cardinali, dottori e maestrine, streghe e pirati, Colombine Superman e Arlecchini si alternavano davanti a loro ballando e vociando. Un pistolero tirò fuori la sua colt giocattolo e fece fuoco verso uno scheletro traballante erompendo in una sguaiata risata.

All'improvviso una Catwoman si parò davanti ad Alexander e provò ad appendersi al suo collo.

«Vai via Gatta, ho già agguantato il mio diavolo», la redarguì Alexander schivandola.

In qualche modo si fecero largo tra la folla, raggiungendo il passaggio per la zona privata.

Dunque, Alexander era diretto proprio nell'altro settore.

S'infilò rapido nel cunicolo senza lasciarle la mano.

«Tutto bene?» chiese roco e stranamente affannato.

«Sì.»

«Sai dove ti sto conducendo?»

«Sì.» *Resta da vedere dove ti fermerai.*

«Procediamo?»

«Arriviamo dall'altro lato», confermò Rebecca e per tutta risposta la stretta alla sua mano s'intensificò. Ancora un po' e le avrebbe stritolato le dita!

Quando giunsero nell'altra sala anticamera si fermarono a riprendere fiato. Avevano praticamente corso nell'attraversare il cunicolo.

La porta della prima sala era spalancata e un moschettiere e una scandalosa odalisca vi si intrattenevano assai piacevolmente. La ragazza seminuda sedeva cavalcioni in grembo al moschettiere e sobbalzava per le spinte vigorose dell'uomo. Si fermarono scorgendoli.

«Volete favorire? Noi siamo per lo scambio di coppie», li invitò il moschettiere squadrando Rebecca con palese interesse.

Alexander si volse verso di lei e il suo becco adunco vibrò.

«Rebecca?» la interpellò con voce tesa.

Rebecca deglutì e scosse il capo. Era quello che Alexander voleva?

«Spiacente amico», disse Alexander riprendendole la mano e tirandola oltre l'uscio.

Mossero solo qualche passo, poi Rebecca lo trattenne.

«Alexander …»

«Sì? Che c'è? Vuoi andartene?» chiese l'uomo con un tono ironico e irritante, il volto coperto da quell'inquietante maschera da falco.

«Sono qui con te», precisò Rebecca.

«Sì e allora?»

«Non intendo partecipare a giochi collettivi.»

«Ricevuto. Ma magari ti piacerà osservare», aggiunse con un sorrisetto ironico riprendendo a tirarla.

Quando giunsero sull'uscio della seconda sala si fermarono di nuovo. Anche là la porta era spalancata e lo spettacolo fu così imprevisto che Rebecca non poté fare a meno di osservare, per cercare di comprendere come fossero incastrate tra loro le persone all'interno della stanza. Quando realizzò che la ragazza nuda sedeva su un uomo scimmia che si spingeva frenetico sotto di lei e che un Pulcinella le era dietro agitando anch'egli i fianchi per penetrare ugualmente da un altro accesso, per poco non urlò.

Si morse il labbro per non gemere, domandandosi come facesse quella donna ad accogliere in contemporanea due voluminosi organi maschili, in due accessi diversi del suo corpo.

«Come assistere alla visione di un film porno, dal vivo», considerò Alexander. «Procediamo o vuoi fermarti ad ammirare lo spettacolo?»

«Vorrei procedere e tu?»

Alexander sogghignò. «Tesoro, meglio partecipare in prima persona che assistere», rispose riprendendo a muoversi.

Partecipare in prima persona? E lo aveva fatto anche lui in contemporanea con un altro uomo accanendosi su una sola donna? Oh, dio, ma a chi si stava affidando? A quale perverso puttaniere aveva deciso di concedersi? A quali pratiche lui si era dedicato? Con chi? Ed era sicuro? Era sano, integro? Che ne sapeva lei dei vizi di quell'uomo, della sua vita sessuale, dei suoi desideri, delle sue perversioni? Valeva la pena di perdersi, sporcarsi, per saggiare la compattezza di quei dannati bicipiti?

Si fermò assalita dai dubbi.

«Alexander ...»

«E ora che c'è?»

«Io ... io non so niente di te ... è sicuro?»

Alexander le si parò davanti e i suoi occhi racchiusi dalle orbite della maschera, parvero gelidi e insondabili.

«Che intendi dire?»

«Tu sei sicuro?» insistette mordendosi un labbro.

«Per tua informazione non ho mai contratto neppure una cistite giacché provvedo sempre a proteggermi con un profilattico. E tu, mio bel diavoletto? Quanto sei sicura tu?»

«Totalmente. E ...» esitò non sapendo come porre quell'altra domanda.

«Cosa?» chiese Alexander un po' spazientito.

«Quanta ... ecco ... quanta perversione c'è in te?»

Gli occhi dell'uomo lampeggiarono, le sue labbra scoperte dalla maschera si incrinarono beffardamente.

«Lo scoprirai tra poco, diavolo tentatore. Ma ho promesso stamattina che saremmo arrivati fin dove tu avessi voluto, ricordi? Spero che tu mi conosca abbastanza da non dubitare che sia un uomo di parola.»

In parte tranquillizzata da quella risposta, Rebecca rilasciò un po' di fiato.

«Okay, è solo che ...»

La porta di un'altra sala si spalancò e un gruppo di soli uomini ne uscì scherzando e ridendo. Scorgendoli si fermarono e si scambiarono rapide occhiate.

«È meglio togliersi di qui», valutò Alexander riafferrandole la mano e muovendosi rapido.

«Serve aiuto?» domandò qualcuno.

Alexander non si prese la briga di rispondere ma si affrettò a passare oltre.

In un attimo furono alla scala che conduceva alle stanze private dei piani superiori. Non si fermarono al primo piano ma raggiunsero il secondo. Alexander doveva ben conoscere i giochi che gestivano e regolavano l'occupazione di quelle camere ed essere informato che era molto probabile che le stanze del primo piano fossero in larga misura già occupate.

Percorsero tutto il corridoio e si fermarono solo davanti all'ultima porta. Quando Alexander provò ad aprirla, la serratura cedette senza sforzo. L'uomo la spinse nella camera buia e si richiuse l'uscio alle spalle girando la chiave nella serratura.

«Ora puoi parlare, esprimere tutti i tuoi dubbi e ascoltare me», ansimò quasi senza fiato, accendendo la luce. Eppure, non avevano corso.

«Ascoltare te?»

«Esatto, le mie regole.»

«E sarebbero?» domandò la ragazza perplessa.

Alexander si sfilò adagio la maschera.

«Si arriva fin dove tu lo consentirai ma niente baci. Ce ne staremo qui a … divertirci ma fuori di questa stanza nulla ci legherà all'altro. E se mai dovesse ripetersi l'esperienza e tu verresti a casa mia, dovrai essere fuori di casa subito dopo … il diletto. Non dormo con nessuna, sia chiaro», spiegò accigliato.

Rebecca si sentì ardere dallo sdegno ma riuscì a soffocarlo e rispose con apparente calma. «No Alexander, se dovesse ripetersi l'esperienza saresti tu a venire a casa mia e non viceversa, e ad andartene subito dopo il passatempo fuori dalle scatole. Mi stanno sui coglioni gli uomini appiccicosi e se poi si addormentano, li spingo via a pedate dal mio letto!» ribadì infiammata, di nuovo il dubbio a serpeggiare in lei. Chi diavolo era Alexander Jenko? E stava per commettere il più grande errore della sua vita o per vivere finalmente un'esperienza unica e appagante? Quanto davvero conosceva quell'uomo? E quanto si fidava? Infine, quanto era disposta a porre in gioco per una scopata?

«Sei irresistibile quando ti infiammi, lo sai Rebecca?» ansimò Alexander muovendo un passo verso di lei e tutto il suo corpo si tese nell'aspettativa.

I dubbi c'erano, erano tutti là nella sua mente attanagliata dal sospetto, eppure, il desiderio di incontrare intimamente quell'uomo e di soddisfarsi di lui era più forte e potente di ogni remora. Era un'alchimia che non comprendeva tuttavia, non le lasciava spazio per arretrare.

Alexander le fu davanti e sollevò le mani per sfilarle adagio la maschera dal viso.

«Voglio guardarti in faccia ... sincerarmi che sia proprio tu quella che ho davanti ed avere la certezza che finalmente mi approprierò di questo corpo così stimolante.»

«Bene, perché è proprio quello che intendo fare anch'io! E adesso spogliati!» ordinò Rebecca con fermezza, benché il cuore battesse talmente rapido da privarla quasi del respiro.

Alexander la osservò per un attimo corrugando un sopracciglio, poi sorrise mellifluo e arretrò.

«Come tu ordini, mia Signora», replicò ironico sedendo sul bordo del letto e cominciando a sfilarsi le scarpe.

9
Un incontro sconvolgente

E ora? Si chiese Rebecca incerta.
Doveva spogliarsi anche lei o lasciare che fosse Alexander a farlo? Come ci si comportava in quei casi?
Si guardò attorno e lo sguardo si posò sull'ampia poltrona di pelle posizionata poco distante dal letto.
Bene, si disse arretrando e sedendo. Intanto si sarebbe goduta lo spettacolo di quell'uomo che si spogliava, poi lo avrebbe esortato a denudare se stessa.
«Pertanto, hai accantonato i tuoi dubbi?» chiese Alexander in tono discorsivo, sbottonandosi i polsini della camicia.
«Per il momento», rispose osservandolo.
«Desideri che mi affretti o che rallenti?» continuò Alexander sbottonandosi la camicia e sfilandola dai calzoni. Quando se la tolse mostrando il suo petto muscoloso e i famosi, maledetti, gonfi bicipiti, un fiotto di umori, caldo e umido, le scivolò tra le gambe.
«Come preferisci», si limitò a rispondere non fidandosi della propria voce.
Alexander trasse un profondo respiro. Si svuotò le tasche e ne estrasse piccoli involucri argentati che lasciò cadere sul letto. Poi portò le mani alla cintura dei calzoni e cominciò ad aprirla. Era evidente il suo stato emotivo, la sua eccitazione che deformava i pantaloni rendendoli tanto stretti. Pure, quando Alexander li abbassò insieme ai boxer e il grosso pene congestionato sbalzò fuori rimbalzando come una fionda, Rebecca dovette tapparsi la bocca con la mano per non mugolare.
Dio, quel bastardo era stupendo, era l'immagine dell'uomo vigoroso e virile, era proprio ciò che aveva sempre immaginato e ancora di più, tanto di più.
«E tu non ti spogli?» la interpellò Alexander con voce roca sfilandosi i calzoni. «Ah, vuoi goderti appieno lo spettacolo ... o ti aspetti che sia io a spogliarti?»
Rebecca si schiarì la voce. «Mi godo lo spettacolo», rispose con voce tremante. Se ne accorse anche lei che la voce tremava ma non avrebbe potuto renderla più ferma, neanche se lui non si fosse posto in piedi nudo e così dannatamente prestante, davanti a lei.
Lo esaminò dal capo fino ai piedi in un attento esame e ammise che era davvero da togliere il fiato. Il volto ricoperto da un velo di fine barba bionda gli rendeva l'espressione maggiormente maschia e la corta barba evidenziava le belle labbra marcate. Gli occhi di un azzurro intenso e profondo

rischiaravano un volto abbastanza squadrato ma elegante e attraente. I capelli corti, biondi seguivano le linee di un capo rotondo e poco ossuto. Le spalle erano larghe, possenti come i famosi bicipiti. E il resto ...

Deglutì a corto di saliva.

«Ora alzati», la invitò lui persuasivo, lo sguardo acceso, l'addome contratto, il pene rigido, violaceo, grosso e vibrante.

Obbedì inghiottendo a vuoto, talmente illanguidita e bagnata da provare la spiacevole sensazione di esserla fatta negli slip.

«Vieni qui Rebecca.»

Avanzò fino a lui che non si era mosso.

«Vediamo che cosa c'è qui sotto», mormorò Alexander sfilandole la giacca dalle spalle.

Le osservò i seni turgidi e gonfi evidenziati dalla stretta t-shirt, poi le aprì la cerniera dei calzoni e li lasciò scivolare in terra.

«Bene», ansimò sollevando una mano a lisciare la seta degli slip e, quando la scoprì umida, un gemito sommesso salì alle sue labbra.

«Ah, dannazione, tu poni a dura prova il mio autocontrollo», ansimò afferrando i bordi della t-shirt e sollevandola per sfilarla dal capo. Fu lei a privarsi gli slip. Poi Alexander la spinse indietro adagio, verso il letto, e la mandò giù con una lieve spinta.

Si fermò a contemplarla lasciando scivolare lo sguardo lungo il suo corpo proprio come aveva fatto lei con lui e quello sguardo prolungato fu più percepibile di una carezza, più intenso e bruciante dei baci, più infiammante dell'esposizione a una fonte di calore.

Torreggiava su di lei, nudo e magnifico, vigoroso nel suo sesso così fieramente svettante.

«E ora apri le gambe per me», ordinò sommesso, lo sguardo fisso alla congiunzione delle gambe.

Rebecca cominciò ad aprirle, gli occhi piantati su quella devastante protuberanza congestionata che sembrava acquisire sempre più volume.

«Sollevale ...» bisbigliò Alexander. Rebecca eseguì sollevando le gambe e, piegandole, poggiò i piedi sul letto.

Era completamente aperta e Alexander non la smetteva di contemplare quella parte di lei così dannatamente in vista. Non un solo muscolo del suo volto scolpito guizzava, ma in compenso vibrava la sua rigida appendice che aveva assunto un colorito ben scuro.

Facendo leva sui piedi, Rebecca sollevò i fianchi verso di lui in un muto invito. Lo sguardo di Alexander scivolò lungo il suo corpo fino ad approdarle in viso.

«Fallo ancora», la invitò con occhi ardenti e quando Rebecca ci riprovò si sentì afferrare le anche e tirare in avanti, mentre lui cadeva in ginocchio e calava con il capo tra le sue gambe.

Alexander agguantò l'umida carne e la strinse forte tra le labbra procurandole una scarica elettrica violentissima.

Il desiderio si gonfiò di umori e sensazioni sconosciute, dovute a una bocca assolutamente magica. Le labbra e la lingua si muovevano sinuose invadendo, assaltando, blandendo e stuzzicando e dopo solo qualche secondo, Rebecca si trovò sull'orlo dell'immenso. Era gonfia, rigida, pronta a sbocciare se solo lui lo avesse permesso ma Alexander si tirò indietro un attimo prima che balzasse nel vuoto.

«No …» mugolò senza fiato pervasa dal disappunto. Alexander l'aveva condotta in pochi secondi ove lei approdava da sola, con immane fatica.

La mano dell'uomo si mosse a coprire la carne rorida e infiammata procurandole un immediato sollievo. Il palmo aperto, duro, sfregò adagio eseguendo piccoli centri concentrici e riportando immediatamente il suo desiderio alle stelle. Lui sollevò il capo e le cercò gli occhi. «Cosa vuoi da me, dolcissimo bignè? Chiedi e ti accontenterò», ansimò con voce arrochita, le labbra turgide e rosse, gli occhi lucidi, quasi febbricitanti. La pressione della mano si fece più lieve e le sensazioni parvero ritirarsi.

«Oh Sacha, ti prego …» ansimò Rebecca e subito la mano tornò a esercitare la giusta pressione rendendola di nuovo ricettiva e smaniosa. Un sorriso devastante illuminò il volto bellissimo dell'uomo.

«Sacha … mi piace … e mi preghi? Cosa vuoi, mio diavolo ardente?» chiese Alexander tendendo la mano sul letto a prendere un piccolo involucro argentato ma il suo capo avanzò di nuovo e quando la lingua la sfiorò, Rebecca fu invasa dal tremito.

«Questo?»

«Sì, sì, sì», urlò dimenando i fianchi e quando lui succiò, dal nodulo contratto e irrigidito parve irradiarsi puro benessere distillato.

Onde di piacere la sommersero inducendola a pulsare di gioia e non aveva ancora smesso che Alexander la penetrò adagiandosi su di lei.

«Non è finito Rebecca, voglio sentirti pulsare ancora», ansimò ritraendosi e spingendosi di nuovo avanti, duro, rovente, voluminoso, così maledettamente presente e vigoroso che Rebecca si ritrovò di nuovo vicinissima ad agguantare il piacere. E ad Alexander bastarono pochi decisi e rapidi affondi perché ricominciasse a pulsare invasa da un piacere intenso, tinto di colori foschi e decisi.

«Oh Sacha …» ansimò incredula. Non le sembrava possibile provare ancora quella sensazionale meraviglia.

«Sì!» esultò lui irrigidendosi e contraendosi negli spasmi dell'orgasmo.

Ancora affondava deciso. Poi si accasciò su di lei.

«Troppo veloce …» ansimò roco nel suo orecchio.

«Troppo veloce?!»

«Sì … deve durare di più … devo lavorare sui tempi … ma ancora non ti conosco», aggiunse ritraendosi. Si sfilò il profilattico e rise sommesso.

«Vedi? È d'accordo anche lui», continuò colpendosi con un buffetto il pene non completamente detumescente, ma Rebecca era ancora in trance, incredula e appagata dal doppio, stupefacente orgasmo.

«Allora? Un primo bilancio?» la sollecitò pratico, già reattivo, di nuovo energico, muovendosi sul letto e inducendola a sobbalzare per gli spostamenti sul materasso, strappandola così dal suo stato di magnifico torpore.

Si volse a guardarlo e fu colpita dal suo fascino conturbante. Cazzo, cazzo cazzo! Doveva fuggire subito!

Quell'uomo era bello, affascinante, intelligente, dotato e pure abile! E lei si sentiva in pericolo.

«Che c'è? Qualcosa non va?» chiese Alexander ricettivo.

«Non godevo così da tempo, tuttavia, questo non cambia le carte in tavola. Siamo qui solo per scopare, Alexander», espulse dura, rifiutando l'idea che sarebbe stato facilissimo innamorarsi di quell'uomo e dei suoi dannati bicipiti. Dannazione, aveva persino la tartaruga!

Anche l'espressione dell'uomo si indurì, i suoi occhi chiari e profondi scintillarono.

«Certo, però possiamo anche scambiare qualche parola mentre ci ricarichiamo. Ma hai ragione, non serve sapere cosa pensa l'altro, ci bastano le sue reazioni. A me piace il tuo gusto e questo basta. Ora accomodati, sono di nuovo pronto!» replicò aspro ponendosi del tutto supino e infilandosi le mani dietro la nuca.

Sì, era davvero di nuovo pronto perché il suo pene si tendeva rigido, sollevandosi invitante.

E sì, le cose dovevano restare sul quel piano impersonale e freddo.

Nessuna confidenza, nessuna confessione, men che meno ammissioni e riflessioni che li avrebbero inevitabilmente avvicinati spiritualmente. Non serviva cavalcare le onde del cuore per osservarne il fulcro, bastava che circumnavigassero ai suoi confini.

Strisciò sul letto fino a lui. Osservò con interesse quel muscolo sorprendente che di nuovo si gonfiò incredibilmente sotto il suo sguardo rapace.

«Ora tocca a te ... chiedi e sarai accontentato», esclamò leccandosi le labbra.

Alexander le dedicò un sorriso derisorio.

«Mi accontenterò di tutto, Rebecca. Decidi tu come procedere e come usarmi. Voglio costatare che sai fare», replicò e le sue parole suonarono come una sfida stimolante, come un invito a esprimere per una volta se stessa senza inibizioni, senza remore, senza costrizioni.

Sorrise anche lei, perché comprendeva il gioco di quell'uomo e ne ammirava l'intelligenza.

Tese la mano e strinse le dita intorno al duro fuso carnoso.

«Ah, proprio un bel piffero ... come non ne vedevo da tanto tempo», bisbigliò carezzando l'organo vibrante.

«Quanto tempo?» s'informò Alexander ma la sua voce non fu tanto ferma.

«Molto ... troppo ... dunque che ci faccio con questo bellissimo esemplare? Me lo suono ...» bisbigliò premendovi le dita come se manipolasse un flauto. «Me lo canto ...» proseguì accostando la bocca per lasciar scivolare la lingua sulla punta e a quel punto Alexander fremette. «O me lo sbatto?» continuò sbatacchiando il pene e le mani dell'uomo si strinsero a serrare il copriletto.

«Sei libera ... di decidere», replicò restando immobile, il respiro un po' corto, intento a non perdersi nulla delle manovre di Rebecca.

Lei strisciò più avanti e gli scavalcò una gamba posizionandosi nel mezzo. Poi carezzò lo scroto e dopo lo succhiò, cercando delicatamente di inglobare un testicolo nella bocca.

Alexander sussultò e un singulto roco gli sfuggì dalle labbra.

Sì, voleva eccitarlo come aveva fatto lui con lei, indurlo a pregare proprio come era stata costretta a fare poco prima.

Leccò accuratamente il turgido muscolo, poi si concentrò sulla rorida punta, consapevole delle mani dell'uomo che serravano il copriletto con maggiore forza.

Lo stuzzicò fino a farlo gemere, poi lo lasciò andare. Il fuoco ardeva dentro di lei e moriva dalla brama di sentirlo in sé ma lui non l'aveva ancora pregata, così lo lisciò ancora con la mano.

«È pronto ... ben turgido ed io sono così bagnata ...» ansimò e lo sentì grugnire. Lui si contrasse e una goccia di liquido stillò dalla polposa punta. Si affrettò a leccarla.

«Vieni ...» disse Alexander.

«Sì? Su di te?»

«Sì.»

«E mi preghi?» lo sollecitò stuzzicando il frenulo con la lingua.

Alexander sorrise. «Sì, Rebecca.»

Scivolò lungo il suo corpo e si pose cavalcioni sul suo grembo.

«Te lo infilo io il profilattico?» domandò strusciando su di lui.

«Sì.»

«Ma prima voglio sentirti ... è sicuro ...» bisbigliò artigliando il pene che diresse nell'umida fessura.

«Oh, cazzo ...» ansimò Alexander irrigidendosi e spingendosi in profondità e per penetrare ancora più a fondo, le artigliò i fianchi con le mani obbligandola a pigiare contro di lui.

«Oh cazzo ...» ripeté sussultando perché voleva conficcarsi dentro di lei.

Rebecca era colma di lui, impalata, e non riusciva a tirarsi via per permettergli di indossare la protezione. Si contrasse in uno spasmo di desiderio e Alexander gemette. «Fallo ancora!» la pregò senza fiato piegando le gambe e sollevando i fianchi quando lei si contrasse di nuovo.

Non avrebbe potuto essere più presente, più infilato, più vivo e fremente dentro di lei.

Anche Rebecca gemette già quasi al limite.

«Oh, Sacha ... devi ritrarti ...» bisbigliò oscillando.

«Sì», concordò Alexander serrandole i fianchi e cominciando a sollevarla e man mano che scivolava via da lei, Rebecca ne percepiva la perdita. Quando fu quasi completamente fuori la riabbassò di colpo spingendosi ancora a fondo e poi con un lamento strozzato la sollevò rapido, tirandosi indietro. Fu velocissimo a infilarsi il profilattico, quindi la riprese tra le braccia e la guidò di nuovo su di lui.

E il desiderio di sconfinare lo spinse a stringerla, a muoversi con lei in un'altalena ondeggiante, a carezzarle i glutei plasmandoli per farsi spazio, a lisciarle la schiena e i seni che strinse e succiò, a baciarle il petto e il collo finendo col morderle il mento mentre entrambi esplodevano nell'estasi liberatoria con i suoi colpi possenti. E poi Alexander si accasciò sul letto conducendola con sé. Rebecca pulsava e si contraeva ancora invasa dalla bellezza, dal benessere, e la stretta forte delle braccia di Alexander intorno a lei la placava, la soddisfaceva, la faceva sentire al sicuro, finalmente appagata nel corpo e nella mente.

Il mento le bruciava, anche i capezzoli dolevano ma era felice come non lo era stata da tempo.

«Ah, la potenza di un orgasmo!» bisbigliò sul collo di Alexander.

«La potenza di un orgasmo e la stretta tenace di morbida carne rovente. Avevo scordato la sensazione che si prova con il contatto diretto e sono stato davvero tentato di restare dov'ero!» replicò Alexander aprendo le braccia e liberandola.

Rebecca si tirò via e scivolò giù dal letto.

«È stata colpa mia», ammise con un'alzata di spalle raccogliendo il suo perizoma.

«Sì.»

«Scusa.»

«Scuse accettate. Ne è valsa la pena.»

«Grazie.»

«È stato un piacere.»

«Anche per me», assicurò Rebecca avviandosi al bagno.

10
Bilancio

Sicuro che era stato un piacere anche per lei! Rebecca aveva vibrato come un'arpa emettendo una musica celestiale.

Come celestiale era stato restare immerso dentro di lei senza alcuna protezione. Lei era così stretta, così salda, così minuta che si era sentito completamente avvolto e serrato, e aveva percepito ogni spasmo di lei, ogni contrazione, ogni singulto, con una percezione davvero elevata.

Era da molto tempo che non viveva un amplesso con tanta partecipazione e sì ... anche intenso appagamento, anche se a ripensarci ...

Tremò percependo una nuova serie di spasmi.

Calma amico! Si esortò lanciando un'occhiata al pene investito da nuovo, energico vigore.

Sorrise tirandosi a sedere.

Sì, il bilancio era sicuramente positivo sebbene non tutto si fosse sviluppato come avrebbe voluto. Già, il desiderio di avere Rebecca e di poterle finalmente mettere le mani addosso lo aveva privato di tutti quei preliminari che gli servivano a scoprire il corpo di una donna.

Infatti, non conosceva le vulnerabilità di quel corpo da favola, i suoi punti sensibili, né le reazioni che lei avrebbe opposto a determinate carezze atte a sondarla. Gli mancava quella parte e questo avrebbe pregiudicato di sicuro l'appagamento totale, rendendolo ancora desideroso di scoparsi quella fata dalla pelle liscia e profumata, anche dopo una giornata di lavoro.

Sospirò alzandosi. Se fosse stato dedito al fumo avrebbe fumato una sigaretta ma poteva versarsi uno scotch.

Raccolse i calzoni di Rebecca e li appoggiò sul letto, poi si diresse a un pannello di legno a parete che aprì senza difficoltà, conoscendo il meccanismo di sbocco. Vi trovò, come previsto, la bottiglia e più di un bicchiere. Si versò da bere e ingollò il liquore che gli inondò il ventre di calore.

Il compiacimento serpeggiava in lui ma non era solo per l'esito di quella serata. No, oltre alla soddisfazione di avere finalmente espugnato una fortezza, di aver costatato un innegabile feeling e una potente attrazione, aveva anche trovato riscontro ad alcune verifiche, l'esito delle quali, non poteva fare a meno di rallegrarlo.

Già, in primo luogo Rebecca non aveva voluto condividere quel piacere con altri partner ma solo con lui.

Sì, approvava appieno quella scelta.

Non avrebbe voluto un secondo uomo a eccitarla, a toccarla, a penetrarla, era perfettamente in grado di operare da solo e soddisfarla, come infatti, era avvenuto e, come succedeva sempre. Anche quando si era trovato coinvolto in scambi di partner ed era intervenuto qualcun altro, era sempre stata un'altra donna.

Sì, sapeva giostrarsi tra due donne, era abbastanza energico per soddisfarle entrambe e nessuno avrebbe potuto affermare che non fosse un vero uomo.

Il sangue di suo padre scorreva nelle sue vene ma amalgamato a quello della madre si era modificato, impedendogli di provare gli stessi impulsi del suo genitore, stimolati da altri uomini.

Per carità, nulla da ridire su chi si sentiva intimamente donna e si innamorava degli uomini, peccato che suo padre se ne fosse reso conto quando ormai aveva una moglie e un figlio. O magari lo aveva saputo anche da prima che si sposasse ma, semplicemente, aveva voluto compiacere un genitore fortemente autoritario, dalla mentalità ristretta ed estremamente maschilista; caro il buon nonno Aleksej.

Portò il bicchiere alla bocca e sollevò il viso per bere. Si ritrovò a contemplare la propria immagine nello specchio e, sfalsato, il riflesso di Rebecca. Sostava sull'uscio del bagno e lo osservava. Era coperta a malapena da un fine perizoma bianco di seta liscia e lucente e risultava bella e sensuale da togliergli il fiato, mostrando disinvoltamente quei seni di media grandezza dalle areole rosee e i capezzoli appuntiti come fini punteruoli, e se non avesse offerto l'impressione di essere un morto di fame, anzi di sesso, cosa che non era perché le donne non gli mancavano, l'avrebbe spinta di nuovo sul letto e l'avrebbe indotta ancora a fremere di piacere.

Si volse lentamente, consapevole che tutta la zona del basso ventre fosse diventata più calda e pesante.

«Hai trovato da bere ... posso?» chiese la ragazza avanzando rapida fino a lui e togliendogli il bicchiere dalle mani.

«Te ne verso uno», si affrettò a fermarla.

«No, non importa, me ne basta solo un sorso. Dove lo hai trovato?»

«Nello stipo in cui è conservato.»

«E tu ne eri informato?»

«Certo.»

«Perché?»

La squadrò più attentamente cercando di comprendere cosa volesse sapere. Le guance di Rebecca erano soffuse di rossore, gli occhi così verdi, avevano assunto una tonalità più scura del solito. I suoi capezzoli, racchiusi dalle areole rosee, avrebbero potuto perforargli i palmi delle mani tanto erano duri e appuntiti. Emanava da lei un odore di pulito che quasi lo spinse a tuffarle il naso nel collo libero dai capelli e innalzati approssimativamente sul capo, per inalarne il profumo.

Serrò i pungi per non tendere le mani a strizzarle le invitanti punte dei seni. Il pene si contrasse.

«Conosco i proprietari di questo castello e sono informato che posso accedere a questa stanza che resta libera per me. E in segno di cortesia vi trovo sempre una scorta di liquori e biancheria pulita», specificò sbrigativo allontanandosi da lei. «Usufruisco anch'io del bagno, poi andiamo. Vuoi fermarti alla festa o preferisci andare a casa?» s'informò disinvolto varcando la soglia del bagno.

«Vorrei andare», rispose Rebecca infilandosi i calzoni che lui aveva raccolto da terra e deposto sul letto.

«Bene», rispose chiudendosi la porta alle spalle.

Inspirò profondamente tentando di controllare l'incipiente erezione. Cacchio, non era cambiato niente! Ritrovarsi Rebecca davanti gli ispirava sempre e comunque quell'unico desiderio nonostante l'avesse appena scopata. Ma quella donna era sexy in ogni curva peccaminosa del suo corpo da favola ed ora, inoltre, era a conoscenza del fatto che rispondesse in tempi brevi, che fosse calda, partecipativa e ardente, e anche stretta come un bocciolo di rosa; dunque un vero paradiso del piacere di cui godere ancora fino a che non se ne fosse stancato.

11
Un seme piantato in un arido terreno

Rebecca vuotò il bicchiere e il calore le si diffuse nel ventre. Un calore che andò a intensificare quello che già sopiva dentro di lei, la cui eco ancora l'illanguidiva.

Percepiva i postumi degli orgasmi provati, ciò nonostante, ammirare il corpo muscoloso di Alexander e scoprirlo nuovamente irrigidito, l'aveva indotta a desiderarlo di nuovo e per poco non l'aveva pregato di prenderla ancora una volta.

Era pur vero che aveva tanto da recuperare, però, la consapevolezza che non fosse opportuno intrattenersi con quell'uomo era andata rafforzandosi durante quella serata. Quel bastardo le piaceva molto e accidenti, si era rivelato non solo disponibile e partecipativo ma anche lungo!

Che meraviglia dopo tante eiaculazioni superveloci!

Eppure, anche la conferma che non fosse la persona giusta per lei aveva trovato nuovo riscontro.

Quell'uomo avrebbe potuto scoparla ancora e ancora ma non avrebbe mai provato altro che desiderio fisico per lei. Alexander non baciava le sue compagne, segno che le reputava solo prostitute atte a soddisfare i suoi istinti e poi era troppo abile e navigato. Quella stanza del castello era in pratica riservata a lui e probabilmente doveva occuparla ogni sera e inoltre, non si era mostrato né sorpreso né sconcertato all'idea di intraprendere un incontro a quattro, particolare che segnalava che fosse solito dedicarsi a pratiche comuni e lei non approvava né le ammucchiate, né gli scambi di coppia, né una sfrenata promiscuità.

Ed era stata una stupida a permettergli di penetrarla senza la protezione eppure, quanto ne aveva goduto. Alexander l'aveva colmata, ma non solo intimamente. Con la sua presenza incisiva dentro di lei aveva colmato anche il vuoto della sua anima. Sì, quella era una vera stronzata, eppure, si era sentita così vicina a lui, così parte di un unico intero che non avrebbe voluto essere abbandonata e gli avrebbe permesso di venire in lei senza contrastarlo. E quella sì che sarebbe stata una mossa sciocca e azzardata.

E diventare sciocche davanti ad un uomo non era per nulla positivo.

Sospirò raccogliendo la giacca e infilandola sull'aderente t-shirt.

I capezzoli erano così turgidi da dolerle.

Bene, ciò che era fatto era fatto e adesso era inutile recriminare e poi non era da lei. Si era divertita per una sera, aveva goduto alla grande anche se un sottile desiderio le inturgidiva ancora i seni ma, quello era tutto.

Si rendeva tassativo restare lontana da Alexander e non lasciarsi più coinvolgere da lui ed era certa che non sarebbe rappresentato un problema ignorarlo, in futuro. Dopotutto, aveva tralasciato di assecondare la propria attrazione per ben due anni e mezzo. Già, perché l'inizio dell'attrattiva per Alexander risaliva ai tempi in cui era entrata in Procura e lo aveva conosciuto, e aveva percepito il richiamo del suo fascino nonostante avesse appena iniziato la relazione con Ivan.

La porta del bagno si spalancò e Alexander irruppe nella camera come una ventata di fresca energia, riempiendo il campo visivo e occupando ogni spazio della stanza con la sua presenza.

Com'era possibile che quella stanza spaziosa fosse diventata improvvisamente piccola e opprimente non appena lui ne aveva varcato la soglia?

«Sei pronta ... bene ... mi vesto in un attimo, tutto bene?»

«Nella norma.»

Alexander le lanciò un'occhiata scettica attraverso lo specchio.

Certo, non era nella norma per lei scoparsi un uomo nella camera privata di un castello in cui si svolgevano feste ed orge ma che si aspettava, che lei si complimentasse per la sua prestazione?

«Non dimenticare la maschera. È tassativo indossarla fuori delle camere. La tua è su quella poltrona», indicò Alexander infilandosi la camicia.

Rebecca la raccolse e la infilò. Si specchiò sistemandola sul viso.

«Un diavolo ... a quante hai fornito questa maschera?» chiese e subito si pentì di aver posto quella domanda.

Alexander alzò le spalle. «Non ricordo», rispose vago ma Rebecca fu certa che mentisse.

Lo squillo del suo cellulare la distolse. Prese la borsa ed estrasse il telefono. Sul display lampeggiava il nome di Stefano, il maggiore dei suoi cugini e non esitò ad aprire la linea.

«Ciao Stefano.»

«Ciao cuginetta, come va?»

«Bene grazie, e Ilaria e i gemelli?»

«Stanno bene, i bimbi crescono e diventano sempre più discoli. Immagino che Fabian diventerà un tuffatore perché ama lanciarsi dalla spalliera del divano, dal tavolo e da tutto ciò su cui riesce ad arrampicarsi!»

Rebecca rise.

«Ti assicuro che la cosa sta diventando alquanto preoccupante. In ogni modo ti chiamo per informarti dell'ennesima festa in maschera. Ormai è diventata una consuetudine quella delle maschere, lo sai e Ilaria ne ha proposta una a tema, in occasione del suo compleanno.»

Un sorriso beffardo le contrasse le labbra.

Stefano non poteva sospettare che indossasse una maschera proprio in quel momento.

«Qual è il tema?» s'informò lanciando un'occhiata ad Alexander. Si era vestito e stava recuperando la sua maschera da sotto il letto. Dimenava un posteriore sodo di tutto rispetto.

«Il bene e il male.»

«Magnifico, ho già la maschera giusta», replicò osservando Alexander che si stava rialzando e che non mancò di lanciarle uno sguardo interrogativo.

«Okay, ci vediamo Domenica allora.»

«Sì, hai già avvertito Giulio?»

«Non ancora, lo chiamo adesso», rispose Stefano.

«Lascia, ci penso io.»

«Okay e puoi estendere l'invito a chi vuoi.»

«Allora avvertirò Marisa.»

«Bene, ora devo lasciarti Beck e bloccare Fabian che cerca di arrampicarsi sulla libreria. A presto, tesoro.»

«Ciao Stefano, un bacio per i gemelli e per Ilaria.»

Chiuse la linea e cercò il suo compagno. Si era infilato la maschera e il becco adunco lo rendeva inquietante e pericoloso.

«Andiamo?» domandò avviandosi all'uscio.

«Come Diavolo comanda», rispose Alexander con un tono sfacciato e derisorio, inchinandosi al suo passaggio con uno sberleffo.

12
Essenza pura di desiderio

Alexander frenò davanti all'ingresso del palazzo di Rebecca.
«Ti lascio qua?» chiese volgendosi a guardarla.
«Sì, grazie, allora ci vediamo domani in ufficio», replicò la ragazza mordendosi un labbro. Doveva specificare che aveva goduto alla grande?
«Sì ... sei pronta per la causa Coppola?»
«Naturalmente Alexander.»
«Okay, io sarò in tribunale domattina ma credo che potrò essere in ufficio intorno a mezzogiorno.»
Rebecca annuì. «Va bene ... a domani allora», salutò apprestandosi ad uscire dall'auto.
«Ah ... e grazie, mi sono davvero divertito», aggiunse l'uomo portando una mano a massaggiarsi il viso. E quel ringraziamento appena accennato fu come benzina sul fuoco.
«Perfetto ed io ringrazio te per avermi permesso di usarti come preferivo. Non sei davvero male come prostituto», replicò pungente e fu certa del sussulto dell'uomo al suo fianco.
Lui volse di nuovo il viso a scrutarla e sorrise beffardo. «E sono anche gratis! Conveniente no? E non conto di chiedere compensi neanche in futuro», precisò ironico.
«Buono a sapersi. Lo terrò presente qualora dovesse ancora servirmi!»
«Sì, fai bene, dubito che abbondino *prostituti* intenzionati a elargire sesso sicuro e di qualità, a costo zero. Per la sicurezza garantisco, per la qualità sta a te giudicare tuttavia, nessuna si è mai lamentata delle mie prestazioni finora!» aggiunse con un tono risentito e acuminato che le segnalò che il suo pungente commento era andato a segno.
Pertanto, quell'uomo aveva una coscienza nonostante non baciasse le sue compagne sulla bocca?
Uscì dall'auto senza aggiungere altro e si affrettò verso casa.
Lo stomaco vuoto brontolò per i succhi gastrici in movimento.
Provava così tanta fame che le pareva di svenire e quel bastardo neanche le aveva offerto di mangiare qualcosa insieme. Se lui lo avesse proposto non avrebbe acconsentito perché non voleva dividere nient'altro con lui, tuttavia, avrebbe gradito un cortese invito. Invece Alexander si era limitato a ringraziarla e a confermarle il suo divertimento per quella serata di sesso incandescente. Sì, si era meritato la battuta sul prostituto! Pensò irritata entrando nell'ascensore.

Oh, lo aveva ben compreso che Alexander si era divertito, specie quando lo aveva guidato dentro di lei senza l'ausilio del profilattico. Le sue spinte erano triplicate d'intensità ed era stata certa che lui avrebbe voluto conficcarsi il più profondamente possibile e non ritrarsi, come infatti aveva confermato dopo. O anche quando lo aveva suonato proprio come un piffero stonato e lui aveva serrato il copriletto stringendo talmente i pugni da farsi diventare bianche le nocche.

E si era divertito anche a usare la bocca su di lei, ne era certa, accidenti a lui che non l'aveva mai baciata sulle labbra ma che aveva assaggiato i suoi umori, succhiato la sua carne rorida stillante essenza di desiderio come fosse stata intrisa di gocce di miele puro.

Il calore le invase il ventre e dovette aggrapparsi alla porta dell'ascensore. Attese qualche attimo che il calore scemasse e con crescente costernazione avvertì di essere di nuovo bagnata.

Sospirando uscì dall'ascensore ma invece di fermarsi davanti all'uscio di casa, si accostò alla porta di un altro appartamento.

Sperava che Marisa ci fosse e che fosse anche disposta a mangiare qualcosa con lei. Mangiare da sola la deprimeva troppo e da quando i genitori si erano trasferiti in campagna dagli zii, non poteva più contare su di loro. E poi aveva bisogno di distrarsi. Non voleva dedicare nessun altro pensiero ad Alexander Jenko e ritrovarsi poi, ancora immersa nell'essenza del proprio desiderio per lui.

Si attaccò al campanello della porta di Marisa e attese speranzosa.

13
Evitare chi ci rende stolti

Che stronza! Pensò Alexander irritato guidando verso casa.
La battuta sul prostituto era stata del tutto gratuita e lui non comprendeva la stupida rivalsa di quella donna. Che si fosse divertita era lampante, come anche che si fosse ampiamente soddisfatta. Dunque, che si era aspettata? E poi, lei per prima aveva chiarito di non volere alcuna relazione e che l'incontro di quella sera sarebbe stato dedicato solo al consumo di sesso.

Che non le fosse bastato? A giudicare dai suoi capezzoli duri e appuntiti quando era rientrata nella camera, forse si era aspettata l'inizio di un altro round. O forse desiderava essere invitata a cena, tuttavia, era certo che lei si sarebbe divertita a rifiutare se le avesse proposto di mangiare qualcosa insieme.

Durante il tragitto di ritorno aveva a malapena risposto a qualche sua sporadica domanda, proprio per non consentire alcuna confidenza o conversazione, figurarsi se avesse accettato di condividere con lui la cena. Ma ora moriva di fame e in barba a quella fata stizzosa e incomprensibile avrebbe mangiato un bel piatto di pastasciutta, però, doveva cercare Matteo che detestava mangiare da solo e sicuramente avrebbe trovato il fratello al Sombrero. Sì, gli veniva sempre fame dopo una buona scopata e quella sera le scopate erano state superbe. Se solo ripensava al suo diavolo, alla sua pelle liscia, alle sue curve tentatrici, alle onde delicate della sua carne, superate le quali aveva incontrato un cuore di miele puro, cazzo, il desiderio di lei tornava a serpeggiargli in corpo, costatò conscio della rigidezza del proprio inguine.

Doveva piantarla di pensare a lei, a quanto fosse stato straordinariamente piacevole affondare nelle sue carni e percepirle senza alcuna barriera protettiva. Era stato così fantastico proprio perché aveva dimenticato quelle sensazioni, abituato com'era a non fare più a meno del profilattico.

Era stato così vicino a lasciarsi andare in quel paradiso incantato, così vicino a sopire dentro di lei, fino a quando la tumescenza del suo organo glielo avesse permesso. Aveva rasentato sciocamente un pericolo e le donne che lo inducevano nella stoltezza non erano da frequentare. Forse sarebbe stato opportuno dimenticarsi di Rebecca. Alla fine, l'aveva avuta vinta per la sua costanza e poteva ritenersi soddisfatto di quella serata e della sua vita.

Rebecca era un'altra donna conquistata, un'altra tacca alla sua lunga lista di raggiungimenti a dimostrazione della certezza di essere un vero uomo e non un gay come suo padre.

Perciò andava tutto alla grande!

E compiacendosi di se stesso e del risultato ottenuto, infilò la Via Mazzini diretto al Sombrero.

14
Un picchiare sommesso alla porta del cuore

Il locale era affollato ma Rebecca e le sue amiche avevano trovato un buon tavolo, in una zona più appartata e tranquilla ben lontana dall'ingresso.

Rebecca si era accontentata di un toast, pur di placare la fame, Marisa e Claudia che avevano già cenato da un pezzo, avevano scelto di bere.

Addentando il toast, Rebecca non aveva perso tempo e si era affrettata ad informare le amiche dell'ennesima festa in maschera, la Domenica successiva, a casa del cugino maggiore e, come sempre, quella notizia stimolò le ragazze.

«Magnifico! Quanto amo le feste in costume e quelle di tuo cugino, poi, sono sempre una favola! Sua moglie Ilaria è molto brava nell'organizzarle e nello scegliere temi sempre appropriati, in linea con i tempi che corrono. Come il bene e il male; quale materia migliore per etichettare la nostra attuale società? E poi ho già idea di come vestirmi per quella festa; sceglierò un costume da angioletto», esultò Marisa soddisfatta.

«Invece io ho già un costume e, neanche a farlo apposta, risponde alle esigenze», intervenne Claudia leccando l'oliva del suo cocktail con un fare voluttuoso da pornostar.

«E qual è?» s'informò Rebecca.

«Crudelia Demon; è l'abito che ho indossato per una rappresentazione teatrale lo scorso Dicembre e me lo ha cucito mia madre che è bravissima in questi lavori. È bellissimo, tutto bordato di finta pelliccia maculata ... vedrai, e tu Beck? Hai già il tuo costume? L'anno scorso eri Jasmine se non ricordo male.»

«No, il costume di Jasmine non posso più usarlo perché me lo hanno rovinato con un lavaggio malfatto ed essendo tutto di veli non si è potuto rimediare, così alla fine l'ho buttato via. In verità avrei un costume da coniglietta che ho usato in un'altra festa organizzata sempre da uno dei miei cugini tuttavia, per questo avvenimento, conto di scegliere un costume diverso più rispondente al tema e che al momento mi calza a pennello», continuò Rebecca tacendo poi di proposito per suscitare una maggiore curiosità. Scrutò le amiche.

Claudia fu la prima ad abboccare al suo amo. «E quale sarebbe?» domandò con interesse.

«Il diavolo.»

«Bello! Ne ho visto uno assai sgargiante nel negozio di via Turati, hai presente?»

«Sì, lo conosco e domani, durante la pausa pranzo ci farò un salto», rispose la ragazza pulendosi le labbra. Aveva mangiato un toast insapore ma almeno la fame si era placata. Marisa e Claudia invece, erano già al secondo cocktail.

«Com'è quello che hai visto tu? Io lo vorrei rosso», precisò Rebecca con decisione.

«Sì sì, c'è un'ampia scelta da Mizzi e li ho visti sia neri sia rossi, con i pantaloni o con la gonna», spiegò Claudia, «e tutti rigorosamente abbinati a un forcone», aggiunse sogghignando.

«Non mi importa nulla del forcone, a che mi serve? Però ho un'idea precisa di come deve essere il costume: si deve indossare come una tuta e deve restare bene aderente al corpo. E poi lo voglio rosso fiammante, possibilmente in raso così che risulti anche lucido», ribadì Rebecca. Chissà che non le fosse ricapitato di tornare al castello di Mattofogli e in quel caso avrebbe già avuto il costume giusto per lei, considerò, e solo accarezzare l'idea di quel luogo controverso, la indusse in un fondo calore che percepì svilupparsi nel ventre come un'onda.

«Ciao Claudia», salutò qualcuno comparendo nell'arco visivo di Rebecca.

«Ciao Nico, come te la passi?» rispose Claudia tendendo la mano all'amico.

«Bene, grazie ... sei in compagnia ...» notò l'uomo lanciando un'occhiata alle ragazze e il suo sguardo interessato si soffermò più del dovuto proprio su Rebecca.

«Sì, conosci le mie amiche? Marisa Lancetti e Rebecca Mayer.»

L'uomo scosse il capo. «No, non ho avuto il piacere, Nico Molteni», si presentò stringendo le mani delle amiche tuttavia, di nuovo, lo sguardo dedicato a Rebecca fu inequivocabilmente più lungo e interessato di quello rivolto a Marisa.

«Bevi qualcosa? Tu non hai il bicchiere in mano», notò Nico.

«Grazie ... sì, ora prenderò un Bellininitini», rispose Rebecca accennando ad alzarsi ma Nico la bloccò.

«Ci penso io. Voi ragazze prendete ancora qualcosa?»

«No, io sono a posto», chiarì Claudia.

«Anch'io», fece eco Marisa.

«Torno subito, non te ne andare», si raccomandò Nico allontanandosi e non appena scomparve nella folla di giovani che affollava il locale, Claudia fischiò. «Beck, lo hai fulminato!» considerò con gli occhi sgranati.

«Già, quello non ha occhi che per te. Mi è sembrato di essere diventata trasparente», aggiunse Marisa con un sorrisetto divertito.

«Infatti, e si sarà avvicinato proprio per conoscere Rebecca», realizzò Claudia.

«Ma chi è?» s'informò Rebecca.

«Un amico di mio fratello ... non è male, vero?»

«No ... non credo ...» rispose esitante. Neanche lo aveva guardato, però, ora si sarebbe concentrata su quel tipo. Chissà mai che non fosse quello l'uomo della sua vita venuto finalmente a bussare alla porta del suo cuore.

Da qualche parte doveva pur spuntare e giacché aveva assodato che quell'uomo non era Alexander, forse poteva essere proprio il tale Nico Molteni che Claudia stava ancora ammirando e il cui didietro stava decantando come se non ne esistessero di uguali.

L'amica non conosceva Alexander Jenko, il suo posteriore, i suoi bicipiti, la sua tartaruga e il suo serpente!

15
Un capitolo chiuso

«Cazzo Alex, ma che fame hai?» chiese Matteo incredulo. «Dai, smetti di mangiare e torniamo al Sombrero», lo esortò il fratello.

«La fame l'ho placata, ma il dolce è per soddisfare il palato», replicò Alexander riponendo il menù. «E voglio lo strudel di mele! Tu vuoi qualcosa? A parte gin e liquori vari che non vedi l'ora di riprendere a bere?»

Matteo aggrottò la fronte. «Riprendere a bere? Per l'esattezza non avevo ancora cominciato quando sei arrivato e mi hai trascinato via posseduto dalla fame dello scopatore seriale a corto di energie. Quante forze hai fatto fuori? E chi è quella di turno? La conosco?» lo stuzzicò il fratello con un sorrisino irritante.

«No ... è una dell'ufficio», rispose Alexander adagiando la schiena alla sedia.

L'espressione di Matteo fu di sconcerto ma almeno il sorrisetto era sparito.

«Ah! Questa è nuova. Da quando combini sesso e lavoro? Non hai sempre affermato che per lavorare serenamente bisogna mantenere un comportamento esemplare nell'ambito dell'ufficio e che esistono tanti altri territori adibiti alla caccia?» s'informò curioso. Quella inosservanza alle regole del fratello era una novità incomprensibile.

«Certo, tuttavia, questo è un caso particolare e ... be' non potevo lasciarmi sfuggire quest'occasione», ammise Alexander con un sospiro.

«Allora questo caso particolare deve essere una figona di prim'ordine», valutò Matteo con una smorfia.

«Sì, lo è», confermò Alexander.

Matteo lo contemplò per un po' mordendosi l'interno di una guancia. «Di' un po' Alex, ma è per tuo padre che ti comporti così?» sbottò all'improvviso e se non fosse stato suo fratello, Alexander lo avrebbe atterrato con un cazzotto ben assestato.

«Che cazzo stai blaterando?» rispose cercando di controllare la tempesta che sentiva infuriare dentro di lui.

«E ora perché ti stai incazzando?»

«Non sono incazzato e tu stai vaneggiando come un coglione a corto di alcol!» sbottò incapace di placarsi.

Matteo sospirò. «Senti, a me pare solo che tu non te ne lasci scappare nessuna, ora contravvenendo anche ad una tua regola di vita che reputo molto intelligente. A volte mi sembri posseduto dalla brama della conquista.»

«Non importa da cosa sono posseduto, ciò che conta è che mi piacciono le donne e me le scopo per divertirmi. E tu farai bene a non paragonarmi mai più a mio padre!» chiarì controllando il tono della voce perché nessuno attorno lo udisse.

«Alex, non ti ho paragonato a Dmitrij, ti ho solo domandato se è lui che involontariamente influisce sul tuo modo di essere. Vuoi dimostrare di non essere come lui? Ma è lampante, non c'è bisogno che ...»

«Non voglio dimostrare niente!» lo interruppe Alexander brusco. «E questa conversazione è inutile!» tagliò corto deciso.

«Sì, d'accordo, in ogni modo tu sei il mio eroe, ti amo e ti imito, però quelle dell'ufficio le ignoro proprio come mi hai insegnato e tu non dovresti perdere di vista le tue stesse regole. Tutto qua.»

«Non perdo di vista niente Matteo ma, questa donna ...» si interruppe e inspirò con un brusco scatto. «Questa donna mi stava togliendo il sonno!» Si decise ad ammettere per condurre altrove la conversazione e il fratello lo scrutò con più attenzione.

«Oh ... e anche questa è una novità o sbaglio?» chiese perplesso.

L'arrivo propizio del cameriere che veniva a raccogliere la sua ordinazione gli evitò di fornire una risposta.

Era caduto dalla padella nella brace. Per non parlare del padre aveva accennato a Rebecca, tuttavia, neanche su di lei voleva dilungarsi. Rebecca era un capitolo letto, assorbito e chiuso!

«Come va il lavoro?» chiese non appena il cameriere si fu allontanato.

«Bene, procede alla grande. Tu che ami tanto i costumi e frequenti quel castello delle orge sempre travestito, potresti venire con me Domenica, a una festa in maschera.»

«Dove?»

«Non so, mi ha invitato Kelly.»

«Kelly Grimaldi? La vedi ancora?» s'informò Alexander.

«Sì, di tanto in tanto mi chiama ed io corro. Ci guadagno bei soldi con i servizi fotografici.»

«E ti diverte fare il modello?»

«Sì, quando capita, ma non succede di frequente.»

«E perché Kelly chiama te?»

Matteo rise. «Perché sono bello e figo, anche se ad essere onesti, non come te. Hai mai considerato l'idea di realizzare un calendario sexy? Se vuoi lo chiedo a Kelly e ti propongo», lo provocò.

«Matti, vai a cagare!» Fu la secca risposta che provocò una fragorosa risata.

Figurarsi, un calendario sexy.

Già non riusciva quasi a districarsi tra le donne che si proponevano per il suo divertimento e infatti, quando erano arrivati al Sombrero, aveva dovuto arginare le effusioni di una Emma su di giri che avrebbe voluto sedergli in grembo ad ogni costo. Ed evitare che lo seguisse a casa era stato ancora più laborioso, però, era davvero stanco quella sera e aveva già goduto della sua dose quotidiana di divertimento.

E che divertimento! Emma non era mai stata all'altezza nonostante la sua perenne disponibilità.

Invece Rebecca, pur con i suoi respingenti, gli aveva donato una serata incandescente e fenomenale.

Già, e il pensiero di quella femmina lo aveva accompagnato per tutta la sera, nonostante avesse cercato di accantonarlo. Ed era inutile che mentisse a se stesso; gli era piaciuto da matti scopare con lei e se solo avesse scorto ancora una minima disponibilità da parte della ragazza, in futuro, non avrebbe garantito alcun rifiuto.

Era consapevole che non sarebbe stato saggio concedere spazio a quella donna. Si era sempre tenuto lontano dalle partner che lo inducevano nella stupidità ed era motivo di vanto per lui affermare che non fosse il fallo a gestire i suoi rapporti, eppure, con Rebecca, ogni schema perdeva di significato.

Come quello di vietarsi la caccia nell'ambito lavorativo. Matteo aveva assolutamente ragione. Aveva sempre evitato di combinare sesso e lavoro e di sicuro era stata una strategia vincente fino a quel momento, fino a Rebecca. Ora, davanti a lei, quella tattica perdeva ogni valore, ogni importanza.

Se non era stupidità quella!

Si stese sul letto e chiuse gli occhi.

Sperava proprio che la stanchezza favorisse il sonno ma la testa era ancora piena di quella donna, del suo corpo morbido caldo e vibrante, dei suoi umori dolci ed eccitanti, dei suoi mugolii, del suo afrore, della sua arrendevolezza, del suo pregare bisbigliando chiamandolo Sacha, accidenti a Rebecca Mayer fata e diavolo che dominava sui suoi sensi ora ancora più di prima!

Già, prima pensava a lei perché la desiderava e ora perché l'aveva avuta e se ne era soddisfatto!

Si poteva essere più coglioni?

Sacha ... così lo chiamava sempre il nonno e poi anche la sua prima donna, amica del nonno. La donna in questione aveva quarantacinque anni e lui soltanto quattordici quando si erano incontrati per la prima volta ed era stato proprio il nonno ad organizzare quell'incontro.

Più che deluso dalla dichiarata omosessualità del figlio, aveva riposto le sue speranze nell'unico nipote e lo aveva costretto a scopare con quella donna per avere la certezza che ne fosse capace.

Era stata un'esperienza traumatizzante la prima volta e con una donna tanto "matura" e se lei non lo avesse aiutato avrebbe miseramente fallito.

Ma Svetlana era esperta e aveva compreso la sua timidezza, la sua ansia derivante dalla consapevolezza di dover dimostrare al nonno di non essere come il padre. E poi era stata certa che fosse la sua prima volta e che fosse anche agitato e in difficoltà perché il nonno li osservava.

Ma lo aveva preso per mano e guidato nei meandri del sesso consentendogli di dimostrare al nonno il suo talento.

E l'uomo che in lui si era riconosciuto, essendo stato costretto allo stesso confronto all'età di undici anni e mezzo da un padre che voleva la certezza che non fosse come il suo primogenito, lo aveva adorato fino alla fine dei suoi giorni.

Rebecca, in qualche modo oscuro gli aveva rammentato Svetlana, con la quale era rimasto in amichevoli rapporti. Forse per il colore degli occhi, o per la medesima sensualità che accomunava le due donne, o perché con Rebecca aveva riprovato un po' l'emozione della prima volta. Gli si era aperto un mondo davanti, non perché non avesse mai goduto prima di allora ma perché non lo aveva mai fatto senza il condom, obbedendo ai rigidi insegnamenti di Svetlana che sarebbe inorridita se fosse stata a conoscenza della inosservanza alla sua educazione sessuale, atta a proteggerlo.

Si volse sul fianco, la mente ora confusa, l'immagine di Rebecca a sovrapporsi a quella di Svetlana, le sue mani e la sua bocca a percorrergli il corpo e il suo intimo cuore a custodirlo nel fuoco.

16
Una festa rovente

La villa era viva, affollata di gente in costume che si muoveva in uno scenario a dir poco fantastico.

Il salone ampio, svuotato di ogni arredo ma abbellito con piante rampicanti a colonna, intorno alle quali erano state disposte delle isole con rinfreschi e bevande, era illuminato a giorno.

Matteo, il cui ghigno da Joker lo faceva apparire grottesco, serrò il gomito del fratello.

«Che te ne pare? Sembra una bella festa, vero?»

«Sì, non male, e poi mi hai convinto nel momento stesso in cui mi hai portato il costume di Lord Fener. Sai quanto io abbia amato la Saga di Star Wars», rispose Alexander bevendo un sorso del suo cocktail.

«Lo so Alex ed ero certo che non avresti potuto rifiutarti oltre dopo aver visto quel costume», rispose il fratello e Alex fu certo che sogghignasse sul serio sotto il ghigno posticcio.

Due angeli sfilarono davanti a loro.

Mentre il primo era leggiadro, con boccoli biondi che pendevano sulle spalle tra due ali dorate che spuntavano da una tunica bianca, il secondo era assai goffo, con un pancione prominente su un patello di spessa spugna che rischiava di svolgersi da un attimo all'altro. Portava sulle spalle una pesante faretra con frecce dorate e un gravoso e complicato arco da tiro.

«Alla fine della festa quell'uomo avrà le spalle doloranti», predisse Matteo.

«Già, pur di rendere un costume credibile la gente è disposta a stupide follie», rispose il fratello volgendosi brusco.

«Che c'è? Cosa hai visto? Hai riconosciuto qualcuno?»

«Forse», rispose Alexander muovendosi lesto e Matteo lo seguì senza esitare. «Chi stiamo seguendo?» chiese interessato.

«Quel diavolo ... mi sembra di riconoscerlo», replicò Alexander indicando la figura poco lontana.

Matteo individuò la donna e sgranò gli occhi. «Caspita! Con quel costume così aderente quella ragazza sembra proprio nuda! Accidenti ... è dotata di un corpo perfetto e così avvenente da mozzare il fiato. Chi credi che sia?»

«È quello che intendo scoprire. Vieni», ordinò avvicinandosi con discrezione alla donna con il costume da diavolo che chiacchierava con una Madonna, una suora e San Pietro. Gli bastò cogliere qualche parola della conversazione, udire la voce del diavolo, per ottenere la conferma che cercava.

«Ma guarda che combinazione … è proprio lei», borbottò incredulo.
«Lei chi?»
«Rebecca Mayer.»
«Mayer? Il marito di Kelly si chiama Mayer. Forse è una sua parente.»
«Una sorella?»
«No, a quel che ne so Manuel Mayer ha solo un fratello gemello.»
«Comunque è un attentato alla salute con quel costume!»
«Sì, cacchio, è davvero provocante quella ragazza e diamine, è impossibile non notarla con quel costume lucido e sgargiante che evidenzia ogni curva del suo corpo», convenne Matteo.

Alexander s'irrigidì. «Non fantasticarci troppo che l'ho già marchiata», precisò per liberare subito la mente del fratello da qualsiasi pretesa.

«Non avevo dubbi, guarda. E quella è proprio il tuo tipo; sexy e formosa ma alta e longilinea. Ha tanto della pantera. Non la saluti?»

«Non subito, voglio studiarla un po'. Tu sganciati pure.»

«Okay, allora vado in cerca di Kelly e Rossella e provo ad individuarle nonostante le maschere. Ci vediamo dopo, Alex», replicò Matteo portandosi due dita al capo a mo' di saluto e allontanandosi tra la folla che stazionava nel salone.

Bene, bene, bene, dunque dopo tre giorni che quasi non vedeva Rebecca perché pareva proprio che lei avesse fatto di tutto per evitarlo, ecco che se la ritrovava davanti a quella festa e lei indossava ancora le vesti del diavolo. E cacchio se era una tentazione!

Era oscena con quel costume che sembrava una seconda pelle, che mostrava ogni curva seducente esaltandola con la rossa lucentezza di quella stoffa, che segnava i seni e i capezzoli ovviamente privi di biancheria e le natiche sode come roccia. Ogni passo che muoveva era un richiamo, un contrarsi di muscoli armonioso e allettante.

Gesù, e lui stava sudando con quella cacchio di cappa di Lord Fener! Per fortuna aveva sostituito la maschera facciale con una semplice mascherina nera o sarebbe stato anche a corto di fiato, accidenti a Rebecca Mayer!

Lei rise ignara e mosse ancora un passo. I glutei sodi ondularono in maniera seducente, la lunga coda appuntita che partiva dalla congiunzione tra le gambe, fremette e si increspò. Anche quella dannata coda era straordinariamente provocante.

Rebecca si discostò dal suo gruppo e si accostò a una delle isole. Si servì da bere, poi si volse a osservare la gente attorno a sé, forse cercando di individuare qualche conoscente. Il suo sguardo si arenò su una coppia che stava avanzando nel salone proveniente da una sala adiacente e, senza indugio, si diresse verso i due avendoli evidentemente riconosciuti. La donna indossava un costume da Babbo Natale, l'uomo alto ed elegante, vestiva i panni di Zorro.

Rebecca parlò un po' con i due, poi Crudelia Demon le si accostò e dopo averla salutata, la condusse presso un altro gruppetto di persone. Un angelo,

Biancaneve e Jack Lo Squartatore le si affollarono attorno. Jack le circondò le spalle con un braccio e Rebecca non si sottrasse.

Chi era quel tipo?

«Ehi, Lord Fener, vuoi bere?» chiese qualcuno al suo fianco porgendogli un bicchiere.

«No, grazie», rifiutò lanciando un'occhiata al Batman che sostava vicino a lui e quando tornò a guardare Rebecca si accorse che non era più tra i suoi amici.

Dove diavolo era andata?

«Scusami Batman», mormorò spostandosi e volgendosi frenetico.

Una scia rossa attrasse il suo sguardo e rincorse quel lembo di colore che stava sparendo oltre una portafinestra spalancata.

Diavolo sentiva caldo?

Corse alla portafinestra e uscì in giardino.

Il patio era illuminato ma di Rebecca non c'era traccia.

Notò i sentieri laterali che s'inoltravano ai lati della villa. Ne avrebbe percorso uno e se non avesse trovato Rebecca, sarebbe tornato indietro per percorrere l'altro. Ignorando dove conducesse, imboccò uno dei sentieri allontanandosi sempre più dalla zona illuminata. Il sentiero piegò dietro la casa e dopo diverse decine di metri, Alexander scoprì di essere nei pressi di una piscina. La zona era piuttosto buia, però distinse la macchia rossa ed esultò.

Arrivò alle spalle della ragazza silenziosamente e parlò prima di cingerla, per non spaventarla.

«Dunque, ci ritroviamo, diavolo», bisbigliò circondandola con le braccia e adagiandosi alla sua schiena.

«Sacha ... che ci fai qui?»

«Partecipo a una festa in maschera e seguo un diavolo tentatore che mi sta facendo impazzire», bisbigliò spingendo avanti i fianchi perché lei avvertisse contro le natiche la durezza del suo sesso.

La strinse a sé circondandola con le braccia e carezzandole i seni.

«Sei oscena con questo costume, lo sai?» bisbigliò nel suo orecchio, muovendo le labbra contro di esso e lasciandole scivolare sul collo. Rebecca tremò.

«Da... davvero? E perché mai?» chiese divertita ma anche la sua voce aveva tremato.

Le strinse i seni, poi lasciò scivolare le mani sui fianchi e le palpò le natiche.

«Sei nuda ... si vede tutto ... persino il solco tra le natiche», bisbigliò lasciando scivolare le mani sulla lucida stoffa rossa che la ricopriva come una seconda pelle. Le plasmò i carnosi glutei, poi le mani scivolarono via e le carezzò la schiena scoprendo la cerniera che chiudeva l'aderente tuta. La seguì con le dita.

«C'è la lampo qui», ansimò con il fiato un po' corto, perché nel momento in cui aveva scoperto quella cerniera la sua mente si era riempita di immagine licenziose.

«Aprila!» bisbigliò Rebecca.

Cercò il cursore che cominciò a far scorrere aprendo la tuta sulla schiena. Via via che la lampo scivolava verso il basso, la pelle chiara di Rebecca veniva alla luce. Il riverbero della luna le rendeva la pelle perlacea. Lei tremava e ansimava già a corto di fiato.

«Sei nuda», costatò e quella certezza lo rese ancora più turgido.

«Sì.»

Il cursore proseguì nella sua lenta ascesa e apparvero i glutei, globi candidi e rotondi. Alexander dovette adagiarsi contro di lei, stringerla, infilare le mani nell'apertura per carezzarle la pelle liscia e calda. Avrebbe voluto assorbirla in sé.

Le agguantò i seni e li plasmò, titillò i capezzoli turgidi e Rebecca emise un singulto roco che gli graffiò le orecchie. Le mani scivolarono a carezzare le natiche, a palparle, poi un dito seguì la fenditura fino in fondo e quando incontrò la parte turgida e carnosa e la scoprì bagnata, anche Alexander gemette.

«Chinati ...» ansimò accarezzandola, aprendola, preparandola per la sua intrusione.

Rebecca eseguì e giacché poco più avanti c'era un tavolo da giardino, si lasciò andare con il busto su quello.

Alexander si aprì rapido i calzoni, le afferrò i fianchi e li sollevò per penetrare in lei da dietro, più agevolmente. Scivolò nella carne umida e calda fino in fondo e dovette chinarsi su di lei e stringerla per godere appieno di quel momento di pura estesi. Rebecca ansimava e si contraeva e la sua guaina era rovente e stretta.

«Cazzo, cazzo, cazzo ...» ansimò scivolando via da lei.

«Che fai?» domandò Rebecca invasa dal tremito e dal disappunto.

«Il ... profilattico ...» rantolò Alexander cercando frenetico nelle tasche dei calzoni che gli pendevano dalle gambe.

«E ce ... l'hai?!» chiese Rebecca e l'incredulità trapelò dalla sua voce.

«Sempre!» fu la sua secca risposta e un attimo dopo tornò a scivolare dentro di lei, giù, fino in fondo. Il singulto di gioia e sollievo di Rebecca lo caricò. Si sollevò, si piantò a gambe ben divaricate e le appoggiò una mano sulla schiena per tenerla ferma, poi cominciò a entrare e uscire da lei, adagio, con spinte lunghe e profonde e ritiri ancora più lenti, intervallati da lunghe pause che resero Rebecca bramosa e selvaggia.

«Sacha ...» lo chiamò cominciando a dimenare i fianchi, assecondando i suoi affondi, costringendolo a un ritmo più serrato e rapido che la portò a contrarsi violentemente. Si tappò la mano con la bocca per non urlare ma le sue pulsioni furono così violente da costringerla in furiosi sussulti e ogni sussulto, ogni contrazione, ogni spasmo fece eco ai sussulti di Alexander, alle sue contrazioni, ai suoi guizzi incontrollati.

Gli parve di eruttare lava incandescente, ed ogni spruzzo gli accendeva di piacere la mente. Infine, si arenò, inseguendo gli ultimi bagliori del fuoco, gli ultimi serpeggi nella stretta tenace delle carni di Rebecca.

Si ritrasse e scivolò via da lei inalando profondamente.

Rebecca si sollevò.

«Stai bene? Era duro il tavolo?» chiese non sapendo che dire, cercando di imprimere un'impronta divertente al momento.

«Chiudimi la cerniera», rispose Rebecca.

Eseguì, e ne approfittò per carezzarla ancora mentre richiudeva la stoffa.

«Rebecca ...»

«Ti prego, Alexander, non ringraziarmi ed evita di denunciare quanto tu ti sia divertito!» lo bloccò secca e un attimo dopo era già sparita nel giardino buio.

Alexander si chiese che diavolo fosse accaduto. Era ancora caldo di lei, stordito e inebetito e voleva solo voltarla e stringerla di nuovo tra le braccia, invece Rebecca lo aveva mollato là come un allocco.

Si sfilò il profilattico chiedendosi dove buttarlo, poi si richiuse i calzoni. Mosse qualche passo guardandosi attorno in quell'angolo tanto buio, valutando se poteva infilarsi di nuovo in tasca il reperto dopo averlo chiuso con un nodo e, finalmente, notò i grossi contenitori pattumiera.

Si accostò, ne scoperchiò uno e vide le foglie secche. Buttò il profilattico che ricoprì di fogliame, poi si spazzolò le mani sui calzoni. Sentiva il bisogno di bere per placare il fermento che percepiva in lui. Ripercorse il sentiero verso la casa e poco più avanti, dopo aver svoltato l'angolo, s'imbatté in un diavolo e un angelo strettamente allacciati.

Evidentemente qualcun altro aveva sentito caldo ma ringraziando il cielo si era fermato dietro il primo angolo della casa, senza addentrarsi nel buio. Passò oltre perché quel diavolo non era il suo e di certo era un uomo a vestirne i panni.

Diede una sistemata alla maschera sul viso e varcò la soglia del salone guardandosi attorno ma, di Rebecca, non c'era traccia.

17
La strada del cuore

Rebecca tremava, ancora calda di Alexander, ancora illanguidita da un piacere portentoso eppure così cocente di vergogna. Aveva permesso che lui la scopasse proprio come una cagna in calore, ossia quello che era.

Stava fantasticando su di lui, pensando a lui nella solitudine del parco e ritrovarselo dietro di lei d'incanto, scaturito dalla sua mente, così duro ed esplosivo, aveva acceso la sua brama di lui privandola di nuovo del senno.

E poi, quando infine si era ritratto, avrebbe solo voluto voltarsi, stringerlo tra le braccia e baciarlo per appropriarsi del suo respiro ancora irregolare, invece, per impedirselo, era fuggita.

E si chiedeva che impressione avesse dato di se stessa consentendo di nuovo ad Alexander di appropriarsi di lei.

E se solo lui si fosse azzardato ancora a ringraziarla, probabilmente lo avrebbe colpito con un cazzotto.

Sorrise tamponandosi le guance con l'acqua fredda. Aveva tirato via la maschera.

La porta del bagno si socchiuse e la regina Grimilde avanzò altera.

«Beck, sei qui, ti stavo cercando da un po'.»

«Vivian ... sì ... sono stata un po' fuori, tutto a posto?»

«Sì, certo, ma stai bene? Sembri turbata.»

«E lo sono Vivian.»

«Perché? È accaduto qualcosa?» chiese la cognata sfilandosi la mascherina.

«Già ... ho appena finito di fare sesso con Alexander.»

«Wow, bene, qualcuno si diverte! E allora?»

«E allora è sbagliato per mille motivi! Ed io non sono così e non voglio questo, o almeno, non solo!»

Vivian le si parò davanti e le strinse le spalle. «Tesoro dimmi solo questo: è stato bello?»

Il viso di Rebecca si distese, il suo sguardo si fece sognante. «Sì, ma ...»

«Hai corso inutili rischi?» la bloccò Vivian.

Rebecca scosse il capo.

«Lui ti ha costretta, ti ha umiliata, è stato violento, sadico o perverso?»

«No, Alexander non è nulla di tutto ciò.»

«E ora sii sincera; come ti sei sentita?»

Rebecca non esitò. «Viva, selvaggia, disinibita, calda e vibrante di vita!»

«E allora non può essere sbagliato, perciò prendila per quello che è; una scopata che per qualche minuto ti ha accelerato i battiti del cuore, un intervallo alla noia e alla rispettabilità, un piacere fine a se stesso di cui non devi vergognarti. Lui se ne vergona forse?»

«Certo che no ma lui è abituato a farlo così, a farlo con chiunque. Pensa che conservava un profilattico perfino nella tasca del costume!» sbottò Rebecca ancora sorpresa e Vivian ridacchiò.

«Questo dimostra solo che è un tipo previdente … e prudente. Ma chi è? Che costume indossa?»

«Lord Fener, ossia Alexander Jenko, uno del mio ufficio.»

«Non lo conosco e non l'ho notato.»

«No, non l'ho notato neanche io fino a quando non me lo sono ritrovata tra le gambe!»

«Proverò a capire chi l'ha invitato, chi lo conosce, chi lo frequenta. Ti interessa questo Lord Fener, Rebecca?»

Rebecca si morse il labbro.

«Non lo so ancora. Quello di cui ho la consapevolezza è che non ho mai vibrato così intensamente con nessuno e che non appena ho smesso di pulsare, ancora calda di lui e completamente appagata, vorrei già ricominciare!» espulse Rebecca con vivo disappunto.

Vivian rise e il suo bel viso riflett é una magica felicità.

«Lo capisco benissimo Beck e sinceramente, questo è il particolare più preoccupante di tutta la faccenda. Sentirsi così coinvolti, partecipare con tale trasporto riscontrando un innegabile feeling con il tuo partner, conduce inevitabilmente alla strada più battuta.»

«Quale?»

«Quella del cuore!»

«No Viv, no, devo evitarlo. Sarebbe un altro granchio che non posso permettermi!»

«Perché?»

«Perché quello è un uomo libero e inafferrabile che non ha alcuna intenzione di impegnarsi. Perché è bello affascinante e navigato ed io soffrirei troppo scorgendolo sempre accerchiato dalle donne. Perché ne ha talmente tante che non ha alcuna necessità di investire il cuore per garantirsi una scopata. Perché lavoro con lui e lo vedo già fin troppo e non posso permettermi di fantasticare mentre siamo in tribunale, sui nostri effervescenti incontri. Perché comincio a invecchiare e devo trovarmi un uomo che magari non riesca a condurmi tra le stelle con una scopata ma che possa amarmi e restare al mio fianco lungo il percorso tortuoso di questa vita. E perché quell'affascinante bastardo mi considera solo un'avvolgente vagina in cui perdersi per qualche sconvolgente minuto.»

Vivian sospirò annuendo con il capo.

«Sai che penso?»

«Cosa?»

«Che l'amore che provi per tuo fratello ti spinge inconsciamente a cercare persone che gli somiglino.»

Rebecca abbozzò un sorriso. «Forse, ma quegli uomini sono cause perse. Mio fratello si è tirato fuori dal mondo di vizi e abbondanza in cui sguazzava perché ha incontrato una donna valida come te.»

«E tu non ti consideri una donna valida?»

«Fin troppo, perciò non posso accontentarmi! E merito più di un paio di strabilianti scopate con Alexander Jenko, nonostante sia l'uomo più prestante e dotato che abbia mai conosciuto!»

18
Una strana inquietudine

«Ah, sei qui Alex, ti stavo cercando. Ti sei imboscato con il Diavolo vero? È da un po' che non vedo neanche lei», considerò Matteo sorseggiando il suo drink e sotto il ghigno di Joker, Alexander immaginò il sorrisetto irritante del fratello.

«Già», confermò versandosi di nuovo da bere.

«E ti ha mandato in bianco? Hai tutta l'aria di essere uno che ha ricevuto un calcio nelle palle», considerò Matteo con un tono derisorio e fastidioso.

«No, per nulla, era pronta neanche mi stesse aspettando, però la sai una cosa? Io non capisco le donne e in particolare proprio quella donna! È incomprensibile!» sbottò seccato.

Matteo rise. «Che novità, è dotato di poteri soprannaturali colui che capisce i processi mentali dell'altro sesso e per quanto tu possa essere dotato, dubito che abbia qualche potere soprannaturale.»

«Dotato?!» ripeté Alexander ironico.

«Intelligente», specificò il fratello.

«Sì, d'accordo però ora ne ho piene le palle di questo costume pesante e me ne vado», continuò Alexander posando il bicchiere e cercandosi nelle tasche. Ne estrasse un piccolo telecomando e una bustina argentata.

«Scegli», invitò aprendo il palmo.

«Ah, sempre attrezzato ... mi può servire», considerò Matteo agguantando l'involucro del profilattico. «È alla fragola?» continuò ironico.

«Non ne ho idea Matt. Prendi anche il telecomando.»

«Dell'auto? E tu come torni?»

«A piedi che ho bisogno di camminare e poi questa casa non è lontana dalla mia.»

«Cazzo Alex, ma non sei stanco?»

«No e me ne vado anche a casa a tirare di boxe, tanto per scaricare ancora un po' di tensione.»

«Sei scuro di esserti scopato quel diavolo mozzafiato e che non ti abbia mandato a cagare?» insistette Matteo scettico.

«Matt, vacci tu a cagare!» si congedò Alexander andandosene spedito e insopportabilmente irritato.

19
Una pista per conoscere qualcosa di più di Lord Fener

«Hai invitato tu Lord Fener?» chiese Vivian al marito, addentando la tartina al caviale che adorava.
«No e non ho idea di chi sia», rispose Giulio mordendo un piccolo panino dolce.

«Insomma, chi diavolo lo ha invitato?» sbottò Vivian irritata.

«Non lo so neanche io», intervenne Ilaria, la moglie del primo cugino, agguantando una coppa di fragole.

«E pare anche che nessuno lo abbia visto. Quell'uomo ha fatto di tutto per rendersi trasparente», continuò Vivian frustata. La sua ricerca non dava esiti.

«A me pare di averlo intravisto proprio poco fa nell'altro salone e parlava con Joker», precisò Giada sollevando sulla fronte la sua mascherina. Erano nella saletta privata a rifocillarsi e in quella stanza era consentito scoprire il viso per riprendere fiato.

«Joker? Joker l'ho invitato io, è Matteo Conti», intervenne Kelly.

«E chi è?» s'informò Manuel.

«Un amico dell'agenzia. Lo chiamo spesso per i servizi fotografici perché ha un fisico di prim'ordine», puntualizzò Kelly strizzando l'occhio a Vivian.

Bene, finalmente aveva una pista!

«Un fisico di prim'ordine? Più del mio?» chiese Manuel con la fronte aggrottata e la risata argentina di Kelly gliela spianò all'istante.

«Oh Manu, non esiste fisico che eguagli il tuo», puntualizzò strizzando un occhio al marito.

«Grazie ragazzi, ci vediamo dopo. Vado a continuare la mia indagine», annunciò Vivian soddisfatta posando il suo piatto ancora colmo di tartine.

«Ma ancora non ci hai spiegato perché ti interessa tanto quel misterioso Lord Fener», la fermò Giada curiosa.

«Lo saprete a tempo debito», rispose Vivian sibillina sistemandosi la mascherina sul viso e avviandosi all'uscio.

Giulio sospirò. «Lei si diverte ad indagare», considerò prendendo una delle tartine lasciate dalla moglie. «Avete visto Rebecca?»

«Sì, poco fa e stava cambiandosi. Diceva di essere stanca e di accusare un fastidioso mal di capo», spiegò Giada.

«Peccato che non si goda questa bella festa. Ilaria hai fatto centro ancora una volta! Okay, vado a controllare che con le sue indagini mia moglie non infastidisca i tuoi ospiti», concluse Giulio vuotando il bicchiere e avviandosi all'uscio.

«Bene, e ora che ne dite di vivacizzare la serata? Mi sembra sia arrivato il momento di mandare la musica a palla e di cominciare a svelare qualche mistero. Che suggerite? Da quale maschera cominciamo?» chiese Ilaria elettrizzata. Si avvicinava il momento che più apprezzava; quello del riconoscimento degli amici di sotto delle maschere.

«Magari proprio da questo misterioso Lord Fener», rispose Giada che percepiva quanto fosse intrigante l'alone di mistero che circondava quell'uomo e che spingeva Vivian ad interessarsene.

«Okay, andiamo a cercarlo e proviamo a costringerlo a calare la maschera», concluse Ilaria armandosi di determinazione.

20
Amico o nemico?

Vivian aveva vagato da una sala all'altra in cerca di Lord Fener e di Joker, però entrambi gli uomini, sembravano essere spariti.

Mossa dalla contrarietà, infine uscì sul portico e si guardò attorno e, finalmente, su una panchina di pietra ai margini del giardino, avvistò Joker. Almeno uno dei due lo aveva trovato!

Si avvicinò silenziosamente.

«Ciao Joker, prendi anche tu un po' di fresco?» chiese sedendo sulla panchina al fianco di Matteo.

«Già, ciao ... sei la strega di Biancaneve, giusto?»

«Sì, Grimilde, ti stai divertendo?»

«Sì, è una bella festa e poi questa cosa dei costumi è divertente. Quando si tolgono le maschere?»

«Credo manchi poco. In genere avviene allo scoccare della mezzanotte ... poco fa ti ho visto chiacchierare con Lord Fener. Conosci quell'uomo?»

«Certo, è mio fratello.»

Vivian aggrottò la fronte. «Tuo fratello?! Scusa ma tu chi sei?» indagò un po' confusa.

«Matteo Conti», si presentò il ragazzo tendendo la mano che Vivian strinse distrattamente, presentandosi a sua volta.

«Vivian ... scusa Matteo, ma quello che vestiva i panni di Lord Fener non è Alexander Jenko?»

«Certo ... ah, hai notato il cognome diverso, ma è consequenziale giacché abbiamo padri diversi e solo la madre in comune. Perché ti interessi di Alex?»

«Ci chiedevamo solo chi lo avesse invitato», rispose Vivian disinvolta.

«È venuto con me ed io sono stato invitato da Kelly Grimaldi. La conosci? Ha sposato un Mayer.»

«Sì, certo, anche io ho sposato un Mayer.»

«Il marito di Kelly si chiama Manuel e il tuo?»

«Giulio, è il cugino di Manuel.»

«Ah, non so più quanti siano. C'è una marea di cugini e anche il proprietario di questa casa è un Mayer.»

«Sì, Stefano, però i cugini non sono poi tanti ma solo cinque», lo contraddisse Vivian con un sorriso. «E dov'è ora Lord Fener?»

«Se n'è andato ... e scusa, tu conosci Rebecca Mayer? È una parente anche lei?»

«Rebecca? È la sorella di mio marito. E tu perché ti interessi di lei?»

«L'ha nominata Alex, lavorano insieme.»

«Davvero? È un procuratore anche lui?»

«Sì.»

«Ah!»

«Che significa questo "ah!" così sorpreso?» domandò Matteo aggrottando la fronte.

«No, assolutamente nulla, come dicevamo, tra un po' si potrà svelare la propria identità e c'è curiosità verso chi non si è individuato attraverso il costume o non si conosce per niente. Non so molto di Lord Fener e non capisco perché non ho considerato che lavorando con Rebecca, potesse essere un uomo di legge. A questo era dovuta la mia sorpresa.»

Matteo la scrutò con uno sguardo acuto e intelligente ma la maschera copriva gran parte del viso.

«Dunque, hai saputo qualcosa di Alex e hai temuto per tua cognata, giusto?» indagò dimostrando una spiccata intelligenza e Vivian ritenne più saggio essere sincera. Forse in quel modo avrebbe ottenuto altre informazioni anche se un fratello, magari, non riusciva ad essere proprio obiettivo nei riguardi di un congiunto.

«No, non ho saputo proprio nulla di lui perciò mi domandavo che tipo fosse.»

Matteo alzò le spalle. «Uno come tanti.»

«Un'affermazione vaga che non dice niente.»

«Okay, allora specifico che è un ottimo fratello, un uomo onesto e responsabile che crede nella giustizia, con una sola ed unica pecca, a mio avviso.»

«Oh, adesso hai stuzzicato la mia curiosità. E quale sarebbe questa pecca?» indagò Vivian intrigata.

«Le donne impazziscono per mio fratello, gli sbavano dietro come lumache arrapate e lui non è capace di negarsi, o meglio, non ci pensa proprio a farlo», chiarì Matteo sogghignando. «Perciò se sei qui per proteggere la tua cognatina dal lupo cattivo, hai ragione, e faresti bene a suggerire a quella donna di stare lontana da Alex se non desidera essere spazzolata in un sol boccone, anche se dubito che riuscirai a convincerla a restare lontana da lui!»

«E perché mai?» s'informò Vivian assai interessata.

«Perché Alex ha molteplici talenti ed è un uomo davvero speciale nonostante coltivi ... facili avventure», chiarì Matteo con fermezza.

Vivian accennò un sorriso. «Amore fraterno?» chiese ironica.

«Forse», concesse il giovane con un tono divertito.

«Oh, Joker, eccoti qui! È un'ora che ti cerco», annunciò una graziosa infermiera sbucando dalla portafinestra del salone.

«Chiacchieravo con Grimilde godendo del fresco», spiegò Matteo.

Vivian si alzò mentre l'infermiera si accostava rapidamente. Porse un bicchiere a Joker con malagrazia. «Ecco il tuo drink ma il prossimo te lo prendi da solo!» annunciò agguerrita. La spediva a prendere da bere e si appartava con una bella donna per "godere del fresco"!

«Bene, ora vi lascio. È stato un piacere Matteo, spero di chiacchierare ancora con te», si augurò Vivian che percepiva il malumore della nuova arrivata e il divertimento di Matteo che si alzò con lei.

«Il piacere è stato mio, Vivian. Bisogna conoscere i propri amici ma soprattutto i propri nemici, è questo è un altro insegnamento del mio fratellone», chiarì serrando le mascelle.

Vivian corrugò la fronte. «Mi consideri un nemico?» chiese perplessa.

«Non lo so ancora ma nell'attesa di riuscire a capire che cosa sei e che puoi volere da Alex, ben venga la conoscenza!» replicò Matteo porgendole la mano che Vivian serrò senza indugio nella sua.

21
Conversazione notturna

Rebecca si volse nel letto, poi si tese ad accendere la lampada sul comodino.
Niente, non c'era verso, non riusciva ad addormentarsi.
Sbuffò lanciando un'occhiata alla radiosveglia.
Accidenti a tutti gli accidenti! E accidenti anche ad Alexander, perché era a lui che continuava a pensare e quello che la stava tormentando, era quel sentore di lui e di sesso che continuava a percepire nelle narici. Eppure, aveva fatto la doccia, aveva lavato i capelli e si era strigliata come un cavallo proprio per togliersi il suo afrore dal corpo, ma lui continuava ad essere lì con lei.
Lo sguardo si appuntò al costume da diavolo appeso alla gruccia sul paravento.
Maledizione, forse era quello a emanare quel particolare sentore.
Si alzò rapida, afferrò il costume sfilandolo dalla gruccia e lo appallottolò, poi lo ficcò in una borsa di plastica. L'indomani, uscendo, lo avrebbe portato subito in tintoria, si ripromise tornando al letto.
Che faceva? Spegneva di nuovo la luce o leggeva?
Il campanellino del cellulare le segnalò la ricezione di un WhatsApp.
Il pensiero corse ad Alexander. Anche lui non riusciva a dormire? E le scriveva?
Prese il cellulare, aprì rapida la schermata e il nome di Vivian lampeggiò in cima al messaggio.
Sei sveglia?
Sospirò digitando rapida la risposta.
Sì Vivian, che è successo? Che ci fai sveglia alle quattro di notte? La festa si è prolungata?
Attese controllando la schermata. Vivian stava scrivendo.
Dopo qualche secondo, con il suono del campanellino, comparve la risposta.
No, la festa è finita da un pezzo ma c'è stata un po' di confusione. Sai che siamo ospiti di Stefano e quando stavamo per andare a letto Giulian si è svegliato vomitando. Hai presente la glaciale compostezza di tuo cugino Stefano? Be', ti assicuro che va in fumo quando uno dei suoi figli sta male. Ed Ilaria è una Santa ed è l'unica che riesca a calmarlo e a distrarlo dalle sue paranoie. Insomma, finalmente è tornata la calma e ora sono tutti a letto.
Rebecca sorrise.

Wow che serata movimentata. Sì, lo so che Stefano si lascia prendere dall'ansia quando uno dei gemellini ha qualche problema.

Digitò rapida e inviò. Poco dopo comparve un nuovo testo.

Ora non ti chiamo per non disturbare Giulio che finalmente si è addormentato ma ci sentiamo domani e, se puoi raggiungerci, ti comunicherò dove ci troviamo con Giada e Kelly. La presenza di Ilaria è in forse a causa del malessere di Giulian. Ho una novità. Ho conosciuto il fratello di Alexander, o meglio, il fratellastro perché hanno padri diversi e quindi cognomi diversi.

Rebecca si raddrizzò.

E com'è?

Inviò e attese.

Kelly sostiene che sia un bel ragazzo e spesso lo chiama per i servizi fotografici ma io ho visto ben poco con la maschera da Joker che sfoggiava e quando è arrivato il momento di calare le maschere, se n'era andato.

E Alexander?

S'informò Rebecca.

Andato anche lui. Non l'ho visto.

Matteo ha usato parole di stima e di ammirazione per il fratello. Sembra un ragazzo intelligente. Domani ti racconterò tutto.

Okay, rispose con una smorfia.

Buonanotte Beck, dormi bene 🫘

Fallo anche tu 😊

22
Invito a cena

La giornata era splendida, la temperatura mite e Alexander procedeva volentieri a piedi, anche perché la sua abitazione non distava molto dalla Procura.

Stava transitando davanti al bar che era proprio di fianco all'ingresso del palazzo quando, attraverso le ampie vetrate, scorse Rebecca intenta a consumare il suo caffè mattutino.

Fece immediatamente un passo indietro ed entrò nel bar. Raggiunse la ragazza che era voltata verso il bancone dandogli la schiena.

«Dunque tua cognata ha conosciuto mio fratello», esordì quasi nel suo orecchio e Rebecca trasalì. Il caffè schizzò dalla tazzina finendo sul bancone.

«Alexander ... non ti avevo visto ...»

«Perciò sei la cugina del ben noto Stefano Mayer della Cosmo, giusto?»

«Noto con piacere che Stefano ha il suo seguito», replicò ironica Rebecca ripulendo la tazzina sgocciolante e affrettandosi a bere quel che restava del suo caffè.

«No, non faccio parte del seguito di Stefano Mayer o di uno dei suoi potenti cugini. Quell'uomo è un arrogante presuntuoso, però di sicuro ha un paio di palle notevoli! In alcuni ambienti lo chiamano Cosmorobot.»

«Bada a come parli Alexander, la mia famiglia è sacra», lo ammonì Rebecca con uno scintillio dei suoi occhi da gatta.

«Mi piace maggiormente quando mi chiami Sacha», aggiunse Alexander con una smorfia.

Sacha. Lo aveva chiamato con quel diminutivo quando era stata avvinta dalla passione e non sapeva spiegarsi il motivo per cui lo avesse fatto. Improvvisamente si sentì a corto d'aria con lui così a ridosso.

«Avrei dovuto capirlo, osservandoti. Stessi tratti, sebbene non tutti con gli identici colori, ma voi Mayer sembrati fatti con uno stampo. La matrice deve essere di indubbia qualità», considerò pensoso.

«Ti ringrazio. Mi lasci passare per favore?»

Finalmente Alexander si spostò liberandola dal suo angolo.

«Vai in ufficio?» chiese l'uomo seguendola.

«Sì.»

«Dunque la cognatina è molto protettiva?»

«No, solo terribilmente curiosa!»

Alexander le lanciò un'occhiata scettica. Matteo aveva percepito qualcosa di diverso.

«Vuoi cenare con me? Vorrei discutere con te della causa Boldrini ma ora devo correre in tribunale e nel pomeriggio ho un altro impegno.»

«Sì, va bene», acconsentì Rebecca disinvolta. Dopotutto quello non era stato un vero e proprio invito a cena, perciò non c'era motivo di rifiutare.

«E allora perché sei qui?» chiese d'impulso.

«Dovevo prendere qualcosa in ufficio.»

«Un profilattico, forse?» lo provocò ironica.

«Be' ... dopotutto è stata una fortuna che li avessi con me in occasione dei nostri incontri, non sei d'accordo anche tu?» rispose pungente e Rebecca si morse il labbro.

«Ovviamente», ammise riluttante.

«In ogni modo c'è qualcosa che non capisco», continuò Alexander disinvolto. Un alito di vento gli fece volare la cravatta e Rebecca fu sul punto di tendere la mano per sistemarla. Si bloccò appena in tempo.

«Cosa?» chiese fermandosi e fronteggiandolo. Lui stringeva gli occhi perché la luce del sole doveva ferirgli le iridi chiare e trasparenti e corrucciava la fronte in un'espressione perplessa. Ancora la chiara barba rasa gli ricopriva le guance. Cazzo se era attraente!

«Non ho tempo adesso. Te lo spiegherò questa sera. Dove ti trovo, diciamo, intorno alle diciannove e trenta?» chiese estraendo il cellulare dalla tasca della giacca per controllare il mittente di un messaggio appena ricevuto.

«A casa, vieni a prendermi là.»

«Molto bene», approvò Alexander arretrando. «Sono curioso di costatare se stasera ti vestirai», aggiunse strizzandole un occhio e volgendosi per andarsene.

«Ero vestita anche ieri!» puntualizzò Rebecca e lo udì ridere mentre si allontanava spedito.

Rebecca sorrise riprendendo a muoversi. Anche Giulio le aveva detto che il suo costume era osceno e che sarebbe stata una tentazione per qualsiasi uomo che non fosse della famiglia.

In effetti, aveva ben tentato Alexander. E lui che si aspettava? Che quella sera ci riprovasse? Aveva intenzioni diverse da una semplice cena di lavoro? E doveva assecondarlo?

Il cuore prese a battere più velocemente, il languore le aleggiò nel ventre.

Forse doveva solo mandargli un messaggio per informarlo di un altro impegno ed evitare di andare a cena con lui. Dopotutto, della causa Boldrini avrebbero potuto discutere anche il giorno successivo in ufficio, si disse affrettando il passo. Sì, in ufficio gli avrebbe scritto un breve WhatsApp.

23
Ripensamento

Doveva proprio essere in cerca di guai! Aveva assodato che doveva stare lontano dalle donne che lo inducevano alla stupidità e che faceva? Invitava Rebecca a cena, a dimostrazione di quanto lei lo rendesse stupido. Se voleva un'altra conferma, eccola là.

Ma già andare fin là per vederla era stato stupido.

No, non per vederla ma per capire perché suo fratello fosse stato sottoposto ad un interrogatorio, si corresse con un ghigno affrettando il passo.

Matteo lo aveva informato la stessa sera, certo che lui fosse ancora sveglio, non appena aveva lasciato la casa del potente Stefano Mayer e della sua splendida moglie. E gli aveva riferito nel dettaglio la strana conversazione intercorsa con la cognata di Rebecca, comunicandogli le sue sensazioni. Era stato sottoposto a un interrogatorio atto ad ottenere informazioni su di lui da parte della famiglia Mayer. Perché? Che aveva riferito Rebecca di lui? Ed informava la sua famiglia di ogni uomo che si scopava suscitando la curiosità e l'istinto di protezione dei congiunti? Ma questo poteva anche capirlo con calma, sondando Rebecca nei giorni successivi, senza alcun bisogno di cenare con lei.

Sì, le avrebbe inviato un WhatsApp in cui le comunicava che la cena era annullata e che avrebbero discusso della causa Boldrini il giorno successivo.

Appena avrebbe avuto un attimo di tempo, pensò arrivando in vista del Tribunale con un sospiro di sollievo.

Quanto odiava essere in ritardo!

24
Tentennamenti

Il telefono sulla scrivania vibrò scivolando sul legno lucido. Rebecca afferrò il cellulare e controllò il display. Era arrivato il WhatsApp di Vivian che stava aspettando. Si affrettò ad aprirlo.

Sono alla scuola di ballo di Giada e stiamo decidendo dove andare a mangiare. Ci raggiungi?

Sorrise mentre digitava.

Arrivo.

Le ci voleva proprio quella pausa. Soppesò il telefono nella mano. Doveva scrivere il messaggio ad Alexander.

Be', lo avrebbe fatto più tardi perché ora doveva correre.

Afferrò la giacca e la borsa e si avviò fuori dell'ufficio.

La scuola di ballo di Giada era proprio alle spalle dell'edificio della Procura e lei lo raggiungeva sempre a piedi quando, a fine lavoro, andava a seguire qualche corso.

Ringraziava Giada per quello. Da quando aveva iniziato a ballare si sentiva in gran forma e poteva permettersi qualche dolcetto in più senza l'assillo dello sforamento del peso.

E Giada era una forza della natura!

Alexander soppesò l'i-phone nella mano.

Doveva avvertire Rebecca. Finalmente aveva un attimo per farlo. Sfiorò lo schermo che si aprì ma proprio in quel momento il telefono vibrò illuminandosi e mostrando la foto di sua madre.

«Mamma», esordì aprendo la linea.

«Ciao Aleksej, come va?»

«Bene, grazie.»

«Ti disturbo?»

«No, però ho poco tempo, devo incontrare il giudice tra pochi minuti.»

«Capisco, allora vengo subito al sodo; Domenica vieni a pranzo? Tuo padre e Roger sono in città e li ho invitati per Domenica. Tu sei libero?»

«Sì, lo so che sono in città e devo incontrarli nel pomeriggio dal notaio.»

«Sì, Dmitrij me lo ha detto. Allora verrai?»

«D'accordo.»

«Alex, vieni, il giudice è pronto», lo informò il suo collaboratore arrivando di corsa lungo il corridoio.

«Devo andare», avvertì.

«Okay, allora a Domenica», rispose la madre sbrigativa.

Alexander chiuse la linea e s'infilò il cellulare nella tasca. Rebecca poteva aspettare, il giudice Mazza no!

25
La magia di una maschera

Rebecca chiacchierava con Vivian, Kelly e Giada nel pub in cui erano andate a mangiare qualcosa, discutendo animatamente dei nuovi corsi e soprattutto del nuovo insegnate di latino-americani appena assunto da Giada. Ridevano elencando i punti di forza di quel cubano figo e sensuale e della manifesta gelosia di Daniel che si accostava al maestro sempre pronto ad attaccar briga e, solo la conclamata gravidanza gemellare di Giada lo tratteneva dallo scatenare una rissa ogni volta che li vedeva ballare insieme. Giada rise ancora, lo sguardo colmo d'amore per quel suo marito geloso e bellissimo come ogni Mayer.

«E sì, lo ammetto solo con voi ragazze, tuttavia a me non dispiace che Daniel sia così geloso e che mi veda sempre bellissima», ammise con una smorfia, addentando qualche patatina.

«Tesoro, tu lo sei», confermò Rebecca.

«Sì, ma fino a quando continuerò a esserlo? Anche io aspetto due gemelli e a guardare la trasformazione avvenuta in Kelly mi aspetto di diventare proprio un barile, entro breve», continuò con una smorfia di scuse verso Kelly che non se ne curò. Aveva ripreso la sua forma subito dopo il parto, ringraziando il cielo.

Rebecca stava per rispondere quando l'uomo sopraggiunto alle sue spalle la bloccò con il suo saluto.

«Ciao Rebecca.»

Si volse sorpresa non riconoscendo la voce. «Oh Nico, ciao, come va?»

«Benissimo grazie, specie dopo aver incontrato te», replicò l'amico galante. Vivian Kelly e Giada si scambiarono un'occhiata, Rebecca sorrise.

«Stai entrando? Stai uscendo? Vuoi sedere con noi? Conosci le mie amiche?» chiese a raffica per evitarsi altre smancerie.

«Wow, quante domande! Sto uscendo, purtroppo e ti ringrazio per l'invito ma devo correre. Non conosco le tue amiche e mi presento al volo: Nico Molteni, per servirvi mie incantevoli Signore.»

Le ragazze si presentarono a loro volta.

«Rebecca mi dai il tuo numero? Così magari ti chiamo e mangiamo qualcosa insieme, che ne dici?» propose Nico lanciando un'occhiata nervosa all'orologio sul polso ed estraendo il cellulare dalla tasca già pronto a memorizzare il numero, e a Rebecca sembrò scortese rifiutarsi.

Scandì la sequenza di numeri, poi l'amico si congedò in tutta fretta.

«Che bel tipo», notò Giada seguendo con lo sguardo il ragazzo che si allontanava.

«Sì e la sera che l'ho conosciuto non aveva occhi che per me», chiarì Rebecca.

«Per quello anche adesso ti mangiava con lo sguardo», precisò Kelly.

«Chi è?» s'informò Giada.

«Un amico del fratello di Claudia. È un ingegnere, attualmente single ed ha trentaquattro anni. Claudia mi ha informata nella speranza che accarezzassi l'idea di uscirci insieme. Afferma che sia un buon partito e che faccia al caso mio», spiegò divertita.

«Ma tu non sembri molto colpita», notò Vivian.

«Non lo conosco per niente.»

«E Alexander Jenko lo conosci?»

Rebecca s'irrigidì. «E ora cosa c'entra Alexander?» chiese cauta.

«Niente, ma si parlava di uomini che potrebbero fare al caso tuo e, secondo quanto sostiene suo fratello, sembrerebbe che Alexander sia un uomo davvero speciale.»

Già, Vivian l'aveva informata che il fratellastro di Alexander aveva usato parole di adulazione nei riguardi del proprio fratello.

Alzò le spalle. «Anche io penso che Giulio sia speciale e Giulio lo è davvero! Tuttavia, lo sarebbe in ogni caso per me, anche se fosse un uomo assolutamente comune e, di conseguenza, che avrebbe potuto asserire il fratello? È ovvio che indipendentemente dai veri o presunti meriti di Alexander suo fratello pensi il meglio di lui. Piuttosto che tipo è?» s'informò Rebecca.

«Chi?»

«Il fratello di Alexander.»

«È un bel ragazzo, sui ventisette o ventotto anni però l'ho veduto per molto tempo con il ghigno di Joker perciò, non posso essere più precisa. Kelly? Tu lo conosci bene se non erro.»

Kelly si pulì le labbra. «Sì, Matteo Conti è un gran bel ragazzo, con un fisico scolpito da atleta. Mi servo spesso di lui», confermò. «È in gamba e sa il fatto suo. Non crea problemi ed è sempre disponibile. Ha un lavoro stabile e non vive con la pubblicità», spiegò imboccando un'altra cucchiaiata del suo dessert.

«Mi è sembrato un tipo sveglio e perspicace ed ha precisato che sono figli di padri diversi, perciò non hanno lo stesso cognome», chiarì Vivian.

Rebecca mangiò l'ultima fragola della sua coppa gigante di frutta e depose la forchetta.

«Speciale o no, Alexander non fa al caso mio anche se scopa come un leone!» ammise con una smorfia.

«Be', tienilo da conto allora, che trovare qualcuno che scopi come un leone non è proprio facile di questi tempi», la redarguì Giada.

«E poi necessita un alone di magia e un totale appagamento per renderci soddisfatte della nostra vita», aggiunse Vivian sognante.

«E noi ci auguriamo per te, che sei l'unica dei cugini Mayer ad essere ancora single, quello che ognuna di noi ha trovato per se stessa», continuò Kelly accorata.

«Sì Beck, tanta magia, tanta bellezza, tanto amore e ... tanto sesso incandescente», continuò Vivian.

«E guarda caso, Ilaria, Kelly ed io, ognuna a suo modo, ha trovato tutto questo indossando una maschera», fece notare Giada coprendosi gli occhi per la vergogna.

«Che strana consuetudine», considerò Vivian finendo la sua coca.

«Le vostre storie sono bellissime tuttavia, non hanno niente a che vedere con la mia, nonostante il comune denominatore della maschera», chiarì Rebecca.

«Lo credi davvero?» insistette Giada.

«Sì, perché voi avete trovato, proprio come elencava Vivian, tanta magia, tanta bellezza, tanto sesso incandescente e ... tanto amore, che è proprio ciò che è carente nel mio caso. Alexander non ama, Alexander tromba ed è solo una macchina per il sesso! Tutto si riduce a quello per lui», concluse più amara di quanto avesse voluto.

Kelly annuì. «Ognuno dei nostri uomini trombava a destra e a manca come una macchina del sesso e poi, a un tratto, è maturato e ha preteso altro per se stesso. Tu aspetta e resta nei paraggi di quell'uomo. Non è detto che non possa stancarsi delle scopate in serie e cominci a desiderare qualcosa di più. Quando l'età avanza, gli uomini tirano il freno, Beck.»

«Infatti», confermò Vivian strizzandole un occhio. «Avete finito? Andiamo?»

Rebecca Kelly e Giada si alzarono.

«E ora tutte a smaltire!» le esortò Giada che aveva predisposto per loro, un intenso pomeriggio di balli.

26
Un'eredità imprevista

Alexander pensò a Rebecca di nuovo. Ancora non le aveva comunicato che la loro cena non avrebbe avuto luogo ma era sempre in ritardo e non poteva perdere altro tempo per fermarsi e digitare il messaggio.

Uscì dal fuoristrada e si avviò a passo rapido.

«Alex, finalmente! Il notaio ti sta aspettando», lo apostrofò il padre non appena lo ebbe raggiunto sulla soglia del palazzo del notaio.

«Ciao papà, scusa il ritardo.»

«Non è con me che devi scusarti ma con il notaio.»

«Sei solo?»

«Sì.»

«E Roger?»

«Aveva un impegno.»

«Perché il nonno mi ha destinato quasi tutto il suo patrimonio?» s'informò Alexander seguendo il padre all'ascensore.

«Perché mio padre ti adorava, eri il suo orgoglio, il suo stallone tanto somigliante a lui, colui che ha ricollocato nella gloria il buon nome degli Jenko dopo che io lo avevo infangato, e perché non ha mai accettato la mia vergognosa omosessualità e il fatto che abbia divorziato da tua madre. A proposito, Domenica saremo a pranzo da lei.»

«Lo so, mi ha avvertito.»

«Vedrò con piacere il marito e il figlio. Stanno bene?»

«Certo.»

«Okay, vieni, l'ufficio del notaio è qui», indicò il padre facendo strada.

27
Una cena all'insegna della noncuranza

Rebecca lanciò un'occhiata all'orologio e strinse il cellulare nel pugno.

Alla fine, non aveva mandato ad Alexander alcun WhatsApp e ora il tempo stringeva. O provvedeva subito o si preparava per quella cena *di lavoro*. Che faceva?

E ammesso che avesse deciso di andare, come doveva vestirsi? Si chiese accostandosi al guardaroba di cui fece scorrere l'anta, aprendolo.

Soppesò con lo sguardo gli abiti appesi in bell'ordine.

Poteva eventualmente indossare il tailleur grigio? No, troppo professionale.

E l'abito bianco? No, troppo virginale.

O magari poteva scegliere la gonna nera con il top rosso di lustrini. No, troppo Capodanno.

Tamburellò con le dita sull'anta.

Il tubino nero? Forse … era sapientemente corto, abbastanza aderente da evidenziare il didietro, elegante e semplice allo stesso tempo, così non avrebbe fornito l'impressione di essersi preparata per una cena che non fosse di lavoro. Sì, e doveva correre a fare la doccia se non voleva tardare!

Alexander lanciò la giacca e il cellulare sul letto, poi si allentò la cravatta e sfilò la camicia dai calzoni.

Cazzo, alla fine non aveva mandato alcun contrordine a Rebecca e ora sicuramente lei lo stava aspettando. Che figura faceva a disdire all'ultimo momento? Si chiese denudandosi velocemente.

Aveva giusto il tempo per fare una doccia, prima di andare da lei.

E poi sì, aveva troppi pensieri in testa, troppi avvenimenti che ancora non aveva metabolizzato e quando era in quello stato provava sempre una fame da lupo e detestava mangiare da solo perciò, o rincorreva Matteo o si "accontentava" di Rebecca. E al momento Rebecca rappresentava la soluzione più semplice e forse, si sarebbe rivelata anche la più proficua, considerò con un ghigno mentre si insaponava l'inguine, ben consapevole degli spasmi che lo stavano irrigidendo.

28
Il sapore più dolce

Rebecca si specchiò.

Aveva innalzato i capelli sul capo e ora il viso era in piena luce. Si era truccata poco perché gli occhi grandi, verdi, non necessitavano di troppo belletto essendo già abbastanza evidenti, come le labbra carnose sulle quali aveva steso solo un velo lucido per renderle più sensuali, anche se sapeva bene che con quello stratagemma non avrebbe indotto Alexander a baciarla.

L'abito le calzava bene. Aveva indossato un reggiseno a balconcino rigorosamente nero che evidenziava le curve dei seni. Aveva optato per le calze chiare e le gambe le sembrarono ancora più in vista nel tubino abbastanza corto.

Sì, era elegante, ben vestita, tuttavia, tutto ciò che le apparteneva era sottilmente evidenziato, si disse volgendosi un po' per valutare la sua figura posteriore che giudicò soddisfacente.

Okay e ora che faceva? Chiamava Alexander per sapere dove fosse? Si avviava giù? Si chiese lanciando un'occhiata all'orologio. Erano le diciannove e trenta precise.

Non aveva ancora smesso di formulare quel pensiero che il cellulare vibrò per la ricezione di un WhatsApp.

Sono arrivato ti aspetto, aveva scritto Alexander.

Bene, poteva definirlo Big Ben.

Arrivo, rispose muovendosi verso l'uscio.

Quando uscì dal palazzo se lo ritrovò davanti e, per un attimo, la gioia la sommerse. Sì, aveva fatto a bene a non disdire quell'incontro perché ora poteva godere di uno spettacolo davvero notevole.

Alexander indossava una camicia azzurra che poneva in risalto i suoi bellissimi occhi oltre che i famosi bicipiti, e pantaloni chiari impeccabili che accentuavano i fianchi stretti e il sodo posteriore.

Quell'uomo era uno spettacolo, un attentato alla salute mentale delle donne, un figaccione di prim'ordine. Avrebbe incarnato alla perfezione i panni del famoso Mister Grey e con la sua sola presenza la catapultava immediatamente in un altro mondo. Meglio non addentrarsi sulla licenziosità di quel mondo.

Alexander non la guardava in viso ma studiava un punto del suo collo, proprio sotto l'orecchio e a Rebecca parve di percepire il calore di quello sguardo come fosse stato un raggio laser che le infiammava la parte. Si pentì di aver innalzato i capelli e di essere così nuda, esposta e vulnerabile.

«Stai bene», costatò Alexander.

Approvava il suo aspetto?

«Grazie, anche tu», rispose spavalda.

Alexander deglutì spostando lo sguardo al suo viso. Le studiò le labbra, poi il suo sguardo scivolò fino agli occhi.

«E hai fame?» chiese sommesso, la voce un po' arrochita.

Fame? Quale? Che intendeva? E sì dannazione, sentiva ogni tipo di fame serpeggiarle nel ventre e cazzo, avrebbe soddisfatto tutto! Si ripromise inalando aria profondamente.

«Sì, Alex», ammise persa nei suoi occhi e in quelli dell'uomo comparve un lampo di trionfo.

«Bene, detesto le donne che dichiarano di non provare fame», replicò afferrandole un gomito e guidandola verso il suo fuoristrada.

Aprì lo sportello e quasi la spinse a sedere, poi girò intorno all'auto e si pose al volante. Partì sgommando.

«Ti piace la cucina di Manfredi?»

«Sì.»

«Perfetto, perché ho prenotato là, ma se desideri cambiare destinazione …»

«No, va bene Manfredi.»

Alexander le lanciò un'occhiata, poi il suo sguardo le sfiorò le gambe scoperte dall'abito che, sedendo, si era tirato più in alto.

«Bel vestito», mormorò tornando a osservare la strada.

«Magari lo avresti preferito rosso», lo provocò ironica.

«No, mi piace anche nero purché vi sia abbinata la biancheria in tinta», replicò a tono.

«Anche io abbino sempre la biancheria, a meno che non decida di farne a meno», aggiunse sibillina e non mancò di cogliere il lieve trasalimento di Alexander.

«E questa sera come ti sei regolata?» s'informò lui disinvolto.

Nella gola di Rebecca gorgogliò una risatina. «Chissà, magari prima o dopo nel corso della serata, ti riuscirà di scoprirlo», replicò sfidandolo.

Alexander serrò le mascelle.

«Domenica non l'avevi», aggiunse dopo un po'.

«No, il costume era troppo aderente e la biancheria segnava.»

«Buon per me.»

«Oh, anche per me, è indubbio.»

«E ammesso che avessi voluto ringraziarti quando te ne sei andata precipitosamente, perché la cosa ti irrita tanto?»

«Non mi irrita ma vorrei fosse chiaro che ognuno dei due rende un favore all'altro, perciò, anche io devo ringraziare te», chiarì con cipiglio.

«Fallo pure se vuoi, sono felice di renderti un servizio e non mi offendo se mi ringrazi.»

«Già, probabilmente, anzi, te ne lusinghi!»

Alexander frenò a un semaforo rosso e si volse a osservarla.

«In genere non fornisco tante spiegazioni tuttavia, essendo noi legati da un rapporto di lavoro e, perché questo si evolva ancora su un piano di rispetto reciproco, mi sembra opportuno spendere qualche parola in più con te. Io so bene quello che valgo Rebecca, nel letto o fuori di quello e non ho bisogno di essere lusingato per accrescere la stima in me stesso. Io mi sono costruito il mio credito raggiungendo i miei obiettivi e continuando a impegnarmi per avvicinarmi a quelli che ancora non ho centrato. Puoi ringraziarmi o anche non farlo ma io sono consapevole se ho svolto il mio compito al meglio, se sono servito allo scopo, se mi sono impegnato a sufficienza.»

«Pertanto anche il sesso non è altro che un'ennesima sfida nella quale riuscire al meglio», riassunse Rebecca.

«È tutto una sfida, il raggiungimento di uno step per affrontare il successivo subito dopo, per garantirsi il meglio, per puntare al top. Io sono un ambizioso e desidero il meglio per me stesso essendo anche disposto a dare il massimo. È riprovevole?»

«Certo che no.»

«E il ringraziamento alle tue gentili concessioni è solo un segno di rispetto verso di te e verso le donne in generale. Siete voi che decidete a chi darla, è un vostro diritto rifiutarvi e nessun uomo si dovrebbe mai azzardare a violentare o costringere una donna previa l'asportazione del pene e se tu ti sei concessa a me, lo apprezzo e ti ringrazio, perché avere te è rappresentato un altro step per me.»

«Bene, quindi puoi passare al successivo. Chi devi conquistare adesso? E perché sei ancora qui?»

«Perché esigo il tuo rispetto. Non ho fatto nulla per cui vergognarmi o per essere deriso da te, o per essere additato come un prostituto. Non mi prostituisco Rebecca, ma incontro persone assolutamente responsabili al pari di me, che scelgono in piena coscienza se venire a letto con me oppure no.»

«E tutte scelgono di venirci, giusto?» rispose Rebecca accennando un sorriso.

«Devo ringraziare i miei occhi azzurri e la palestra per questo», ammise l'uomo e anche le sue labbra sorridevano.

«Scusa.»

«Per cosa?»

«Per la battuta sul prostituto. Sì, ho scelto di venire a letto con te però, io non sono così, non vado in un castello e finisco a letto in una camera privata, e non mi faccio sbattere in un giardino buio. E il ringraziamento mi è parso come un contentino, un compenso non in denaro. E ho reagito in maniera spropositata.»

«Non ti ho mai considerata alla pari di una prostituta.»

«Però non mi hai baciata sulla bocca.»

Alexander serrò le mascelle. «È un mio limite», ammise sommesso. «Non amo i baci in bocca però, bacio altre labbra e le induco a inturgidirsi e a fremere e percepisco il sapore di una donna da quelle. Il tuo mi piace molto, Rebecca.»

Aveva frenato e parcheggiato in un posteggio buio e si volse verso di lei. A Rebecca bastò guardarlo in viso per capire le sue intenzioni.

E a conferma delle sue intuizioni la mano di Alexander si posò sulle sue gambe e s'inoltrò fra quelle. Raggiunse la congiunzione nel mezzo e saggiò con il dito il suo caldo umidore. Poi ritirò il dito e lo portò alla bocca. Lo succhiò e annuì.

«Sì, è afrodisiaco, mio bel diavolo. Abbassati le calze», ordinò con occhi scintillanti.

Rebecca si guardò attorno con affanno.

«È l'angolo più buio del posteggio e nessuno ci vedrà», bisbigliò chinandosi. Riportò le mani sotto il vestito e Rebecca fu rapida a sollevarsi e a lasciar scivolare giù calze e perizoma.

Alexander le sfilò le scarpe e la biancheria, poi le afferrò le gambe e la tirò a sé. Incurante del cambio e dell'abitacolo stretto che non consentiva a Rebecca di aprire le gambe come avrebbe voluto, si tuffò su di lei e spinse la lingua a lambirla.

«Ecco come ti bacio», ansimò accarezzandola con la lingua, afferrandole i fianchi e cercando di sollevarla per penetrarla più agevolmente con la lingua. La sfregava, la succhiava e mordeva e quando poi schiacciò il duro nodulo con il pollice Rebecca urlò.

Tra le sue gambe gorgogliò una risata e subito dopo si diffuse quel calore umido e avvolgente che precedette le sconvolgenti pulsioni.

Alexander continuò a sollecitarla, a bere i suoi umori, ad assorbire ogni spasmo. Poi si sollevò e la circondò con le braccia.

«Ah tesoro, tu mi uccidi», ansimò nel suo orecchio, baciandole il padiglione, spingendo la lingua anche là, mentre la mano ritornava di nuovo tra le sue gambe, a blandirla, a placarla, ad alimentare ancora il fuoco.

Succhiò il lobo, poi la parte sotto l'orecchio spingendo il dito più a fondo. E il desiderio che ancora serpeggiava in lei, spinse Rebecca a tendere la mano, a serrarla sul grosso pene inturgidito pressato nella stretta dei calzoni.

Alexander le bloccò la mano.

«Ferma Rebecca ... non voglio prenderti in auto ... calmiamoci e andiamo a mangiare ... rimandiamo a dopo ... l'attesa sarà una tortura e un piacere ...» ansimò sul suo collo, succhiando la pelle, provocando altri brividi e sussulti.

«Allora lasciami andare», rispose la ragazza sperando ardentemente che lui non obbedisse ma Alexander indietreggiò e si adagiò contro il suo schienale.

Inspirò a fondo poi si volve verso di lei.

«Riesci a rimetterti in ordine?» chiese osservandola.

«Sì», rispose Rebecca raccogliendo la sua biancheria. Decise di fare a meno del perizoma e d'indossare solo le calze.

Alexander tese la mano e le sistemò una ciocca di capelli, poi le carezzò il viso e, sorprendentemente, si fece avanti per deporle un rapido bacio sulle labbra.

«Non ho mai gustato niente di più dolce di te», assicurò osservandola in fondo agli occhi.

Rebecca provò a sorridere. «Buon per me. E puoi ritenerti soddisfatto; ancora una volta hai dato il meglio di te per ottenere un risultato eccellente.»

Anche Alexander sorrise e i suoi denti bianchi scintillarono.

«E non mi ringrazi?»

«No, non a parole Sacha. Lo farò nel tuo stesso modo», replicò e il sorriso dell'uomo si accentuò.

«Bene, mi appresto a vivere la cena più sofferta della mia vita. Spero solo che sarà breve e che non venga nei calzoni lavorando di fantasia!» replicò con una smorfia beffarda volgendosi ad aprire la portiera.

29
Il gioco diventa eccitante

Alexander si succhiò le labbra versando il vino nei bicchieri. Avrebbe voluto berne un sorso ma poi avrebbe cancellato il gusto di Rebecca e gli piaceva da matti percepirlo sulle labbra e sulla lingua e gli rammentava quanto lei si sciogliesse.

La osservò con criticità.

Sembrava una donna tutta d'un pezzo, persino altera, eppure urlava e tremava se solo la toccava là, in quel punto che racchiudeva la sua femminilità e la sua vulnerabilità, in quelle pieghe umide, che aperte come i petali di una rosa, gli consentivano di annegare nel suo cuore pulsante.

Uno spasmo gli serrò il ventre. Rebecca bevve un sorso di vino e sollevò lo sguardo su di lui e si bloccò. Forse intuiva il corso dei suoi pensieri, percepiva il desiderio, l'aria crepitante attorno a loro e rammentava che qualcosa era rimasto in sospeso tra loro.

Era certo che fosse di nuovo bagnata, che stesse di nuovo stillando la rugiada del suo desiderio per lui.

Lo sguardo dei suoi splendidi occhi verdi divenne più fondo, più torbido, le labbra si socchiusero per lasciare sfuggire un gemito sommesso.

Quelle labbra erano tumide, arrossate, gonfie, e quando le aveva sfiorate nell'abitacolo dell'auto le aveva percepite calde e morbide.

Forse poteva assaggiare quella bocca, forse per una volta non avrebbe provato disgusto e riscontrato la stessa dolcezza dei suoi umori più intimi.

La carezza cauta e lieve sul pene rigido lo fece sussultare dalla sorpresa.

Rebecca sorrise come una fata, o come il diavolo che era.

Dunque, lo carezzava con il piede di sotto della tavola.

Sorrise anche lui aprendo maggiormente le gambe e scivolando più in basso sulla sedia a dimostrazione di quanto gradisse quel tocco, ma poi si raddrizzò perché il cameriere si era accostato al loro tavolo.

Fu impegnativo ricordarsi delle ordinazioni, con il piede di Rebecca che si artigliava al suo grembo, accarezzandogli il sesso infiammato.

E dovette bere un sorso di vino per ovviare alla mancanza di saliva.

«Sei bagnata?» chiese roco, con l'intento preciso di infiammarla. Non si tirava mai indietro in un gioco eccitante.

Le guance di Rebecca si colorirono deliziosamente, le sue labbra parvero ancora più tumide e rosse.

«Sì», ammise studiandolo. Il suo piede si fece più insistente e dovette coprirlo con la mano per bloccarlo.

«E che vuoi da me? Che ti aspetti che faccia ... dopo? Che cosa desideri?» chiese a bassa voce non fidandosi di riuscire a mantenere fermo il tono.

«Che mi scopi come ieri, Sacha.»

Dunque, neanche lei si tirava indietro. Deglutì stringendole il piede e muovendolo adagio contro di lui.

«E che conti di fare tu?» chiese illanguidito, inspirando bruscamente.

«Sono in svantaggio, Sacha. Io non conosco il sapore della tua essenza», bisbigliò senza abbandonare i suoi occhi e quell'affermazione sussurrata gli provocò una vampa di calore nei testicoli.

«Rebecca, che combinazione, le nostre strade continuano a incrociarsi!»

Rebecca ritirò il piede e si volse, il volto arrossato, lo sguardo lucido.

Chi diavolo era quel tipo che era sopraggiunto a interrompere un amplesso virtuale? E cacchio, si vedeva lontano un miglio quello che Rebecca provava in quel momento, la sua infiammazione, la sua passione ed erano reazioni che reclamava per se stesso e che non voleva condividere con nessun altro! Forse avrebbe allontanato quel tipo impomatato con un cazzotto, impedendogli di godere dell'arrossamento delle guance di Rebecca, del suo respiro in po' affrettato, del turgore evidente dei suoi seni, della voce bassa e un po' arrochita con cui parlò.

«Nico ... ciao ... già, che combinazione ...» balbettò sorpresa.

Pertanto, si alzò, badando di coprirsi il davanti dei calzoni con il tovagliolo.

«Buonasera ... è un tuo amico Rebecca?»

Si era alzato e aveva parlato per dirottare l'attenzione dell'uomo su di sé, per privarlo di tutto ciò che Rebecca esprimeva in quel momento e per consentirle di riprendersi rapidamente.

«Sì, Nico Molteni ... Alexander Jenko», li presentò Rebecca. Il rossore stava svanendo dal suo viso.

Nico tese la mano verso di lui. E Alexander gli serrò le dita in una presa poderosa che indusse l'uomo a gemere e a ritirare la mano di scatto.

«Caspita! Una stretta d'acciaio», costatò Nico scuotendo le dita contuse.

«Chiedo scusa, molto spesso dimentico di moderare la forza», replicò con un ghigno.

«Be' ... vedo che siete impegnati ... vi auguro buon appetito. Rebecca ti chiamo domani, così concordiamo la nostra cena», continuò Nico disinvolto e fu solo perché Alexander era presente che Rebecca si mostrò entusiasta.

«Certo Nico, chiamami pure.»

«Bene, buon proseguimento», continuò l'amico tendendo automaticamente la mano verso Alexander ma si fermò in tempo.

«No, meglio di no», borbottò accennando un sorriso, poi si rivolse a Rebecca. «È stato un piacere, come sempre.»

«Buona cena», rispose lei stringendogli la mano.

Quando Nico volse le spalle, Alexander tornò a sedere.

«Chi è?»

«Un amico.»

«È una mezza sega!»

«Prego??»

«È una mezza sega, Rebecca, è uno che non vale molto», ripeté Alexander con decisione.

«Come puoi affermarlo? Non lo conosci.»

«Misuro gli uomini dalla stretta delle loro mani e quello è uno che a letto non dura più di cinque minuti», giudicò con una smorfia.

D'improvviso nella mente della ragazza balenò come un flash, l'immagine di Ivan e percepì la stretta flebile della sua mano.

«Sorridi? Lo hai costatato?»

«No, ma mi diverte questa tua sicurezza.»

«So quando ho ragione», insistette Alexander.

«Okay, se ne avrò la conferma sarai il primo a cui lo comunicherò», promise divertita.

«Fidati, non ne vale la pena con quello. Dubito che sia anche in grado di scaldarti», aggiunse credendo in ogni parola che affermava.

Rebecca arricciò il naso in un'espressione vezzosa che adorò all'istante.

«Be', non è poi che ci voglia molto in questo frangente della mia vita. Scopro che mi basta uno sguardo, una carezza con il piede, un accenno a quello che potrebbe far seguito a questa cena», replicò chinando lo sguardo.

«Sbagli, tutto questo non è dovuto solo al frangente della tua vita ma a me, o meglio a noi due, a te e me che ci percepiamo con sorprendente facilità. È questo il feeling e tra noi esiste. Questione di chimica», spiegò Alexander disinvolto.

«Sì? E giacché sembri così esperto, dimmi, quante volte hai riscontrato questo feeling con una compagna?»

«Oh, non così tante come tu sembri pensare. Si può scopare una donna anche senza essere in sintonia, ma l'intesa, la complementarietà non è così facile da riscontrare ed è certo che con quel tipo non sarai in sintonia», assicurò con una smorfia che fu simile a un ghigno.

30
Incontri inattesi

«Vedremo», rispose Rebecca vaga. Ne era certa anche lei ma non voleva ammetterlo. Alexander era già troppo sicuro e forse peccava anche di presunzione. Magari qualche dubbio lo avrebbe reso più interessato a lei.

Credeva di conoscerla ma, se gli avesse mostrato dei coni d'ombra, forse si sarebbe avvicinato maggiormente per cercare di comprendere quello che c'era di controverso in lei. Era troppo intelligente e curioso per non provare a capire cosa sfuggisse, dalle maglie delle sue certezze.

«Cosa incide in questo frangente della tua vita?» chiese a conferma della sua curiosità.

Rebecca rise e decise di essere del tutto sincera. «Mesi di amorfa castità.»

«Ah, un peccato per te e per chi non ha goduto di quello che puoi offrire.»

«Eppure c'è chi non lo ha apprezzato.»

«Forse perché non hai dato il massimo o comunque meno di quanto fosse nelle tue capacità.»

«Può darsi», concesse Rebecca spostandosi per permettere al cameriere di deporle davanti il piatto di risotto. «Buon appetito Alexander.»

«Anche a te, Rebecca.»

«Pertanto siamo ambedue molto amati», continuò Rebecca disinvolta dopo un po'.

Alexander aggrottò la fronte. «In che senso?»

«La mia famiglia si preoccupa per me e di chi frequento, tuo fratello invece ritiene che tu sia un supereroe», continuò suscitando un sorriso che distese la piega sulla fronte e rese gli occhi dell'uomo ancora più trasparenti.

«Sono il fratello maggiore, quello che insegna e guida e che comprende più e meglio di un padre e mi sono spesso trovato a fare da consigliere al padre di Matteo. È inevitabile, quindi, che lui si affidi a me e che mi ami incondizionatamente.»

«E tuo padre è morto?»

«No, gode di ottima salute ma si è stabilito da tempo in Austria e lo vedo raramente.»

«Aleksej ...»

«Ecco, quando si parla del diavolo ...» considerò Alexander volgendosi e alzandosi.

Due uomini sostavano dietro la sua sedia. «Ciao papà ... Roger ...»

«Ciao Alex, mi spiace per tuo nonno», disse Roger stringendogli la mano.

«Scusa, ti abbiamo interrotto», aggiunse il padre lanciando un'occhiata a Rebecca.

«Lei è un'amica ... Rebecca ti presento mio padre e un suo amico.»

Si strinsero le mani in un clima cordiale e amichevole eppure, a Rebecca, non sfuggì la sensazione di sottile inquietudine, un certo vago imbarazzo che rendeva Alexander stranamente rigido e fin troppo compunto.

«Volete sedere con noi?» chiese nel tentativo di sciogliere quella sottile tensione che coinvolgeva tutti e tre gli uomini.

Il padre di Alexander esitò, poi scosse il capo. «No, grazie, ma stavamo andando, buon proseguimento», augurò rigido come il figlio.

«Quanti incontri, stasera», notò Rebecca quando Alexander fu di nuovo seduto.

«Già, e tutti qui. Cancellerò questo ristorante dalla mia lista», borbottò l'uomo riprendendo la forchetta.

«Cos'è successo a tuo nonno?»

«È morto due mesi fa.»

«Ah, mi spiace.»

Alexander tacque.

«Perché l'incontro con tuo padre ha cambiato il tuo umore?»

Alexander sollevò il viso di scatto, i suoi occhi scintillarono, poi però, si guardò attorno come a prendere tempo e inspirò profondamente.

«Nel pomeriggio sono stato dal notaio per l'apertura del testamento di mio nonno ed è per questo motivo che mio padre è in città. Voglio solo archiviare questa faccenda e la morte del nonno», spiegò pacato ma un muscolo vibrava sul suo viso e senza un motivo preciso, Rebecca sospettò che mentisse o che almeno non raccontasse tutta la verità. Accettò la sua spiegazione e cercò di offrirgli il suo aiuto.

«Se ... se non te la senti di ...» iniziò cauta e di nuovo gli occhi azzurri scintillarono, mentre le sue labbra si curvavano in un sorriso di scherno.

«Ti è parso che non me la sentissi, prima, in macchina?» domandò sarcastico prendendo il bicchiere e vuotandolo.

E sicuramente doveva esser compiaciuto di vederla di nuovo avvampare. E dunque, decise che l'attesa poteva bastare.

«Farei a meno del secondo e del dessert, e tu mia dolcissima fatina?» chiese lasciando scivolare su di lei uno sguardo che fu inequivocabile quando si arenò ad altezza seni.

Rebecca inspirò, conscia del turgore dei capezzoli e dello sguardo di Alexander che sembrava carezzarla.

«Sono pronta ad andare ... sono pronta da un pezzo», chiarì, perché anche lui cominciasse a vibrare.

E Alexander fu in piedi in un nanosecondo e la invitò a fare strada senza ulteriore indugio.

31
Desiderio di possesso

Rebecca non chiese ad Alexander dove fosse diretto ma, quando non lo vide prendere la strada di casa, comprese che sarebbero andati a casa dell'uomo.

Non le importava, non aveva la minima rilevanza dove si sarebbero intrattenuti e nemmeno serviva un letto. Contava solo essere lontani da occhi indiscreti per potersi liberare da ogni barriera che impediva loro di incontrarsi e fondersi nell'altro.

Il tragitto fu breve e forse solo per quello Alexander aveva preferito casa sua. E a giudicare dalla sua guida "sportiva", doveva avere anche fretta di giungere a destinazione.

La guidò nel parco e poi fino all'ultimo piano di un elegante caseggiato, nello stesso quartiere in cui abitava suo cugino Stefano. Lei abitava poco più avanti ma con i sensi unici, il tragitto sarebbe risultato più lungo.

Non appena l'ebbe fatta entrare ed ebbe richiuso la porta di casa, Rebecca fu conscia delle sue intenzioni.

Con un gesto rapido le sollevò il vestito e le sfilò le calze, poi la issò e la pose a sedere su una gelida consolle dal piano di marmo.

«Brrr è fredda», protestò mentre Alexander si sfilava i calzoni e la camicia.

Lui sogghignò. «Presto sarai così infiammata che godrai del freddo del marmo, te lo garantisco», ansimò avanzando tra le sue gambe. Afferrò i bordi del vestito e glielo sfilò dal capo. Poi la guardò. Le dedicò un lungo sguardo torbido che si soffermò sui seni ancora stretti nelle coppe nere bordate di pizzo e che poi scivolò giù, fino alla congiunzione tra le gambe.

«Se non ti prendo ora, subito, credo che morirò qui, all'istante», bisbigliò con malessere.

Rebecca tese la mano che serrò intorno al duro fuso rovente.

«Vieni ... è tutta la sera che sono pronta ...» lo invitò stringendolo, tirandolo, guidandolo ma, Alexander gemette opponendo resistenza.

«Devo prendere il profilattico ed è così dannatamente lontano», ansimò combattuto.

Rebecca lo guidò più vicino. «Vieni ... è sicuro ...» sussurrò accompagnandolo con la mano. La punta rovente cominciò a premere.

«Sicuro ... fin dove?»

«Sicuro ... fino alla pillola», bisbigliò e poiché aveva il capo chino e osservava il turgido muscolo, si accorse del nuovo afflusso di sangue che lo rese ancora più gonfio.

Gemette di disappunto. «Non entrerà mai», ansimò osservando il grosso fallo penetrare adagio dentro di lei.

Alexander si fermò, aspettando paziente che lei si dilatasse, ruotando piano i fianchi e il pene che dopo aver roteato, riuscì ad affondare ancora un po'.

Rebecca non riusciva a distogliere lo sguardo.

Ogni volta che lui si ritraeva, riusciva poi ad avanzare un po' di più, scomparendo maggiormente in lei. E quando lui avanzava, Rebecca percepiva il piacere salirle dentro, le sue carni aprirsi, la sua intimità dilatarsi per accoglierlo più a fondo, per racchiuderlo più strettamente, per assorbirlo nei suoi tessuti.

E poi fu troppo. Dovette chiudere gli occhi e sollevare il capo rovesciandolo all'indietro, le labbra dischiuse per emettere il respiro sempre più rapido, mentre il piacere sbocciava lento dalle sue carni e si riverberava dentro di lei con un'intensità abbacinante.

Alexander la serrò, accostò la bocca alla sua per berne il respiro e vibrò, piantandosi a fondo dentro di lei, gemendo di piacere sulle sue labbra dischiuse. Restarono così, bocca contro bocca a unire i gemiti, a miscelare i respiri, a godere degli ultimi bagliori di un altro orgasmo strepitoso.

«Non avevo idea ... di quanto fosse grandioso ... senza barriere ...» ansimò Alexander accarezzandole la schiena.

«E ora vorresti ringraziarmi?» lo sbeffeggiò Rebecca ritrovando il fiato.

«Be' ... ci starebbe un ringraziamento dopo aver scoperto qualcosa di così portentoso, grazie a te», rispose Alexander arretrando.

«Mi chiami un taxi?» domandò lei balzando a terra.

«No, ti riaccompagno io, ovvio, ma hai così fretta?» chiese l'uomo bloccandola e osservandole ogni angolo del viso.

Rebecca scosse il capo e lui sorrise sfiorandole una guancia con le nocche.

«Allora adesso faremo l'amore», bisbigliò tirandola sulle braccia con estrema facilità.

Lei rise. «Perché finora che abbiamo fatto?»

«Sesso.»

«Ed è diverso?»

«Certo, dovevo soddisfare l'istinto e liberare la mente dal desiderio opprimente di te. Ora possiamo inventarci l'amore, eseguire quei gesti atti a conoscere il corpo dell'altro, a scoprirne i punti sensibili. Quei punti che alimentano il desiderio per farlo accrescere di nuovo e possiamo dedicarci tempo», spiegò inoltrandosi nella casa, raggiungendo una stanza sul fondo di un largo corridoio.

Nella camera ampia c'era un letto enorme.

Alexander la pose sul copriletto con ogni riguardo.

«Neanche ti ho sfilato il reggiseno prima, ma eri così intenta a osservare come mi infilavo dentro di te che non ho voluto distoglierti», chiarì inducendola di nuovo ad arrossire.

«Che cosa hai provato?» chiese spostandosi ai piedi del letto.

«Era affascinante Sacha ... irresistibile ... tremendamente eccitante.»

«Bene, ora sganciati il reggiseno, stenditi e lasciati guardare, fammi scoprire il tuo corpo. Sei bella, lo sai?»

Lei eseguì.

«Sai di essere bella?»

«Sì.»

«E chi te lo ha detto?»

«Altri uomini.»

«Apri le gambe per me.»

Rebecca ubbidì lentamente, mentre lo sguardo bruciante di Alexander scivolava su di lei.

«Lo hai fatto per altri, così?»

«No.»

«Bene», bisbigliò chinandosi a carezzarle un piede e poi il polpaccio. Adagio, senza fretta, fece scorrere le mani su di lei avanzando pian piano fra le sue lunghe gambe divaricate, ma non si fermò nella zona sensibile. Passò oltre e le carezzò il ventre, poi proseguì la sua ascesa fino a coprirle i seni. Strinse i capezzoli già duri e irti, quindi si chinò per morderli uno per volta, titillarli alternativamente, succhiarne uno, mentre stuzzicava l'altro stringendolo tra pollice e indice. Rebecca arcuò la schiena per offrirsi maggiormente. Le mani di Alexander sapevano suonarla come fosse stato uno strumento sensibile e la spingevano ad emettere musica.

Voleva ricambiare il favore, così, cominciò ad accarezzarlo anche lei ma lui le allontanò le mani con delicatezza.

«Lasciati scoprire ... poi toccherà a te ...» bisbigliò intento a sondare quel territorio sconosciuto. «Al ristorante ... hai affermato che volevi si ripetesse come ieri ...» ricordò arretrando.

«Sì.»

«Voltati fatina.»

Rebecca si girò sulla pancia e lui ritornò tra le sue gambe. Prese a carezzarle la schiena, a lisciarla seguendo con le dita le sue curve provocanti, a far scorrere la lingua. Ogni tocco la irrigidiva, la eccitava, la costringeva a guizzare.

Alexander si sollevò brusco, scoprì il letto e afferrò i cuscini che le spinse sotto i fianchi. «Tirati su», ordinò afferrandole i glutei, plasmandoli per le sue mani bramose. Dio se era bella!

La lingua seguì la fenditura tra le natiche e approdò dove la carne era già gonfia e disponibile alla sua intrusione. La baciò, succhiò e sfregò e dopo si aiutò anche con un dito ma Rebecca si dimenava troppo, vogliosa di lui, eccitata come una pantera e non avrebbe resistito ancora per molto con lei così attiva e frenetica. Perciò si sollevò ed entrò dentro di lei con un'unica spinta vigorosa. Rebecca singhiozzò per il piacere di quell'intrusione che la colmava completamente e riprese a dimenarsi. Alexander si sollevò, si piantò in ginocchio e le modellò i fianchi e i glutei. Voleva raggiungerle il centro dell'anima, carpirle il cuore, annegare dentro la sua serrata morbidezza. Si spinse avanti tenace, incitato dal dimenarsi selvaggio di quella donna rovente e appassionata e realizzò che quella volta non ce l'avrebbe fatta ad aspettarla. Il primo getto di sperma la riempì nello stesso istante in cui lei si contraeva e la gioia per quell'insperato sincronismo accrebbe il suo piacere. Si accasciò su di lei continuando a spingersi avanti, le morse il collo e le spalle con un desiderio violento di impadronirsi di lei in ogni modo. Si fermò ansante, premendosi contro il suo corpo per non abbandonarla con la detumescenza, provando a restare rigido e piantato dov'era.

E in quel momento scoprì la brama di possesso.

Quella sensazione mai provata prima di allora e per nessuna, si espanse in lui, nella sua mente, nel suo cuore.

Provò qualcosa di potente e feroce di cui non aveva conoscenza.

Si ritrasse adagio da lei, sfilò i cuscini che pose sotto il capo e fece volgere la sua compagna che ancora affannava. Serrò Rebecca contro di lui, la strinse, le sfilò le ultime forcine e le districò i capelli con le dita, e poi l'accarezzò finché lei non si placò e si rilassò completamente.

E solo quando avvertì il suo respiro divenire più pesante tese la mano a spegnere la lampada, chiuse gli occhi e si lasciò andare.

32
Intermezzo notturno

Rebecca era felice, era al sicuro, al caldo, stretta all'uomo che amava.
Che amava??
Stava sognando?
Dov'era?
Sì, davvero era stretta a qualcuno.
Sacha.
Alexander dormiva stringendola a sé, come se avesse temuto che lei si svegliasse e se ne andasse.

Ma lei non ci pensava proprio ad andarsene. Stava troppo bene in quel letto e tra quelle braccia muscolose che anche nel sonno non perdevano la loro rigidezza.

Pertanto, Alexander aveva mentito? Perciò non era solito spingere le sue compagne fuori dal letto. A meno che, non pensasse che non fosse finita là e avesse voluto concedersi una pausa.

Si strinse maggiormente a lui. Era così caldo, così duro, così compatto.

Fece scorrere la mano lungo la sua schiena e Alexander spinse avanti i fianchi, ancora immerso nel sonno.

Portò la mano tra loro e lo scoprì di nuovo rigido.

Dunque, nonostante dormisse, percepiva la sua presenza e reagiva. Cominciò a carezzarlo lentamente, a stringerlo nella mano e seppe, quando Alexander emerse dal sonno. Lui allentò la stretta e si pose maggiormente supino. Rebecca si sollevò e spostò il capo sul suo grembo. Lo accarezzò ancora, poi cominciò a lisciarlo con la lingua.

Quando lo prese in bocca, lui ansimò e s'irrigidì.

Rebecca percepì le sue mani sul capo, nei suoi capelli, le sue carezze che cercavano di guidarla, che le segnalavano quando insistere e quando allentare la stretta intorno a lui. Lo lisciò e lo succhiò avvolta sempre più da quelle grandi mani che cominciarono a spingersi oltre il suo capo, a carezzarla, a infilarsi dove potevano.

«Oh, Rebecca, prendimi dentro di te», la pregò ad un tratto contorcendosi.

E lei si pose cavalcioni su di lui.

«Non ti piaceva?» domandò stupida.

«No fatina, non volevo che finisse ... ed eri troppo vicina a farmi capitolare», rispose serrandole i fianchi e sollevandola per entrare in lei.

Rebecca si assestò e lui gemette.

«Stai ferma», ansimò e lei s'immobilizzò.

Le sue mani la palparono, le strinsero i seni tormentando i capezzoli.
Lei reclinò il capo all'indietro serrando maggiormente le gambe intorno a lui.

«Sì ... e ora cavalcami ... come preferisci», bisbigliò accarezzandola, afferrandole le natiche e stringendole per spingersi più a fondo, assecondando il trotto leggero di lei e poi il suo galoppo forsennato. Si muoveva in lei rapido, frenetico, bramoso delle sue pulsioni più che delle proprie. Le afferrò le gambe ripiegate e le distese sulle sue spalle tirando forte Rebecca a sé. A lei si mozzò il fiato mentre si accasciava con la schiena sulle sue gambe. La mano di Alexander corse a coprirla e ad assorbire le sue violente pulsioni. Infatti, subito dopo lei cominciò a sussultare preda dell'estasi.

Si sciolse dentro di lei, inondandola ancora di sé, marchiandola con il suo sperma rovente, irrorandola del suo essere, della sua essenza che percepiva cocente.

Rebecca si sottrasse ansante, strisciò su di lui e si accoccolò sul suo petto. La circondò con le braccia e si volse sul fianco.

Trascorsero alcuni minuti e quando stava per scivolare nel sonno lei parlò.

«Era una posizione del Kamasutra?»

«Cosa dici?»

«L'ultima, era una posizione del Kamasutra?»

«Non lo so ... forse ... ha importanza?»

«Sì.»

Ma che diavolo voleva sapere?

«Perché?»

«Cioè, davvero hai inventato l'amore con me o ripercorri schemi collaudati e di indubbio successo? Perché io non ho mai vissuto niente di simile!»

Si tranquillizzò e la strinse maggiormente.

«Neanche io Rebecca e no, non ho applicato alcuno schema. E ora chiudi gli occhi e smetti di pensare.»

«Non lo so fare a comando!»

«E se ti dessi una botta in testa?»

Risero insieme.

«Forse ora dovrei andare.»

«Non ho voglia di muovermi.»

«Neanche io», bisbigliò lei morbida e cedevole, accoccolandosi maggiormente vicino a lui e dopo un attimo dormiva.

Alexander sorrise.

Rebecca si addormentava sempre così all'improvviso?

Mah, proprio non capiva certe ...

33
Una situazione insolita

«Buongiorno», esordì Rebecca avanzando scalza nella vasta e linda cucina. Aveva rinvenuto sia il suo tubino, sia la camicia che aveva indossato Alexander la sera precedente e dopo aver costatato che non recava alcun olezzo, aveva optato per quella, che la copriva quasi come una mini-vestaglia. E poi agli uomini piacevano le donne che indossavano le loro camicie.

Alexander le dava le spalle.

Era appoggiato con le mani al piano di lavoro e non si volse.

«Buongiorno», la salutò con la schiena rigida. Era nudo dalla cintola in su e le spalle ampie attrassero le mani di Rebecca.

Avanzò fino a lui e gli posò le mani sulla schiena. Lo accarezzò con molta cura e la schiena si distese sotto le sue dita.

«Qualcosa non va?» chiese sommessa.

«In realtà non lo so.»

«Perché?»

Finalmente Alexander si volse a guardarla. Era assai affascinante con il velo di barba che gli scuriva il volto evidenziando le labbra. Gli occhi di un azzurro intenso scintillavano.

«È nuova come situazione, questa, per me. Nessuna finora aveva invaso il mio regno», spiegò osservandola.

«Davvero? Allora veramente nessuna ha mai dormito con te?» indagò Rebecca sorpresa.

Lui l'afferrò alla vita e la pose a sedere sul piano di lavoro.

«Mento solo se strettamente necessario», chiarì esaminandola in viso.

Lei si guardò attorno. «E questo è il tuo regno? Una cucina?!»

«Infatti, e sono molto abile nel cucinare.»

«Davvero?! Non lo avrei mai supposto, a maggior ragione con il tuo fisico asciutto e muscoloso.»

«Fatico dieci delle camicie che graziosamente indossi per mantenermi in forma, specie dopo aver cucinato. Sopra le nostre teste c'è una minipalestra con tanto di sacco per tirare di boxe.»

«Wow, sono impressionata. E qual è il problema? Temi che ti ammacchi le padelle?» chiese Rebecca trattenendo un sorriso.

Anche Alexander sorrise. «Mi distrai. Stamattina mi sento un imbranato e ignoro dove cominciare per preparare la colazione.»

«Oh, non crucciarti. Per me basta un caffè e sono a posto.»

«Lo supponevo. In effetti sei magrolina nonostante le curve sode, però non c'è nulla di più sbagliato. Dovresti anche mangiare qualcosa e mi chiedevo che potesse piacerti, se portartelo a letto o aspettarti qua, se svegliarti o lasciarti dormire. Sono solo le sette ma dubito che tu voglia andare in ufficio con il vestito che indossavi ieri, giusto?»

Rebecca tese la mano e lo carezzò in viso.

«Mi sono svegliata nell'attimo in cui sei scivolato fuori del letto e ho atteso che uscissi dal bagno proprio per non invadere i tuoi spazi. Bevo un caffè al volo e vado a casa a cambiarmi, ma è giorno, c'è luce e non è necessario che mi accompagni giacché posso arrivarci a piedi in dieci minuti. E ora preparati la tua solita colazione come se io non ci fossi.»

«Okay, ma dopo la colazione non è che debba dedicarmi alle pulizie di casa, perciò, posso accompagnarti senza problemi», chiarì spostandosi e aprendo uno stipo dal quale estrasse alcune cialde di caffè. Ne infilò una nella macchina espresso al lato di Rebecca.

«Di solito mi preparo le uova strapazzate ma stamattina, ho ancora un avanzo di strudel alle mele. Vuoi assaggiarlo?» chiese riempiendo una tazzina di caffè.

«Strudel alle mele? Alex, hai citato la sola cosa per cui ammazzerei, il mattino. Giulio ed io impazziamo per lo strudel di mele.»

«Giulio?!»

«Mio fratello, gemello. Nostra madre sa fare uno strudel divino», spiegò Rebecca ricaricatasi di energia alla sola idea dello strudel.

Alexander scoperchiò un contenitore d'acciaio ed estrasse il tocco di strudel. Ne affettò due fette spesse che pose in due piattini. Infilò un piatto nel microonde, caricò l'orologio e di nuovo si volse a osservarla nell'attesa che il tempo di riscaldamento scadesse.

«Mi è piaciuto dormire con te. Nonostante abbia il sonno leggero, sia inquieto, mi svegli presto e mi addormenti a fatica, tu non sei stata d'impaccio.»

Rebecca sollevò il viso. «Anche a me è piaciuto, sei … comodo … non so … sei tipo orso di peluche.»

Quella definizione lo fece sbottare in una calda risata che gli rischiarò il viso e lo rese ancora più attraente.

Si guardarono per qualche secondo, ognuno riscoprendo quello che di desiderabile notava nell'altro, poi il campanello del microonde li distolse.

Rebecca saltò in terra, Alexander si affrettò a togliere il piatto dal forno e a porlo sul tavolo.

«Ti do una forchetta …»

«Non importa, lo prendo con le dita che poi mi leccherò», replicò Rebecca a suo agio, rilassata, felice.

Ah, lo strudel di mele la disponeva al buonumore.

Era per lo strudel? Sicuro?

Alexander pose l'altro piatto nel microonde e si dispose all'attesa osservando Rebecca.

Quella ragazza già normalmente lo eccitava sin nel midollo poi, con la sua camicia indosso sotto la quale supponeva non indossasse nulla, gli ispirava pensieri ancora più licenziosi del solito.

Ma doveva accantonare quell'aspetto e valutare il resto.

Per la prima volta in vita sua si era fidato di una donna, totalmente, ignorando qualsiasi tipo di protezione e lo aveva ben saputo che lei lo rendeva stupido.

E poi, quella strana emozione che aveva provato la notte precedente, lo aveva spinto a serrarla e a carezzarla perché si rilassasse e si addormentasse al suo fianco, nel suo letto.

E ora si domandava se non fosse completamente impazzito. Se lei non gli avesse operato un incantesimo diffuso con ogni suo singulto, ogni gemito di piacere, ogni contrazione che gli aveva donato, rendendolo felice e appagato.

«Che c'è?» domandò Rebecca leccandosi un dito con una tale ambiguità che lo fece tendere all'istante.

«Come dicevo, è tutto nuovo e cerco di capire se devo stare in guardia.»

Rebecca aggrottò la fronte.

«In guardia? Temi che io possa farti male?» domandò perplessa.

Alzò le spalle estraendo l'altro piatto dal microonde, poi sedette di fronte a lei ma Rebecca si alzò.

«Scusa un attimo ma devo prendere la compressa che è sempre abbinata al caffè mattutino e se non la prendo, poi me ne dimentico», spiegò volando fuori della cucina.

Ritornò poco dopo e lui le aveva già versato l'acqua in un bicchiere.

«Cosa assumi?»

«La pillola anticoncezionale.»

«Ah!» Era proprio ciò che intendeva chiederle.

«Come mai la usi? Hai qualche problema particolare o ti aspettavi che saremmo finiti a letto? In effetti le premesse c'erano. E magari la tua vita sessuale è tanto intensa che forse ...»

«Alex frena», lo interruppe la ragazza prendendo la tazzina col caffè.

«Serve solo a dare una regolata ad un ciclo un po' bizzarro. Sei mesi di cura e sarò a posto. Sono al secondo mese», spiegò con leggerezza. «E poi mi sembrava di aver accennato al mio periodo di castità», aggiunse scrutandolo con quei suoi occhioni verdi da gatta ammaliante.

E il pensiero che potesse ancora godere di quattro, o quasi cinque mesi di amplessi portentosi, beneficianti della mancanza del condom gli inondò il ventre di calore e le arterie di sangue rovente.

Rebecca percepì immediatamente il cambiamento perché si immobilizzò con le labbra dischiuse, gli occhi un po' sgranati, come in attesa di una sua mossa.

E lui si mosse assai rapido. L'afferrò con un braccio e se la caricò in spalla inducendola a urlare per la sorpresa.

«Castità alla quale urge porre rimedio», considerò uscendo dalla cucina e imboccando rapido il corridoio diretto alla stanza da letto, con lei che rideva, penzolante come un sacco dalla sua spalla.

34
Palla al balzo

L'aria era tiepida e profumata di fiori in sboccio, perciò avevano scelto di sedere fuori.

Alexander bevve un sorso del suo frullato, Matteo invece addentò l'ultimo boccone del mega panino che era sembrato un tacchino ripieno.

«Che hai Alex?»

«Niente, perché?»

«Non lo so, sei strano. Stai male pensando a tuo nonno?»

Alexander gli rimandò un'occhiata stupita.

«Pensa, è da ieri sera che non gli dedico alcun pensiero, né a lui, né a mio padre, né tantomeno a Roger.»

«E allora che c'è? Sembri giù di corda.»

«No, forse sono un po' destabilizzato; Rebecca ha dormito da me.»

Matteo sgranò gli occhi. «Davvero Alex?» chiese e l'incredulità trapelò dalla sua voce.

«Già, strano per me, vero?»

«A dir poco! E che ne è della tua privacy, del tuo spazio riservatissimo, del tuo territorio immacolato, del tuo non voler condividere il letto neanche con me perché, a tuo dire, russo?»

«Rebecca non russa ed è morbida e cedevole come una bambola di gomma ma con reazioni ben più interessanti di una bambola», spiegò Alexander meravigliato. Lui stesso ancora non riusciva a far luce sul suo comportamento.

«Alex, che la bella Rebecca Mayer abbia fatto centro nel tuo solido cuore?» s'informò Matteo sbigottito.

«Che stronzata! Il cuore non c'entra affatto. Rebecca ed io ci siamo capiti al volo e insieme produciamo un bel po' di fuochi d'artificio, tutto qui», minimizzò Alexander vuotando il bicchiere.

Matteo mandò giù la sua coca e si pulì le labbra.

«Capisco, però, che abbia anche dormito da te … è questo che mi lascia molto perplesso», insistette.

«È stata solo una prova …» spiegò Alexander alzandosi. Avevano già saldato il conto e potevano andarsene.

«Okay e ora raccontami dell'eredità di tuo nonno», proseguì Matteo imitandolo. Si volsero per allontanarsi quando Alexander s'immobilizzò e Matteo gli finì indosso.

«Cazzo!»

«Che c'è?»
«Rebecca!»
«Dove?»
Alexander indicò con la mano.
Aveva lasciato Rebecca quella mattina dopo averla accompagnata a casa. Poi era andato in ufficio ma non l'aveva più incrociata e ora, ritrovarsela davanti appetitosa come uno strudel alle mele appena sfornato, sensuale e stimolante con quei dannatissimi jeans così aderenti che si chiedeva come facesse a muoversi e a respirare, e per altro stretta ad un uomo alto e muscoloso, era davvero uno shock.

«E quello chi è?» domandò subito Matteo avendo scorto la ragazza e il suo compagno. Lui le circondava le spalle con un braccio e l'accostava al suo fianco ridendo con lei.

«È ciò che mi sto domandando anche io», replicò Alexander muovendosi rapido e Matteo non perse tempo a porsi domande e si pose nella sua scia.

«Alex, con calma!», intimò avendo scorto nella postura del fratello una certa aggressività.

Alexander arrivò alle spalle dei due e si fermò ansando più per la contrarietà che per la breve corsa.

«Ciao Rebecca», salutò con voce bassa e decisa.

Lei si volse, ancora allacciata al suo compagno e Alexander non riuscì a guardarla in viso, attratto com'era da quella mano che le serrava la spalla e che parve intensificare la sua stretta.

«Oh, ciao Alexander, che fai qui?»

«Ho mangiato qualcosa con mio fratello», rispose spostando lo sguardo al volto dell'uomo e la somiglianza lampante con Rebecca che notò all'istante, lo persuase a distendere le dita che aveva involontariamente stretto a pugno.

«Tuo fratello?» domandò già certo della risposta.

«Sì, lui è Giulio e lui è Matteo?» chiese Rebecca indicando suo fratello.

«Sì.»

Si strinsero tutti le mani, presentandosi.

«Ed ecco anche Vivian», continuò Rebecca indicando la bella ragazza che li stava raggiungendo stringendo al petto un piccolo, delizioso maltese.

«Ciao a tutti ... oh, Matteo, quasi non ti riconoscevo senza il ghigno di Joker e devo ammettere che senza quel ghigno sei molto più carino, e lui deve essere il nostro misterioso Lord Fener, giusto?» continuò disinvolta squadrando Alexander da capo a piedi, innegabilmente interessata.

Giulio si fece attento. Finalmente capiva chi fosse l'uomo che aveva davanti e non tardò a giocare la sua mossa.

«Rebecca hai già invitato i tuoi amici alla festa del Buon Augurio?» chiese disinvolto.

«No e non credo che ...»

«Allora li invito io», la interruppe Giulio volgendosi verso i due uomini. «Spero vorrete essere dei nostri.»

«Dove?» domandò Alexander.

«I miei zii organizzano tutti gli anni una festa in campagna», spiegò Rebecca.

«E vi si riunisce tutta la famiglia e gli amici più cari», continuò Giulio.

«Ma non rammento adesso la data precisa», disse Rebecca mordendosi un labbro.

«Comunicagliela al più presto in modo che possano organizzarsi», suggerì Giulio e tornò a rivolgersi ad Alexander. «Sarà un vero piacere avervi con noi», ribadì.

«Certo, se non avremo impegni inderogabili, interverremo con molto piacere», rispose Alexander parlando anche a nome del fratello. Poi si rivolse a Rebecca. «Vai in ufficio?»

«Sì ... anche tu? Facciamo la strada insieme?»

«Okay.»

«Beck, chiama la mamma», le ricordò Giulio.

Si salutarono di nuovo tutti e poco dopo si ritrovarono da soli.

«Alex ...» cominciò Rebecca posandogli una mano sul braccio.

«Cosa?»

«Lascia perdere quell'invito. È solo un modo per conoscerti e per analizzarti al microscopio!»

Alexander sorrise. «Perché?»

«Perché ho raccontato qualcosa di te a Vivian e ora tutta la famiglia è curiosa e sta fantasticando su chi tu sia.»

«Bene, se mi vedranno e mi conosceranno smetteranno di fantasticare o di sottoporre mio fratello ad interrogatorio», rispose divertito.

Anche Rebecca sorrise.

«Non ti disturba?»

«No, perché dovrebbe? Anche io, se avessi una sorella come te, mi interesserei di chi frequenta e la inviterei peraltro, a indossare jeans che le consentissero di respirare!»

«Io respiro magnificamente», precisò Rebecca. «E sei certo di non avere scheletri nell'armadio? Quando la famiglia è curiosa e nota, come dire, un certo interesse verso un nuovo venuto ... l'interesse diventa collettivo e tutti cercano di ottenere informazioni sulla new entry.»

«Personalmente non temo proprio niente. Se invece l'interesse si estende ad altri componenti della famiglia, allora forse, si potrà trovare di che spettegolare.»

«Non temi niente? Non che voglia indagare ... ma ecco ... tu per primo non hai mai nascosto di essere ... come dire ... un uomo dedito alle facili avventure ...»

«E allora?»

«Ecco, ognuno dei miei cugini e lo stesso mio fratello ... sono stati ... molto implicati in innumerevoli storie, ma ognuno di loro da quando ha trovato la sua compagna ideale, ha chiuso con la vecchia vita diventando tremendamente virtuoso. E se mio fratello e i miei cugini vedranno in te un mio eventuale, possibile partner, ti sottoporranno a innumerevoli test atti a stabilire quanto hai scopato nella tua vita e quanto ancora ti riprometti di farlo o con chi!» sbottò Rebecca che si stava districando per trovare le giuste definizioni, per non mostrarsi curiosa e invadente, per non urtare la suscettibilità dell'uomo e per non mostrare quanto reale interesse provasse per lui.

«Quanto ho scopato? Tanto. Quanto ancora scoperò? Mi auguro ancora tanto! Con chi? Non lo so, Rebecca, non ho idea di cosa mi riservi il futuro, né se mai troverò la donna ideale o comunque, una che mi riempia talmente la vita da impedirmi di desiderare altro. E se tutto questo fa di me un tipo poco raccomandabile che la tua famiglia cercherà di allontanare da te, prova a rassicurarli specificando che siamo solo amici, o anche trombamici, ma che non contiamo certo di sposarci. Ah, e se la cosa potesse essere di qualche interesse, informali che sono anche un uomo ricco perché ho appena ereditato una fortuna appartenuta a mio nonno. Forse questo può interessare ai tuoi cugini che, per quanto ne so, sono tutti affaristi nati e, incuriosirli molto più della mia attività sessuale.»

«Sei adirato?»

«No, certo che no. Del resto, questi sono gli inconvenienti di scoparsi una Mayer, nome molto in vista in città.»

Rebecca si fermò e gli lanciò un'occhiata incendiaria.

«Spiacente che scoparmi si sia rivelato un inconveniente per te!» rispose risentita e immediatamente Alexander si pentì delle sue parole.

«Aspetta, non volevo dire questo.»

«No, certo, però scoparsi una con il mio nome comporta sicuramente degli inconvenienti dai quali ti esonero seduta stante! Fortunatamente non c'è nulla tra noi e come hai affermato tu, siamo solo trombamici perciò, con me o con un'altra per te non farà la differenza, come non la farà per me! Ti saluto Alexander, e i miei ringraziamenti per il divertimento che mi hai assicurato!» terminò così infiammata che Alexander temette di scottarsi se solo si fosse accostato.

Non provò a fermarla mentre lei si volgeva e si allontanava rapidamente. Era certo che stesse fumando di rabbia e non comprendeva perché lei se la fosse presa in quel modo.

Non era stato un inconveniente scoparla, certo, era un inconveniente il suo nome e quella famiglia ingombrante e protettiva Questo aveva voluto trasmetterle ma, lei aveva equivocato. E forse era un bene e poteva cogliere la palla al balzo per allontanarsi da Rebecca. Gli uomini che quella donna frequentava o il modo in cui si vestita, stavano incominciando a condizionarlo troppo per essere lei, una di cui gli importasse ben poco.

35
Un passo indietro

Rebecca fumava di rabbia.

Certo, lo sapeva, aveva una precisa cognizione di quello che fosse Alexander e di cosa aspettarsi da lui. Lo aveva saputo dal primo momento in cosa si stesse impegolando eppure, dopo la notte appena trascorsa, dopo quello che avevano condiviso e che per lei era stato così speciale e unico, e dopo quel singolare risveglio, aveva cominciato a sperare che davvero quella storia, magari con il tempo, avesse potuto assumere anche per lui una certa importanza. Dopotutto l'aveva quasi baciata in bocca e poi aveva affermato che non voleva fare solo sesso con lei, ma l'amore! E diavolo aveva dormito a casa sua!

E tutto questo non significava niente per lui?

Una trombamica, ecco quello che era! E il suo nome ingombrante rendeva il loro scopare un inconveniente, un problema!

Ah, non le era sembrato affatto che fosse un problema spingersi dentro di lei tanto a fondo da provare a carpirle l'anima e nemmeno cullarla e carezzarla fino a indurla nel più dolce dei sonni.

Ma fortunatamente vi aveva posto il punto.

Non era una masochista, non si procurava sofferenza e ringraziando il cielo era stata così saggia, da tirarsi indietro prima che fosse totalmente coinvolta e irrimediabilmente innamorata di un affascinante bastardo.

Il cellulare cominciò a squillare e il suo pensiero corse ad Alexander. Estrasse rapida il telefono dalla tasca della giacca di pelle intenzionata a non rispondere ma, quando lesse il nome di Nico sul display, aprì la linea.

«Ciao Nico», salutò.

«Ciao bellissima, come va? Sei libera stasera?»

Voleva rispondere che non lo era, voleva smorzare sul nascere ogni approccio da parte di quel ragazzo, voleva evitarsi una cena con un uomo che aveva una stretta di mano inesistente, eppure, un moto di ribellione la costrinse ad accettare l'invito. Perché non poteva dare una sola possibilità a quel ragazzo?

«Sì, certo, ceniamo insieme?» rispose disinvolta.

«Con piacere. Ci troviamo alla Bracelleria alle venti? Ce la fai ad essere lì per quell'ora?»

«Bracelleria?!»

«Sì, è in centro, in Corso Vittorio Emanuele.»

«Ah, okay», acconsentì arricciando il naso.

«Okay, a più tardi, ciao Rebecca.»

Rebecca sospirò chiudendo la linea. Nico era già partito con il piede sbagliato. Non sarebbe potuto passare a prenderla lui? Dov'era finita la cavalleria? Eppure, il trombamico bastardo lo aveva fatto.

E poi scegliere un ristorante che si chiamasse "Bracelleria" lasciava presupporre che vi si consumassero carni alla brace. E se lei non l'avesse gradita? E se fosse stata vegetariana o peggio ancora, vegana? Andava a fare il digiuno? E Nico neanche si era informato.

No, ovvio, tutto quello non era insormontabile però, non deponeva a favore di uno che, a detta di Alexander, non era in grado neanche di scaldarla!

Sospirò consultando l'orologio.

Aveva un appuntamento in ufficio alle quindici e dopo aver espletato quell'impegno per il qual prevedeva di impiegare un paio d'ore, se ne sarebbe andata alla scuola di ballo a seguire i nuovi corsi di Samba e Kizomba.

Le ci voleva un po' di divertimento prima di una cena che prevedeva ... noiosa.

36
L'impronta di Rebecca

Alexander sospirò aprendo l'uscio di casa.
Era stata una giornata così fitta d'impegni che neanche era riuscito a orinare, realizzò avanzando nel suo appartamento. Per un attimo, fuggevolmente, le sue narici percepirono l'odore di Rebecca.

«Rebecca?!» chiamò titubante ma era impossibile che lei fosse là e infatti, la casa era vuota e silenziosa. Corse al bagno e svuotò la vescica poi si diresse in camera e cominciò a spogliarsi ma, di nuovo, provò la strana sensazione di inalare nell'aria il sentore di Rebecca.

Sospirò di stanchezza denudandosi, poi si chiuse nella cabina doccia.

Doveva anche aver consumato vino di bassa qualità quella sera a cena, perché ora provava una certa acidità di stomaco che si accentuava se solo pensava al vino.

Dopo tornò nella camera e si stese sul letto ancora disfatto da quella mattina. Gli bastò posare il capo sul cuscino perché una zaffata del sentore di Rebecca lo investisse in pieno. Volse il viso, lo tuffò nelle piume e inalò. Sì, lei era là, impressa con i loro umori su quella federa. Del resto, le aveva posto i cuscini sotto il ventre perché sollevasse i fianchi per lui. Il pene si contrasse indurendosi.

Strinse un lembo del cuscino e lo scaraventò per terra. Anche l'altro cuscino fece la stessa fine.

Non gli serviva inalare quell'odore, no, non gli serviva proprio per niente! Ripiegò il braccio sotto il capo e si appoggiò su quello.

Non riusciva a capire perché si sentisse così giù di corda. Che diavolo provava? Rimpianto per Rebecca, forse? Probabile, dopotutto aveva rinunciato ad un'intesa sessuale che era sembrata perfetta. Lui stesso aveva sottolineato il feeling evidente che li aveva spinti nelle braccia dell'altro. E sì, era stato speciale fare l'amore con lei, l'amore e non il sesso.

Con tutte era sempre sesso. Scopava per agguantare un orgasmo e successivamente, si ritirava nel suo mondo, liberandosi in fretta di una compagna divenuta subito dopo l'amplesso, un peso opprimente. Con Rebecca no, con Rebecca aveva provato qualcosa di profondo ed incomprensibile che l'aveva spinto a serrarla per impedirle di andarsene. E penetrare dentro di lei lo aveva reso padrone del mondo e delle sue meraviglie.

Sbuffò volgendosi. Percepiva ancora l'odore di Rebecca, così intenso da sfinirlo. Si accarezzò il pene rigido, poi si volse di nuovo.

Tastò con la mano sotto il lenzuolo e quando le dita sfiorarono il fermaglio che le aveva mantenuto i capelli, un ghigno gli deformò le labbra.

Lo estrasse e lo portò al naso. Anche quell'insulso oggetto sapeva di lei, pensò scagliandolo contro il muro. Ma poi si sollevò brusco, si buttò giù dal letto e afferrò le lenzuola che tirò via rabbioso. Appallottolò il tutto che ammassò sulla poltrona, poi agguantò l'i-phone sul comodino e inoltrò la chiamata.

«Pronto?» esordì la voce assonnata.

«Anna, buonasera, sono Alexander. Puoi venire domani, per favore?»

«Domani? Certo Dottore, e sarei venuta in ogni caso anche se non me lo avesse ricordato alle due di notte. Da tre anni ormai vengo a sistemarle casa ogni Lunedì, Mercoledì e Venerdì e domani sarà Mercoledì, se il sonno non mi inganna, perciò verrò da lei alle nove.»

Si sentì ancora una volta un imbecille. Rebecca continuava a renderlo stupido anche se in pratica, era sparita dal suo orizzonte.

«Ti prego di perdonarmi Anna, non mi sono reso conto dell'ora e non ho ricordato che domani saresti venuta in ogni caso.»

«Non importa Dottore, non si preoccupi, buonanotte.»

«Anche a te Anna.» Chiuse la linea con un sospiro, si alzò, infilò un paio di boxer e uscì dalla camera. Quella sarebbe stata di sicuro una lunga notte!

37
Una deprimente mancanza di cortesia

Rebecca non era né vegana né vegetariana, però mangiava la carne di rado ed essere stata costretta a scegliere la bistecca, giacché in quel ristorante non v'era possibilità di scelta, l'aveva maldisposta, in più la conversazione con Nico aveva spesso languito in mancanza di argomenti interessanti comuni a entrambi. E, fattore ancora più importante, e consuetudine ormai diffusa che la mandava in bestia, Nico si era spesso estraniato per rispondere a messaggi e chattare con il suo telefonino.

Così si era risparmiata il dessert per accelerare i tempi e aveva tirato un sospiro di sollievo quando, infine, l'uomo aveva chiesto il conto.

«Quanto ti devo?» chiese aprendo la borsa non appena il cameriere depose la nota sul tavolo. Non voleva offrire l'impressione che fosse una che mangiava a scrocco, eppure, si aspettava che Nico rifiutasse di dividere e che si accollasse la spesa per quella cena, com'era d'uso tra persone adulte e dichiaratamente in grado di provvedere ai costi medi di una cena. Invece, Nico consultò la ricevuta e poco mancava che usasse la calcolatrice del telefono per dividere equamente. «Settantuno Euro e cinquanta ... la mancia la metto io», aggiunse con un sorriso e il cuore di Rebecca precipitò nelle scarpe.

«No, e perché mai? Dividiamo anche la mancia», precisò decisa. Se doveva pagarsi la cena, che importanza avrebbero avuto pochi euro in più per la mancia?

Gli porse il denaro, aspettandosi ancora che lui lo rifiutasse, ma Nico contò accuratamente i soldi che pose all'interno del libretto con la ricevuta fiscale.

«È un po' costoso ma ne è valsa la pena, no? La carne è divina qui», considerò soddisfatto e il desiderio di colpirlo in qualche modo prese il sopravvento nella mente di Rebecca.

«Veramente l'ho mangiata perché non potevo scegliere altro», precisò tagliente, le labbra deformate da una smorfia.

Nico spalancò gli occhi improvvisamente consapevole della sua gaffe.

«Sei vegetariana?» chiese stupito, il dubbio finalmente a farsi strada in lui.

«Forse avresti dovuto informarti prima, non credi?» lo stuzzicò ancora, alzandosi. «Andiamo?»

Nico non replicò e la seguì fuori del ristorante.

«Ehm ... beviamo qualcosa? Offro io», chiarì disinvolto, come se quello pareggiasse i conti o dimostrasse una cavalleria che non lo contraddistingueva per nulla.

«No, vado a casa che domani devo alzarmi prestissimo», rispose Rebecca insofferente.

«Ah ... be', allora ti accompagno.»

«No, lascia stare, prendo la metro proprio come ho fatto per venire qua», precisò non potendosi impedire ancora un tono tagliente.

«Non se ne parla proprio! Vieni, l'auto è laggiù», insistette Nico.

Rebecca valutò se era il caso di impuntarsi, poi desistette. Non comprendeva se Nico fosse o meno consapevole della sua mancanza di tatto o di educazione, però sembrava deciso almeno a riaccompagnarla. Forse era un tentativo per scusarsi.

Nell'auto continuò a chiacchierare di futilità e Rebecca lo ascoltava a malapena. Sì, Alexander era un bastardo ma rispettoso ed educato, e aveva mostrato ogni riguardo per la sua femminilità. E a lei che proveniva da una famiglia in cui le donne godevano di grande considerazione, piacevano quelle attenzioni, nonostante pretendesse che le fossero accordati gli stessi diritti di un uomo.

Quando arrivarono a destinazione, Nico parcheggiò e la scortò fin nell'androne del palazzo, forse nella speranza di essere invitato in casa.

Era indubbiamente un bel ragazzo e doveva ritenersi piuttosto irresistibile. E poiché lei non lo invitò, lui la sollecitò.

«Mi inviti a bere qualcosa? Consumo e me ne vado subito», propose accattivante.

«Mi spiace ma ...» non poté completare la frase. Nico si fiondò sulle sue labbra e le tappò la bocca con la propria.

Il primo impulso di Rebecca fu di spingerlo via, ma poi valutò di verificare che cosa le avrebbe trasmesso quel bacio. Così dischiuse le labbra e consentì a Nico di insinuarsi nella sua bocca. La lingua sfuggente dell'uomo l'assalì dimostrando un ardore aggressivo che poteva rivelarsi benissimo come un fuoco di paglia e la consapevolezza che Alexander avesse ragione si fece strada in lei con assoluta certezza. Quell'uomo l'avrebbe assaltata solo per soddisfare i propri istinti, incurante di lasciarla con un palmo di naso.

Lo spinse via decisa.

«No, il tuo sapore non è quello giusto. Sai di carne e io la detesto e poi non conservo alcolici in casa. Grazie per avermi riaccompagnata», concluse aprendo la porta dell'ascensore e fiondandosi al suo interno.

38
Pranzo all'insegna dei bruciori di stomaco

«Ho visto Rebecca ieri sera.»
«Scusa?» chiese Alexander massaggiandosi lo stomaco. Era ancora dolente ma almeno non soffriva più di acidità. Però non aveva idea di cosa mangiare. Tutto quello che vedeva sul menù gli rammentava un possibile coadiuvante dell'incipiente mal di stomaco.
«Ho detto che ieri sera ho visto Rebecca ... era con un uomo.»
Sollevò il capo dal menù e studiò il fratello.
«Rebecca può uscire con chi cazzo vuole e non deve darne conto a me! E non mi interessa!» precisò serrando le mascelle.
«Ah, davvero? Pareva che invece ti importasse ieri, quando l'abbiamo vista abbracciata al fratello, ignorando chi fosse quell'uomo.»
«Sì, in quel momento mi importava ma mi sono ravveduto e ho compreso che è un atteggiamento sbagliato. Non c'è una storia tra me e Rebecca perciò, non deve importarmi di chi frequenta.»
«Perché?»
«Perché cosa Matt?» ripeté Alexander irritato.
«Perché non c'è una storia? Vi piacete ed è evidente, hai precisato che ti è piaciuto scopare con lei e che avete sviluppato fuochi d'artificio insieme, Rebecca è bellissima e soprattutto intelligente e capace. Perché diavolo non vuoi frequentarla in maniera più consapevole? Temi un coinvolgimento sentimentale? Allora ho ragione a supporre che quella ragazza ha trovato l'accesso per il tuo cuore.»
A volte la furbizia del fratello lo spiazzava. Matteo aveva posto in discussione i suoi stessi dubbi e odiava essere stretto con le spalle al muro dal fratello minore.
«Matt ho già mal di stomaco e non ho idea di che diavolo ordinare! Non farmi tornare l'acidità», sbottò esasperato. «E non nominarmi Rebecca che il suo pensiero staziona nella mia mente già senza che tu la nomini e la cosa non mi pace per niente!»
«Perdi colpi, Alex. Da quando soffri di acidità di stomaco?» s'informò Matteo mostrando un sorrisetto irritante.
«Da quando bevo viso scadente a cena!» fu la secca replica.
«Sì? Non è che i tuoi trentacinque anni cominciano a farsi sentire?» lo stuzzicò il fratello.
«Matt vai a cagare!»
«Lo sai che mi mandi a cagare a giorni alterni?»

«Guarda, tu insisti, così te lo sentirai dire ogni giorno», ribadì Alexander ma sorrideva.

«Oh, finalmente!»

«Cosa?»

«Un vero sorriso. Oggi sei di umore nero, lo sai Alex?»

«Sì, non ho dormito granché e mi duole lo stomaco, te l'ho detto.»

«Okay, allora prendi il riso in bianco che quello di sicuro non fa male. Ogni volta che soffro di mal di stomaco, mamma mi propina il riso bianco.»

«Ah! Pertanto, lo stomaco duole anche a ventotto anni?» indagò Alexander ironico.

«Sì, se eccedo con l'alcol», ammise Matteo con una smorfia.

«E tu sei proprio una testa di cazzo!»

Matteo abbozzò un sorriso. «Mi mancava, Alex. Oltre ad essere mandato a cagare, mi mancava sentirmi definire testa di cazzo!»

39
Convocazione dal capobranco

Rebecca richiuse la cartella e consultò l'orologio. Possibilmente doveva mangiare qualcosa anche se non aveva fame e poi le premeva portarsi avanti con il lavoro in modo che, se si fosse reso necessario, avrebbe potuto anche mancare qualche giorno.

Afferrò il telefono e inoltrò la chiamata. Il fratello rispose subito.

«Ciao Beck», esordì.

«Ciao Giulio, come va?»

«A me bene e a te, tesoro?»

Storse le labbra. «Alla grande», borbottò scribacchiando con la penna sul foglio bianco che aveva davanti. «Ascolta, quando rientrerete a Mentone?»

«Venerdì, vuoi venire un po' al mare con noi? Lo sai che in questa stagione si sta da dio là.»

«Sì, quasi quasi vengo via con voi per qualche giorno e rientro Lunedì con il treno. Ti faccio sapere.»

«Okay, ti ha chiamato Stefano?»

«No.»

«Vuole parlarti, perciò ti convocherà molto presto.»

«Okay, ora gli mando un messaggio. Sei informato di cosa voglia parlarmi?»

«Te lo spiegherà lui. Stai pensando alla fuga, Beck?»

«La fuga? Da cosa?»

«Da lui, Rebecca.»

Rise prendendo tempo. «Sento solo il bisogno di staccare un attimo», spiegò mordendosi un labbro. Perché diavolo stava disegnando una cascata di cuoricini?

«Okay, sorellina, il mare è l'ideale quando si desidera staccare la spina per un po' e porsi in modalità stand by.»

Rebecca sorrise. «Ti voglio bene», confidò.

«Anche io Beck e Vivian sarà più che lieta di averti con noi. E anche Pocket.»

«Amore, le sue leccate mi colmano ...»

Un tossire improvviso la fece sobbalzare. Sollevò il capo e scoprì Alexander fermo sull'uscio dell'ufficio che la scrutava con una strana espressione di sconcerto dipinta sul viso. Da quanto tempo era là?

«Scusa, devo andare», disse nel microfono osservando Alexander e facendogli segno con la mano di aspettare un minuto.

«Okay Beck, a presto», la salutò Giulio.

Chiuse la linea e si rivolse ad Alexander. «Hai bisogno di qualcosa?»
«Ti disturbo? Hai tempo?» s'informò lui senza oltrepassare l'uscio.
Che temeva che lo avrebbe infilzato con la penna se avanzava?
«No, entra pure, che ti serve?» lo invitò.
«Ecco ... non abbiamo più concordato una strategia per la causa Boldrini. Io sono libero adesso e se tu disponi di un po' di tempo ...»
«Okay Alexander, allora puoi rivolgerti a Bettina. Le ho passato la pratica perché ora non posso occuparmene. Lei è già informata di tutto ed è aggiornata su come intendo muovermi. Rivolgiti a lei», rispose liquidandolo, aprendo una nuova cartella e affrettandosi a controllare i documenti in essa contenuti.
«Ah! Bene ...» mormorò Alexander e Rebecca fu certa della sua esitazione, poi però, lui volse le spalle e si allontanò. Rebecca lo cercò con lo sguardo e si adirò con se stessa. Perché diavolo la vista di quel bastardo muscoloso doveva accelerare in quel modo assurdo i battiti del suo cuore? Si chiese alzandosi rapida e andando a chiudere la porta del suo ufficio con una manata, per evitarsi di ammirare ancora quel posteriore da sogno e quelle spalle da nuotatore olimpionico.

Tornò a sedere e riprese il cellulare.

Giulio mi ha informato che vuoi parlarmi, digitò rapida e inoltrò il messaggio all'indirizzo del cugino.

La risposta arrivò quasi immediata.

Sì, ma non posso chiamarti che sono in riunione. Puoi fare un salto da me domattina alle nove alla Cosmo?

Non c'è problema. Alle nove sarò da te. Baci a Ilaria e ai cuccioli, rispose.

E il simbolo del pollice verso, lampeggiò sul display.

Quando Stefano chiamava a raccolta, c'erano sempre novità interessanti in vista. E non vedeva l'ora di saperne di più.

Alexander si allontanò nel corridoio piuttosto velocemente. Miracolosamente era riuscito a non indagare, a non chiederle a chi avesse confidato di voler bene e le cui leccatine ...

Le cui leccatine cosa?

Dove diavolo la leccava costui? Quando? Era accaduto proprio la sera precedente? Con l'uomo con cui l'aveva veduta Matteo?

Non aveva dubbi sul fatto che non dovesse importargli di quello che faceva Rebecca, eppure non riusciva a imporsi il dovuto distacco.

E quella parola ... *leccatina*, era suonata come un campanello d'allarme nella sua mente confusa e ancora non riusciva a smorzarne la eco.

Accidenti alla stanchezza che gli impediva il giusto allontanamento da quella femmina così dannatamente attraente!

40
Una proposta assai allettante

Erano le nove precise quando Rebecca uscì dall'ascensore all'ultimo piano della Mayer Cosmo, diretta nell'ufficio del cugino ma si scontrò con Chris, uno degli altri cugini di Stefano, da parte di madre.

«Ciao Christian», lo salutò abbracciandolo.

Chris ricambiò l'abbraccio e la baciò sulle guance. «Beck, sei sempre più uno schianto! Vieni, Stefano è in ritardo; stava per uscire da casa quando Giulian gli ha vomitato la colazione sui calzoni ed è dovuto ritornare in doccia, poi anche Fabian ha provveduto a rimandarlo in doccia. I piccoli hanno un'influenza intestinale che li fa vomitare alternativamente», spiegò divertito.

«Povero Stefano», commentò Rebecca.

«Macché, lui è felicissimo e così pazzo di quei bambini che non gli importa che gli si stia squamando la pelle a furia di lavarsi.»

Rebecca rise. «Intendevo che immagino quanto sia preoccupato ogni volta che uno dei bambini vomita.»

«Adesso si è calmato e ha capito che il vomito è dovuto all'influenza. Il pediatra l'ha mandato a cagare e solo la diplomazia di Ilaria ha fatto in modo che diventasse un amico di famiglia e tollerasse le continue chiamate di Stefano. Comunque, accomodati che arriverà tra poco. Mi ha pregato di riceverti», spiegò Chris, introducendola nell'elegante ufficio del cugino.

«Tu hai idea di cosa voglia parlarmi?»

«Sì e mi ha autorizzato a cominciare ad esporti la questione. Siediti», la invitò indicandole la poltrona davanti alla scrivania e lui si accomodò sulla gemella, lasciando libera la poltrona di Stefano.

«Sei perfettamente informata di quanto lui ami questa società e quanta fatica vi abbia investito per farla crescere e prosperare.»

Rebecca annuì.

«E sai anche che da quando ha avuto i bambini, ha cominciato a mollare un po' le redini del comando demandando le responsabilità a tutti i suoi cugini, chiamandoli a sé uno ad uno, anche quelli che non lavoravano già per lui, tipo Giulio o Daniel», continuò Chris.

«Sì, pare che adesso io sia l'unica a non far parte della Cosmo», realizzò Rebecca.

Chris sorrise, lo sguardo penetrante fisso nei suoi occhi.

Ah, dunque si trattava di quello?

«Stefano ama la famiglia ed è un uomo molto generoso», continuò Chris la cui lealtà verso il cugino era ovvia. «Ad ognuno di noi lui ha destinato un pacchetto di azioni della Cosmo perché desidera che tutti sentiamo questa società un po' nostra e che ce ne prendiamo cura, essendone un po' il proprietario.»

«Forse comincio a capire», rispose Rebecca.

«Sì, anche le tue azioni sono pronte e ti saranno destinate a prescindere da quale sarà la tua decisione, tuttavia la Mayer Cosmo dispone di un ufficio legale che dovrebbe essere riorganizzato e il cui direttore andrà in pensione alla fine di quest'anno.» Chris tacque e attese per darle il tempo di metabolizzare la notizia.

«Mi sarebbe affidata la direzione dell'ufficio legale?» chiese Rebecca stupita.

«Stefano ha una grande fiducia in ogni suo cugino, Rebecca. Ti basti guardare dove sono io, ora, qui a sostituirlo. E crede molto soprattutto in te. Non dimenticare che lui è il capobranco, che ci ha visti nascere e che ha studiato i nostri percorsi evolutivi. Nostro cugino è quasi un mostro in fatto di intelligenza, intuito e talento, tuttavia ora, preferisce porre le sue qualità al servizio della moglie e dei figli, avendo appurato che loro sono la cosa più importante al mondo per lui.»

«Sì, lo so», convenne Rebecca.

«Tu incomincia solo a pensarci, okay? Se acconsentirai avrai la facoltà di gestire il settore legale senza interferenze, decidendo anche eventuali nuove assunzioni, se credi di poter contare su qualcuno di tua fiducia che voglia seguirti lasciando l'incarico alla Procura. Il compenso annuale potrebbe aggirarsi intorno a questa cifra», continuò Chris appuntando qualcosa su un foglio e spingendolo verso di lei.

Rebecca gettò un'occhiata e sgranò gli occhi.

«Chris è il triplo di ciò che guadagno oggi!»

«Lo so Beck, tuttavia conosciamo entrambi la generosità di Stefano e il suo desiderio che la sua società resti in mani sicure e proficue. Tu pensaci con calma che tanto abbiamo tempo fino al prossimo autunno.»

«Okay», mormorò un po' spiazzata.

Il cellulare dell'uomo squillò e lui si affrettò a controllare da chi partisse la chiamata.

«È Stefano», annunciò aprendo la linea.

Stefano aveva chiamato in modalità facetime, pertanto, comparve subito il suo volto sullo schermo.

«Chris, Rebecca è arrivata?»

«Sì, è qui.»

«Le hai spiegato sommariamente? Fammela vedere, per favore, gira il telefono.»

«Sì, ne stavamo appunto parlando», rispose Chris volgendo l'apparecchio verso Rebecca.

«Ciao piccola, diventi sempre più una favola, lo sai?» esordì Stefano.

«Anche tu Ste, i gemelli e Ilaria ti hanno reso ancora più uomo e più affascinante.»

«Oh, povero me, non farti sentire da Ilaria che è già gelosa come una iena. Scusami tesoro, ma abbiamo deciso di portare i piccoli dal pediatra e non posso raggiungerti.»

«Non ti preoccupare Stefano, Chris mi ha spiegato tutto.»

«Bene, non abbiamo fretta, perciò tu esegui con calma le tue valutazioni. Magari parlane con Giulio o con lo zio. E per l'assegnazione delle azioni contavo di provvedere alla Festa del Buon Augurio.»

«Stefano grazie, ma non devi ...»

«Non devo ma voglio Beck, è diverso. Ci sentiamo presto cuginetta, ora volgi di nuovo il telefono che devo parlare con Chris.»

Rebecca eseguì e si alzò, allontanandosi di qualche passo per lasciare a Chris un po' di privacy.

Si accostò alla finestra e guardò giù.

Quel palazzo era un grattacielo e le girava la testa a guardare in basso, o forse le girava la testa per la proposta appena ricevuta.

Riorganizzare l'ufficio legale della Mayer Cosmo. Sembrava un'impresa degna di nota, altamente allettante anche se il suo onorario non fosse triplicato e non fosse stata destinataria di un pacchetto di azioni della Società. Eppure, percepiva una nota di sconforto dentro di sé, qualcosa che le impediva di esultare e rallegrarsi per la sua fortuna. Era forse il pensiero di lasciare definitivamente la Procura e perciò anche Alexander Jenko?

E che importava che non avesse più visto quell'uomo? Anzi, forse quella era proprio la soluzione per i suoi desideri inconfessati e irrealizzabili.

«Okay, ho finito. Beck, hai bisogno di altri chiarimenti o puoi aspettare di discuterne con Stefano?» la interpellò Chris.

«No, sono okay e devo andare. Ho deciso di partire domani con Giulio e Vivian e se voglio prendermi un paio di giorni di ferie, devo affrettarmi a chiudere dei lavori.»

«Magnifico, e mi è parso di capire che anche Daniel e Giada faranno un salto a Mentone nel weekend, perciò, divertitevi», augurò Chris abbracciandola. «Vieni, ti accompagno all'ascensore.»

«Grazie Chris, a presto allora.»

«Certo e ci auguriamo di averti qui al più presto, Beck.»

Rebecca sorrise precedendo Chris fuori dell'ufficio.

41
Una pretesa egoistica

Non appena ebbe aperto l'uscio, la madre di Alexander strinse il figlio in un solido abbraccio.
«Mamma ... ciao ...», la salutò lui un po' imbarazzato. Eppure, non era poi così tanto tempo che non si vedevano.
«Ciao Aleksej, come stai?»
«Bene, grazie mamma. Qualcosa non va?» domandò ancora serrato al petto della madre.
Finalmente la donna si decise a lasciarlo andare ma lo sguardo dei suoi profondi occhi azzurri divenne critico e indagatore mentre lo allontanava, scrutandolo.
«Fatti guardare ... tuo padre mi stava raccontando ...» esitò mordendosi un labbro.
«Cosa?»
«Di tuo nonno e ... della sua ... come chiamarla? Cecità?»
«Il nonno era vecchio e figlio di un'altra epoca», lo giustificò Alexander.
«Oh, questo lo so. Ho avuto ben modo di costatarlo. Tuttavia, ciò che mi turba e mi preoccupa è quello che tuo nonno ha fatto a te», spiegò la madre.
L'uomo aggrottò la fronte.
«Mio nonno non mi ha fatto nulla. A che ti riferisci? All'eredità?»
«In un certo senso ...»
«Oh, Alex, eccoti qua!», esordì Matteo transitando dal corridoio e mostrando il cellulare. «Emma continua a tormentarmi. Tallona me per arrivare a te. Perché non le dici qualcosa?»
«Emma? Chi è? La tua ragazza?» s'intromise la madre immediatamente interessata.
«Oh no, Emma è solo una troi... ehm, cioè, una trombamica di Alex», spiegò Matteo disinvolto e se lo sguardo di Alexander fosse stato un raggio laser, lo avrebbe sicuramente trapassato.
«Ah, è qui che siete? E ora ci si intrattiene nell'ingresso?»
Anche il padre di Matteo si era unito a loro.
«Ciao Sandro», lo salutò Alexander.
«Ciao Alexey, come va?»
«Bene, grazie.»
«Ci spostiamo in salotto? Non è cortese abbandonare i nostri ospiti», fece notare l'uomo.
«Sì, certo, Aleksej noi parleremo dopo. Venite ragazzi», li invitò la madre incamminandosi.

«Non puoi tacere? Alla mamma non importa un accidente delle mie trombamiche!» bisbigliò Alexander all'indirizzo del fratello.

«Altroché se le importa!» replicò Matteo ridacchiando e distanziandolo rapidamente.

Alexander scosse il capo sospirando, poi si mosse per seguire la sua famiglia.

«Mamma era tutto buonissimo! Non mangiavo così bene da tanto tempo», disse Alexander andando automaticamente col pensiero a quante energie avrebbe dovuto spendere tirando di boxe, per smaltire tutto quel buon cibo.

«Mi fa piacere tesoro, anche se tu sei bravo quanto me in cucina.»

«Mai quanto te. Mi arrangio ma non mi diverte mangiare da solo, pertanto, evito di cucinare.»

«Perché?»

«Perché cosa?»

«Perché mangi da solo? Non ce l'hai una ragazza?» domandò la madre in tono discorsivo.

«No, non ce l'ho», ribadì Alexander.

«Ma com'è possibile? Sei così bello, figlio mio.»

«La bellezza non è tutto», sentenziò Dmitrij.

«È un tantino ... come dire ... stronzo, con le donne», incalzò Matteo.

«Ma lo lasciate in pace?» sbottò Sandro.

Tutti tacquero.

«Sì ... la bellezza non è tutto», concordò la madre dopo un po' continuando a scrutare il figlio maggiore. «E i tuoi occhi hanno perso il guizzo», aggiunse con un sospiro amaro.

«Che guizzo?» s'interessò Matteo.

«Quando era giovane negli occhi di tuo fratello vi si scorgeva un guizzo di ... non so ... vivacità ... intelligenza ... curiosità ... era più una luce ... che gli rendeva lo sguardo malizioso ma trasparente!» spiegò.

«Mamma, questo te lo sei inventata adesso», la derise Matteo.

Alexander si alzò, oppresso da tutte quelle attenzioni.

«Io dovrei andare», iniziò.

«Mi concedi ancora cinque minuti?»

«Certo, mamma.»

«Signori, vogliate scusarci.»

Alexander e la madre uscirono dal salotto per entrare in uno più piccolo e intimo.

«Allora mamma, che cosa c'è? Sei in pena perché non ho una ragazza? È tutto il giorno che vi alludi ma guarda che io sto benissimo, non ho bisogno di alcun legame che limiti la mia libertà», chiarì deciso e gli occhi della madre ondeggiarono nella disperazione.

«È per tuo nonno?» chiese in un sussurro mentre sedeva su un divanetto dalla copertura rosa.

«Ancora? Che c'entra il nonno?»

«È per tuo nonno che pensi questo?» insistette la madre. «Tuo padre mi ha raccontato delle sue pretese assurde, del lavaggio del cervello cui ti ha sottoposto, della sua impronta così maschilista con la quale ha provato a marchiarti.»

«Mamma, il nonno mi ha insegnato tante cose e mi esponeva il suo punto di vista in merito a molti argomenti, ma questo, non implica che la pensassi come lui o che mi comportassi e che mi comporti come pretendeva da me. Lui era Nikolaj Aleksej Jenko, io sono solo Aleksej Jenko. Per quanto possa avermi influenzato, plagiato, marchiato, io sono un'altra persona con un proprio carattere e caratteristiche ben diverse», chiarì Alexander sedendo al suo fianco.

«Sicuro Aleksej? Dunque, non è per lui che non hai una ragazza, non vivi un amore significativo?»

«No.»

«E non gli hai mai garantito che non avresti procreato per evitare che l'omosessualità di Dmitrij potesse espandersi ai tuoi eredi?»

Alexander s'irrigidì.

«Come fai a sapere queste cose?»

«Le ha dette tuo nonno a tuo padre che le ha riferite a me. È vero o no, Aleksej»

«Sì, è vero che il nonno me lo chiese tuttavia, io non ho mai promesso nulla», chiarì Alexander.

«Bene, perché questa è una pretesa assurda ed egoistica e non deve assolutamente influenzare le tue scelte. L'omosessualità non è una malattia e non esiste un gene gay, perciò avresti le stesse probabilità di chiunque altro di generare un figlio omosessuale.»

«Mamma tutto ciò è inutile e superfluo. Non ho una ragazza, non ho una relazione stabile ma solo relazioni occasionali e per prudenza, perché se c'è qualcosa che temo sono proprio le malattie sessualmente trasmissibili, provvedo sempre a muovermi in assoluta sicurezza, perciò non vi è alcuna possibilità che io possa generare un figlio, punto.»

E benché il pensiero di Rebecca avesse voluto affacciarsi con prepotenza alla sua mente, lo soffocò con determinazione.

«Peccato Aleksej, peccato che tu non viva un amore vero e importante ed io non posso fare a meno di credere che questo sia dovuto agli insegnamenti di tuo nonno. Ma tu guarda alla sua vita, guarda alle sue scelte, alla sua promiscuità, alla confusione delle donne nella sua vita e poi domandati chi gli sia rimasto vicino negli ultimi anni della sua vita: soltanto tu Aleksej. E Nikolaj non viveva forse nel rimpianto di tua nonna?»

Oh sì, alla fine il nonno glielo aveva confidato di aver sbagliato tutto e rimpiangeva di aver allontanato il figlio, tanto quanto di aver costretto la moglie a lasciarlo per le sue continue infedeltà.

Sospirò.

«Può darsi che inconsciamente abbia seguito le orme di mio nonno ma, la verità è che non ho mai incontrato nessuna donna in grado di offrirmi ciò di cui sento il bisogno. Forse ore ce n'è una, ma è complicato, difficile, ed io non so come muovermi, non ho esperienza e temo che possa rendermi stupido e debole e non è da me sentirmi così. Da anni conto su me stesso e non posso permettermi di indebolirmi.»

Gli occhi della madre ebbero un guizzo di trionfo. Sorrise un po' più rilassata e fu bellissima.

«Aleksej, caro, nello stesso modo in cui un amore indebolisce, così rende forti e padroni del mondo. Non serve l'esperienza, basta viverlo giorno per giorno un amore e trarne ogni beneficio possibile, finché dura, perché non è detto che duri in eterno tuttavia, bisogna correre il rischio perché ne vale sempre la pena.»

«Be' ... lo si può vivere se si è in due a volerlo ... ma qui ... anche l'altra parte sembra restia.»

«E certo, con tutti i tuoi dubbi l'avrai spaventata, poveretta. Se c'è una cosa che le donne cercano è la sicurezza, questo te lo posso garantire.

E per amare, vogliono essere amate, senza se e senza ma.»

«Okay, me lo ricorderò se mi ci ritroverò invischiato. Ora devo proprio andare mamma, il lavoro mi aspetta», continuò Alexander alzandosi

«Avrei preferito che fosse una donna ad aspettarti e non il lavoro ma, non dispero. Ti accompagno», replicò alzandosi con energia. Quell'ultima confidenza del figlio l'aveva disposta al buon umore. Forse c'era ancora qualche speranza per lui.

42
Voci di corridoio

«Bettina, sai dove sia Rebecca? Non la vedo da Mercoledì e ho urgente bisogno di parlarle», esclamò Alexander affacciandosi all'uscio dell'ufficio. La ragazza seduta alla scrivania gli dedicò un sorriso da copertina.

«Rebecca è in ferie Alex, non lo sapevi?»

«In ferie?!»

«Sì, è andata al mare ma per pochi giorni. Ha preso Venerdì e Lunedì, perciò domani dovrebbe essere qui, anche se sarà ormai solo questione di tempo.»

«Questione di tempo? Per cosa?»

«Perché se ne vada, o meglio, ce ne andiamo, perché se lei se ne va io la seguo!» dichiarò la ragazza decisa e soddisfatta.

«Che cosa?! Ma di che diavolo stai parlando?»

«Non lo sai? Ah, no, come potresti se non la vedi da Mercoledì e lei ha parlato con il cugino Giovedì ... insomma sì, sai che la sua famiglia è come un clan e che gravitano tutti intorno alla Mayer Cosmo, quella potente multinazionale ...»

«La conosco!» tagliò corto Alexander. «E allora?»

«Il cugino le ha proposto di dirigere l'ufficio legale della Cosmo e lei è molto tentata di accettare.»

«E lo credo bene! Chi si lascerebbe sfuggire una simile opportunità?»

«Intanto lei ci sta pensando e ha sondato il terreno con me, ed io sono pronta a seguirla senza indugio, anche perché da quel che ho capito, il mio stipendio raddoppierebbe. In ogni modo spero proprio che lei accetti.»

«Bene, mi auguro che vogliate comunicarmi ogni decisione per tempo, in modo che possa rimpiazzarvi», replicò Alexander così irritato che provava il desiderio di sferrare cazzotti.

«Ovvio, se e quando Rebecca deciderà, tu sarai il primo a esserne informato. E cos'è che volevi dirle? Se riguarda la pratica Boldrini puoi discuterne con me. Mi aveva avvertito che desideravi consultarti su quella pratica.»

«Non ora!» la bloccò Alexander arretrando.

«Qualcosa non va Alex?»

«No, affatto, ma mi sono ricordato che devo uscire urgentemente», annunciò girando sui tacchi.

Sì, doveva andare a prendere a cazzotti qualcuno, o qualcosa! E la power tower della palestra avrebbe fatto al caso suo o, se fosse stata occupata, si sarebbe accontentato anche della pera veloce.

43
Strade che s'incrociano

Rebecca uscì dall'auto di Daniel e salutò Giada e gli amici. Alla fine, oltre Daniel e Giada erano arrivati anche loro, Massimo e Luca, i due amici scapestrati di Giulio.
Era stato un weekend rilassante e divertente.
Lei aveva posto la mente in modalità stand by, proprio come aveva suggerito Giulio, rimandando ogni decisione, accantonando ogni pensiero, Alexander compreso, anche se, per quanti sforzi avesse fatto, l'affascinante bastardo era sbucato con troppa prepotenza dalla sua mente ogni volta che si estraniava.
In ogni modo, erano tornati tutti insieme con l'auto di Daniel, lei pressata tra i due bontemponi che avevano fatto a gara per divertirla e indurla nel riso e ora che era sola, si domandava cosa fare di quello scorcio di pomeriggio di Lunedì.
Svuotò il trolley accantonando gli abiti per la tintoria, poi entrò nella cabina doccia. Si lavò e si rivestì con jeans, scarpe da ginnastica e una felpa leggera e larghissima. Dopotutto era ancora in ferie e avrebbe rimandato all'indomani i tacchi a spillo, decise, legando i capelli in una coda alta.
Poi andò in cerca di Marisa ma la ragazza non era ancora tornata a casa, pertanto le inviò un WhatsApp.
A che ora arrivi? Digitò rapida.
Tardi, sono a cena dai miei per il compleanno di papà, rispose subito l'amica.
Okay, non era un problema. Intanto se ne andava in centro con la metropolitana e si dedicava allo shopping e magari, avrebbe mandato un messaggio a Claudia perché la raggiungesse per mangiare qualcosa insieme.
Raggiunse il centro e si regalò due camicie, una piuttosto elegante ed una sportiva, più una t-shirt in cotone e un paio di calzoni sportivi. Poi, il cartellone pubblicitario del film in programmazione nell'unica multisala del centro attrasse la sua attenzione. Voleva proprio vederlo quel film che aveva ricevuto undici nomination e che stava facendo tanto discutere pubblico e critici.
Non ci pensò su e s'infilò nel cinema. Comprò il biglietto e un secchiello gigante di popcorn. Sorrise tra sé considerando che mangiava il popcorn solo al cinema.
Quindi entrò nella sala e raggiunse il posto contrassegnato sul suo biglietto e si dispose a una serata tranquilla e di tutto relax.
All'uscita avrebbe chiamato Claudia.

Alexander spinse il borsone della palestra nel portabagagli e richiuse l'auto, poi consultò l'orologio. Che fare? Era ancora presto per mangiare e giacché era là, poteva anche provvedere a comprarsi un paio di camicie. Si avviò spedito diretto al negozio in cui era solito comprarsi gli abiti. Effettuò la sua scelta integrandovi anche due cravatte. Poi tornò indietro ma a metà strada il suo sguardo fu attratto dal cartellone pubblicitario del film in programmazione nel multisala.

Matteo lo aveva stordito a forza di commenti stupiti su quel film e sì, aveva suscitato la sua curiosità. Tornò all'auto, vi depose gli acquisti e ripercorse la strada fino al cinema.

Le luci della sala si accesero per l'intervallo tra i due tempi.

Alexander aveva sete e si alzò per prendere una bottiglietta d'acqua, poi tornò al suo posto. Non era male il film ma neanche lo aveva stupito come invece era successo a Matteo, almeno fino a quel momento.

Si guardò attorno con poco interesse e ad un tratto si rizzò, lo sguardo attratto da un lungo collo elegante e una coda alta di capelli biondi e ondulati.

Rebecca?!

Incredibile! Non la vedeva per giorni e dove la ritrovava? Dove non avrebbe mai supposto di imbattersi in lei.

Aveva in mano una ciotola enorme di popcorn ma il posto al suo fianco era vuoto.

Si alzò rapido e la raggiunse. «Posso?»

Lei trasalì, poi però sorrise avvampando. «Alex, ciao, che ci fai qui?»

«Suppongo quello che stai facendo tu, salvo che tu non venga al cinema per abbuffarti di popcorn. Mi posso sedere?»

«Certo, questo posto è vuoto.»

«Sei sola?»

«Sì.»

Indicò la ciotola. «E ce la fai a mangiarli tutti?»

Lei rise, rilassata, serena, splendida e lucente nella sua semplicità. Sembrava una studentessa, una ragazzina, eppure, nonostante apparisse al naturale e priva di ogni belletto, quella felpa enorme la rendeva provocante ben più che se fosse stata nuda. Gli faceva supporre che al di sotto fosse nuda e calda, e che sarebbe stato facilissimo infilare la mano per lisciare la pelle calda o per raggiungere i globi morbidi dei seni.

«Certo che no. Ho una fame tremenda, tuttavia mi sono stancata di mangiarli. Ne vuoi un po'?»

«E perché no?» rispose prendendone una manciata anche se era conscio di non desiderare il popcorn.

«Anche io ho fame e non vedo l'ora che finisca il film. Matteo mi ha informato che è stupefacente per gli effetti speciali, tuttavia non mi è parso così fantastico. A te piace?»

«Anch'io mi aspettavo qualcosa di diverso sentendo le recensioni. Questo film è diventato un caso ma, salvo che non stupisca nel secondo tempo, finora non rispecchia la fama di cui già gode, grazie alla pubblicità.»

«Già, ti sei divertita al mare?»

«Sì, molto.»

«Hai preso il sole ... sei tutta rossa qui e qui», notò sfiorandole la punta del naso e una gota. «Mi sei mancata ... e mi mancherai ...» bisbigliò, gli occhi che scivolavano sul suo viso fino alle labbra. Anche quelle gli apparvero più arrossate del solito e anche più turgide, forse per effetto del sale del popcorn. Erano salate? Si chiese così attratto che fece per accostarsi, ma poi esitò. Rebecca lo osservava immobile come una statua e quella sua immobilità lo spinse a farsi ancora più avanti.

«Sei salata?» domandò sfiorandole le labbra con una carezza lievissima delle proprie. Non aveva percepito se le labbra erano salate, aveva solo costatato il morbido turgore di quelle carni, così simili ad altre carni turgide e roride di umori. Il desiderio di assaporare quegli umori lo assalì con prepotenza, si vedeva già a dispiegare le pieghe dei suoi petali scavalcando le onde per raggiungere il cuore della sua femminilità. Voleva succhiarlo quel cuore per riempirsi ancora la bocca del dolce sapore di Rebecca, del miele rugiadoso che lei secerneva ma forse lo avrebbe trovato nella sua bocca. Avanzò di nuovo e le leccò le labbra per persuaderla ad aprirle.

Le luci nella sala si spensero nell'attimo in cui lei dischiudeva le labbra.

Avanzò cauto fra quelle, carezzandole l'interno della bocca con la punta della lingua, attento a percepire il primo consueto moto di repulsione.

No, lei non era salata. L'interno della sua bocca era umido e accogliente, un luogo in cui perdersi. La lingua di Rebecca gli andò incontro, avvolse la sua in una danza sensuale che lo fece spumeggiare.

Sì, si sentiva come lo champagne appena versato, frizzava, ribolliva, aggredito da ondate di piacere ogni volta che la lingua di Rebecca volteggiava intorno alla sua, sensuale, tentatrice, ammaliante.

Fu lei a ritrarsi.

«Mio dio, per essere uno che non ama i baci, ti ci dedichi con molta maestria. Mi hai steso ...» mormorò facendosi aria sulle guance con le mani.

Doveva confidarle che non baciava una donna da venti anni? Che lo aveva fatto con Svetlana e qualche altra dopo di lei, ricevendone solo disgusto? E che aveva dimenticato come si facesse? E che desiderava solo tornare a dedicarsi alla sua bocca per comprendere cosa scatenasse in lui, cosa provocasse nel suo corpo ora così teso e sensibile?

Tacque cercando di concentrarsi sul film, eppure consapevole della presenza di Rebecca al suo fianco, del suo respiro un po' accelerato, della propria percezione acuita, del turgore dei suoi capezzoli.

La sala era buia, guardava lo schermo e non lei che si perdeva in quella felpa enorme eppure, era assolutamente sicuro che i suoi capezzoli fossero irti e appuntiti come campanelli e desiderosi di carezze placanti. Poteva saltarle addosso nel cinema e divorarla?

No, certo che no, perciò era meglio che provasse a dimenticarsi di quel bacio sconvolgente e si concentrasse su quel dannato film riempiendosi la bocca di popcorn!

44
In cerca di conferme

«Cazzo, non ne posso più di popcorn!» sbottò Alexander guidandola verso l'uscita del cinema.
La risata di Rebecca gli carezzò le orecchie e gli trasmise un impulso gioioso.
«Non ti avevo mica chiesto di finirlo. Hai continuato a mangiare come un criceto», notò lei divertita.
«Certo e lo sai il perché? Dannazione, hai idea di che cosa tu abbia scatenato in me?»
«Io?! E che ho fatto?»
Erano fuori e si fermò ponendosi davanti a lei. Le agguantò il viso con una mano e si curvò sulle sue labbra che morse succhiandole ma, la gente che usciva dal cinema e li spingeva per farsi strada, lo costrinse a ritrarsi.
«Mi sono riempito la bocca di popcorn per soffocare il desiderio di riempirla di te!» chiarì deciso scrutandola in fondo agli occhi e quelli, si accesero di una luce maliziosa, intrigante, avvolgente.
«Ed io che non aspettavo altro che tornassi a baciarmi ...» replicò divertita e così attraente che dovette usare tutto il suo autocontrollo per non tuffarsi ancora su di lei.
Le liberò le mani dai sacchetti dei suoi acquisti, poi le afferrò le dita e la trascinò con sé.
«Dove andiamo?»
«Decideremo in auto», rispose inalando profondamente.
Percorsero la strada fino all'auto in pochi minuti. Spinse i sacchetti nel portabagagli e sedette al volante preda dell'agitazione, ogni senso vigile e sensibilizzato nell'attesa di quello che forse, sarebbe seguito.
«Che proponi?» chiese Rebecca allacciandosi la cintura.
Evitò di guardarla mentre rispondeva. «Possiamo andare da Morgagni che è qui a due passi e gustare dell'ottimo pesce, oppure dirigerci verso casa mia e fermarci da Pizzichi e Spizzichi dove si gusta dell'ottima cucina napoletana casareccia ma, il cui vino è assolutamente da evitare. Oppure ...» inalò conscio dell'attenzione di Rebecca. «Andare a casa mia, chiamare Regina Margherita per due pizze da asporto e nell'attesa ... studiare le reazioni da bacio», aggiunse deglutendo. «Decidi tu Rebecca, per me va bene tutto.»
«Ma se dovessi decidere tu, cosa sceglieresti Alex?»
«Casa mia.»
«Okay.»
«Sì?!» chiese dubbioso, il sangue a circolare già più rapido nelle vene.

«Mi trovi d'accordo Alex e mi interessa molto quello cui conti di dedicarti nell'attesa delle pizze.»

Deglutì ancora. «E le conseguenze, fatina?»

«Per tutto il weekend, ancora questa sera e fino a domattina, e precisamente fino a che non avrò oltrepassato la soglia del mio ufficio, ho la mente in stand by, Alex. Non voglio pensare a nulla, né a quanto i nostri rapporti possano ingarbugliarsi, né se rappresenta un inconveniente per te, scoparmi. Te l'ho detto, mi interessa lo studio che ti riproponi di attuare e se adesso non metti in moto quest'auto incomincio a baciarti qui e adesso!»

Alexander si affrettò a mettere in moto.

«Non è stato un inconveniente scopare con te Rebecca, hai frainteso le mie parole. Un inconveniente è il tuo nome importante, la famiglia da cui provieni, il clan che rappresenta. Mi riferivo solo a quello», chiarì sommesso.

«Tuttavia non hai cercato di spiegarti.»

«No.»

«Perché lo fai ora?»

«Non desidero che tu creda ancora qualcosa di sbagliato. Scopare con te è stato solo un onore e un previlegio.»

«Già, da ringraziamento, giusto?»

«Ancora con questa storia del ringraziamento? Ma ti irrita tanto che io ti consideri così preziosa e irraggiungibile da ringraziarti per avermi permesso di godere di te? O forse sei così abituata a concederti a chiunque, che forse non sei affatto pregiata e inestimabile e perciò i ringraziamenti sono superflui.»

«Da preziosa a puttana in un attimo», replicò Rebecca ironica.

«E che diavolo ne so se ho avuto l'esclusiva su di te, quando mio fratello ti vede a braccetto con uno, la sera dopo essere stata nel mio letto?»

Rebecca si rizzò infiammata. Se voleva parlare di quello anche lei era curiosa.

«Ed io l'ho avuta l'esclusiva?» sbottò infervorata.

«Sì Rebecca, tu l'hai avuta. Da giorni non tocco nessun'altra donna!»

«Be', anche tu l'hai avuta, nonostante sia andata a cena con Nico.»

«Con Nico? Quel pesce lesso? Ah, allora è sicuro che non ci sia stato seguito!»

«No, ma avrebbe potuto ... lui ci ha provato.»

«E ...?» la esortò a continuare.

Rebecca si morse un labbro. «E hai ragione tu, non mi ha offerto la cena, la stretta della sua mano è molle e ... non mi ha acceso.»

«Non ti ha offerto la cena?! Fammi capire, avete diviso o hai offerto tu?»

«Abbiamo diviso.»

«Oh, cazzo, proprio lo scenario più squallido. Ma i tuoi amici sono tutti così accattoni?»

«No e Nico infatti, non è mio amico.»

«E non ti ha acceso. Però ci ha provato. Come?»

«Scusa?»

«Fin dove si è spinto Rebecca? Che cosa gli hai consesso?»

«Niente ... dopo un accenno di bacio, l'ho spinto via.»

«E che ti ha trasmesso quel bacio?»

«Niente Alex, e avevo solo voglia di fuggire.»

«E quando hai baciato me? Che intendevi dire? In che senso ti ho stesa?»

«Come se mi avessi dato un cazzotto in testa. Ero stordita.»

«Perché?»

«E che ne so? E sei sempre così curioso da analizzare ogni bacio?»

«No, in genere non sono così curioso e non bacio ma tu ... sei diversa.»

Ecco, lo aveva detto, e Rebecca lo aveva recepito immobilizzandosi come nell'attesa di un seguito.

«Pensavo di essere stata la sola a percepirlo», aggiunse dopo un po'.

«No, è stato lampante anche per me», convenne sincero e si augurò che lei non domandasse il motivo di quell'affermazione, perché ancora non aveva una risposta da fornirle. Voleva un'altra prova, un'altra conferma da acquisire immerso in lei, voleva che il suo cuore tornasse a battere incontrollato e che riprovasse quelle sensazioni estranee al suo essere e del tutto sconosciute per poter ammettere e accettare, di essersi innamorato di lei, eppure, nutriva ancora molti dubbi in proposito.

Aveva costatato da anni, davanti a ragazze fantastiche, delle vere bombe, che lui non era tipo da innamorarsi, da investire il cuore e i sentimenti in relazioni che in genere, duravano quanto un battito di ciglia.

E forse l'eccessivo interesse per Rebecca era solo dovuto ad una migliore qualità del sesso che nell'ultimo periodo era miseramente languito.

«Pertanto questa sera sono in stand by ma ... da domani ... ognuno dei due ... continuerà per la sua strada», ribadì Rebecca.

«E la tua strada dove ti condurrà? Alla Mayer Cosmo?» indagò l'uomo.

«Lo hai saputo?»

«Sì, Bettina ha accennato alla proposta che hai ricevuto. Avrei gradito che fossi stata tu a comunicarmelo.»

«Non c'è ancora nulla da comunicare. Quando avrò deciso cosa fare e se la mia decisione prevedrà un'interruzione di rapporti con la Procura, tu sarai debitamente informato.»

«Non puoi lasciarti sfuggire questa occasione, Rebecca! Sembra davvero una bellissima opportunità.»

«Sì? Credi?»

«E me lo domandi?»

Erano arrivati. Alexander infilò il parcheggio scoperto e spense il motore.

«Andiamo? Dunque ... mente in stand by?» ripeté Alexander scrutando il bel volto della donna.

Rebecca annuì.

«Come nel week end?» insistette cercandole gli occhi.

«Esatto.»

«E chi ti ha ... assaggiato?» indagò cercando di valutare ogni guizzo nel suo sguardo.

«Assaggiato? Che intendi dire?» chiese Rebecca increspando appena la fronte.

«Chi si è divertito a gustare il tuo sapore ... leccandoti?»

I suoi occhi si ingrandirono nello stupore, poi si schiarirono.

«Oh, quello ... allora mi hai sentito ... mi riferivo a Pocket, il cane di mio fratello.»

Un impeto di sollievo invase la mente di Alexander.

«È ... è solo che abbandonando ogni forma di protezione ... dobbiamo entrambi muoverci sul sicuro», si giustificò.

Rebecca si mosse per uscire dall'auto. «Nessun problema Alex e per una maggiore sicurezza di entrambi, sarebbe opportuno che tu continuassi a usare il profilattico», chiarì decisa, muovendosi.

No, non ci pensava proprio e quel pensiero lo rese di colpo turgido.

Seguì Rebecca all'ascensore con la mente già proiettata a quello che sarebbe seguito.

L'istinto lo spingeva a prenderla immediatamente, già nell'ascensore, per soddisfarsi subito di lei e benché fossero entrambi informati che stavano andando a casa sua per consumare sesso e niente di più, non voleva saltarle addosso come un primitivo assatanato e poi, le aveva promesso uno studio sul bacio. E cacchio, voleva che lei si accendesse a poco a poco, che sbocciasse sotto le sue dita capaci, così strinse nelle mani i sacchetti degli acquisti per impedirsi di toccarla.

Rebecca era appoggiata alla parete della cabina e lo guardava con le turgide labbra dischiuse. Sembrava intuire la sua lotta interiore, il suo desiderio così difficile da contenere e sembrava aspettare solo una sua mossa.

Arrivarono al piano, aprì l'uscio e permise a Rebecca di entrare in casa. Lei lanciò un'occhiata alla consolle e gli rimandò uno sguardo interrogativo.

Sorrise sornione. «Usiamo la nostra fantasia», la sollecitò depositando i sacchetti in terra e andando al divano. Sedette prendendo il telecomando dello stereo sul tavolino al suo fianco.

«Io mi sono spogliato per te e ora tu potresti farlo per me», propose attivando lo stereo. «Ti può piacere questa musica come base?» chiese mentre le prime note di un brano pop si diffondevano nell'aria.

Rebecca sorrise liberandosi della borsa.

«Sarebbe più indicato un ritmo latino-americano», replicò sorniona.

Se Alexander avesse voluto infiammarsi guardandola muoversi, avrebbe trovato pane per i suoi denti. Lei e Giada erano le ballerine migliori del corso di Samba e di Kizomba.

Alexander agì sui tasti del telecomando e poco dopo Rebecca cominciò a muoversi sulle note del sound prescelto.

Di solito ballava il Kizomba con Noha, era lui che le segnalava che movimenti eseguire premendo con la mano alla base della sua schiena ma ora, si sarebbe mossa seguendo solo la musica e cercando di apparire morbida e sensuale. Era in perfetta armonia con il suo corpo e presto Alexander sarebbe stato ipnotizzato dal movimento dei suoi fianchi, dall'ondeggiamento delle sue natiche, dal quel dimenarsi morbido ed erotico che riportava alle movenze di un rapporto sessuale.

Danzò per un po' e quando si decise a liberarsi della felpa mostrando i seni nudi, il telecomando sfuggì dalle dita dell'uomo che non si perdeva nulla della sua performance.

Rebecca sorrise lanciando un'occhiata ai calzoni deformati dal gonfiore del sesso.

Quando poi sfilò i jeans mostrando il piccolo perizoma nero, un gemito uscì dalle labbra dell'uomo che si affrettò a imitarla liberandosi rapido di calzoni camicia e biancheria.

Continuò a danzare, a ondeggiare, a imprimere ai fianchi quei movimenti coinvolgenti che spinsero Alexander a serrare con la mano il suo sesso duro e dilatato. Si accarezzò voluttuoso osservandola con occhi scintillanti.

Si fece più vicina e quando fu a portata di braccio, Alexander l'afferrò e la tirò a sé.

«Volevo studiarti, sondarti pian piano ma, non durerò ancora a lungo», ammise afferrando con una mano il perizoma di cui la liberò con uno strattone.

L'altra sua mano correva su e giù, lungo l'asta dura su cui Alexander la guidò. Entrò dentro di lei duro e rovente, pressante, voluminoso, fremente e a lei bastò sentirsi colmata, percepire le sue contrazioni, i suoi sussulti per smarrirsi in assenza di confini. Le spinte di Alexander furono rapide e decise, le sue braccia l'avvolsero impedendole di muoversi, di sfuggire a quell'incedere maestoso che avanzava nel suo ventre.

Alexander era conficcato nel cuore del suo essere, la impalava provando a penetrare fin nella sua anima. La sua prima pulsione la fulminò e l'onda rovente delle sue espulsioni convulse, le annebbiò la mente.

Le sue contrazioni violente le procurarono una scossa graffiante di puro piacere. Pulsò anche lei contraendosi, chiudendosi maggiormente attorno a lui, risucchiandolo bramosa.

«Fatina mia, mi fai morire», ansimò Alexander nel suo orecchio, il cuore al galoppo, il fiato corto, la bellezza e il piacere ancora palpabili ad avvolgerli in un alone di magia.

«Anche tu ... Sacha ... anche tu», bisbigliò Rebecca serrandolo.

Le braccia di Alexander la strinsero con più forza, schiacciandola contro di lui. Lui sollevò il viso in cerca della sua bocca. Le morse il labbro inferiore e poi lo succhiò.

«E se già non ero carico ... quel tuo dannato balletto mi ha sovraeccitato come un bisonte ... meglio di una danza del ventre, più di un tango o di una baciata ... dove hai imparato a muoverti in quel modo?»

«Alla scuola di ballo di Giada.»

«Ah ... capisco ...» bisbigliò riprendendo a succhiarle il labbro. Poi la sua lingua la sondò cauta, avanzando adagio, superando l'argine del labbro tumido e carnoso. La lingua si affacciò nell'antro umido appena dischiuso, si spinse avanti circospetta incontrando quella di Rebecca che si avvolse sinuosa alla sua e incredibile a dirsi, cominciò a danzare come lei aveva fatto poco prima, flessuosa e serpeggiante, avvolgendolo, stuzzicandolo, provocandolo, costringendolo a spingersi più a fondo in quella bocca umida e straordinariamente dolce, a imprimere più forza ai propri movimenti per cercare di sopraffarla, di rispondere al fuoco con il fuoco, di accenderla, rendendola affamata di lui nella stessa misura in cui stava di nuovo crescendo la fame di lei.

E non riusciva a stringerla abbastanza, a schiacciarla contro il proprio petto. Voleva percepire i seni duri, voleva il contatto serrato con tanta morbidezza, voleva assorbirla ancora.

Lei si sottrasse senza fiato e Alexander ne approfittò per tirarsi in piedi, sempre stringendola a sé.

Rebecca fu lesta ad abbarbicarsi attorno a lui come una pianta rampicante, circondandolo con le gambe e, tenendola così, con una mano sulla schiena e l'altra sotto i glutei, si mosse.

Raggiunse la camera continuando a baciarla, a stringerla, a carezzarla. Si lasciò andare sul letto e poi rotolò per essere sopra di lei. Rebecca era ancora abbarbicata a lui.

Sollevò il capo per guardarla in viso.

Sì, anche Rebecca era di nuovo coinvolta, calda, le guance soffuse di un delizioso rossore, le labbra ancora più tumide e gonfie, forse per effetto dei suoi baci e gli occhi recavano un'espressione dolce e sognante, ma anche ambigua e maliziosa. Lui non era avvezzo a quel linguaggio, non comprendeva ciò che scorgeva negli occhi di Rebecca ma, qualsiasi cosa fosse, lo inondava di calore e rendeva lei luminosa come una stella.

«Sei bellissima Rebecca», bisbigliò perso nei suoi occhi, inseguendo i bagliori scintillanti. «I tuoi occhi brillano ...» aggiunse stupito per quella scoperta.

«È per l'effetto del desiderio che tu tanto abilmente alimenti in me», spiegò lei, le labbra stirate in un accenno di sorriso, la tenerezza palpabile nella sua espressione trasognata.

Tirò indietro i fianchi e si puntò contro di lei. Voleva guardarla in viso mentre la penetrava, voleva costatare quando la passione sarebbe subentrata alla tenerezza, inseguire i bagliori nei suoi occhi per vederli trasformarsi in vampe.

Lei dischiuse le labbra, in attesa, e lui impresse una piccola spinta che lo fece scivolare avanti solo con la punta del pene.

Rebecca lo fissò, cercando di comprendere la sua esitazione, e poi fu lei ad andargli incontro, a ondeggiare, a ruotare i fianchi proprio come quando aveva ballato per lui e Alexander si sentì travolgere e risucchiare.

Puntò i pugni sul letto e si sollevò sulle braccia per acquisire più forza. Le sue spinte divennero più lunghe e determinate e lo sguardo di Rebecca sempre più torbido, scuro, intenso. Anche le labbra dischiuse erano rosse come bacche e da esse il respiro usciva affrettato, irregolare, a volte convulso quando forzava il ritmo. E guardarla in viso era maggiormente coinvolgente, più eccitante e trascinante del solito. Rebecca sollevò il capo e osservò con occhi torbidi e affascinati come affondava nelle sue carni, come spariva dentro di lei, traendone maggiore coinvolgimento. Anche le sue spinte si fecero più serrate e incisive ma di tanto in tanto reclinava il capo all'indietro per la tensione e la spossatezza.

Si adagiò su di lei e le bloccò i fianchi con le mani, poi adagio, cominciò a ritrarsi fino ad uscire da lei. Rebecca urlò per il disappunto.

«Che fai?» rantolò con voce sofferta.

«Non te ne andare ... torno subito», rispose con un sorriso, buttandosi giù dal letto. Corse al ripostiglio e agguantò il grosso specchio dotato di rotelle che spinse fin nella camera e che posizionò di fianco al letto.

«Visto che ti piace guardare, potrai farlo senza stancarti», spiegò osservandola dallo specchio.

Lo sguardo di Rebecca era fisso su di lui, ai suoi genitali gonfi e congestionati.

«Sei enorme», considerò con un certo ansioso stupore.

«Già, c'è da chiedersi come tu possa accogliermi, così stretta e minuta come sei, eppure ti dilati per me», rispose ritornando sul letto e avanzando tra le sue gambe. Si spostò sulle ginocchia, consapevole dello sguardo di Rebecca attraverso lo specchio. Lei si affrettò a tendere le mani per carezzargli il pene rigido e insopportabilmente pesante e il calore parve divampare dentro di lui.

Combattendo contro il desiderio di cedere, le afferrò le gambe e le sollevò perché nulla oscurasse la visione della penetrazione.

Si puntò di nuovo tra le sue gambe e cominciò a premere avanzando pian piano nelle carni tenere e umide, riscontrandone l'accogliente cedevolezza.

Un singulto sfuggì dalle labbra di Rebecca. Le sollevò i fianchi ancora un po' e si mosse assai lentamente per lei, perché ammirasse come riusciva a sparire dentro di lei, a seppellirsi nelle sue carni confortevoli. E per Rebecca fu troppo. Chiuse gli occhi come privata di energie. Le lasciò le gambe, le circondò la schiena e la sollevò, tirandola a lui che si era seduto. Aveva bisogno di stringerla, di sentirla contro il proprio corpo duro e muscoloso, aveva necessità della sua morbidezza, del suo calore. Ballò con lei, dentro di lei, aspirando l'odore della sua pelle, succhiando dai suoi capezzoli irti e percepì il piacere salire dentro di lei. Voleva che l'onda la sommergesse così si spinse più a fondo. Lei parve sbocciare, aprirsi al calore del sole, bramosa di essere irrorata e lui la inondò, consapevole di riempirla in ogni anfratto e la gioia che ne derivò, rese il suo orgasmo ancora più grandioso.

Rebecca pulsava stretta a lui, gemeva senza fiato e lui era immerso nella sua essenza augurandosi ... sperando ...

Ma che cazzo di pensiero assurdo voleva affacciarsi alla sua mente?

La portò giù sul letto e si stese vicino a lei per riprendere fiato, allontanando il confuso pensiero che per un attimo lo aveva sfiorato rendendolo gioioso.

Ah, i buoni orgasmi lo mandavano fuori di testa!

«Ho una fame da perdere il senno», esordì senza averlo pensato.

«Wow, anch'io, ma chi ci ha badato finora!»

Si buttò giù dal letto e infilò un paio di boxer.

«Chiamo per le pizze», annunciò muovendosi lesto, cercando di ricordare dove fosse il cellulare, eppure, ancora sfiorato dal quel pensiero che voleva spazio per affermarsi dichiaratamente nella mente.

Si fermò confuso.

Dunque, cosa aveva pensato? Che irrorava un terreno fertile che avrebbe potuto generare dei frutti? Il suo frutto? Era forse la conseguenza del discorso intercorso con la madre? In ogni modo, era un pensiero assurdo perché Rebecca non era affatto fertile in seguito all'assunzione della pillola anticoncezionale e perché il consumo di sesso con lei, non contemplava il concepimento! Punto! Dove cazzo era il telefono?

45
Disastro

Rebecca era cotta!
Sì, cotta in ogni senso; spossata, appagata, raggiante, felice, innamorata.

Già, innamorata cotta. Povera lei, in che vespaio si era cacciata ma non avrebbe rinnegato nulla di ciò che aveva appena vissuto. Era stato grandioso, stupefacente, magico, e il suo animo gioiva traboccante d'amore per quell'uomo accorto e dolcissimo che le regalava sensazioni mai provate prima, anche se non era motivato da un sentimento d'amore.

Comunque, non poteva continuare a languire in quel letto, inseguendo ancora le immagini erotiche che aveva scorto nello specchio.

Con un sospiro si sollevò. Alexander stava telefonando per le pizze. Bene, aveva il tempo per una doccia, fintanto che fossero arrivate.

Raggiunse il bagno e si lavò rapidamente. Poi tornò fuori e stava recandosi in camera quando udì Alexander ridere.

Chi c'era in casa?

Deviò verso la cucina mantenendosi nell'ombra giacché era nuda e si fermò a origliare non appena fu abbastanza vicina da distinguere le parole. Alexander era al telefono e ridacchiava.

«Al castello? Quando? Va bene Irina, ci sarò ... domani sera ... certo, mia cara ... sì ... oh, ma lo sai che non è facile soddisfare il mio appetito ...»

Rebecca indietreggiò colpita da quelle parole. Possibile che Alexander si stesse accordando con una donna per vedersi al castello la sera successiva? Ancora al castello? Con un'altra? Non gli bastava ciò che avevano appena condiviso? Non era sufficiente per lui? Non aveva colto la magia come era capitato a lei? Davvero era una relazione senza speranza, quella? Possibile che fosse già pronto a voltare pagina, a tornare al castello per passare alla donna successiva della sua lista?

Incredula, delusa e amareggiata andò in cerca dei suoi vestiti.

Voleva fuggire, allontanarsi da Alexander, dal suo influsso destabilizzante, dalla sua aura magica eppure, così devastante e controproducente per lei.

Stampandosi un sorriso falso sul viso, infine andò in cerca dell'uomo. Aveva stappato una bottiglia di birra dalla quale beveva a canna e ancora, osservarlo nella sua spontaneità, nella naturalezza del suo corpo scolpito giacché indossava solo un paio di boxer, il cuore si contrasse e palpitò d'amore.

«Oh, sei qui ... le pizze arriveranno a momenti, vuoi bere?»

«Sì, grazie.»

Alexander tornò al frigorifero e prese un'altra bottiglietta che stappò, poi si volse per prendere un bicchiere.

«Non importa, bevo a canna anch'io», lo fermò sfilandogli la bottiglia dalle mani.

«Ti sei vestita», costatò lui osservandola da capo a piedi.

«Già, mangio e vado ... così libero anche te ... se hai impegni ...»

Alexander corrugò la fronte. «Che impegni vuoi che abbia alle undici di sera?»

«Ah, non lo so, mi pareva che stessi parlando con qualcuno ...»

Il trillo del citofono la fece zittire.

«Ecco le pizze», annunciò Alexander volgendosi e uscendo dalla cucina. Ritornò poco dopo recando i cartoni fumanti.

«Avendo una vaga idea dei tuoi gusti, ho ordinato una vegetariana e una al salame piccante», spiegò ponendo le scatole sul tavolo.

«Perfetto! Mangio solo la pizza con le verdure», approvò Rebecca.

«Chissà perché ne ero certo», replicò porgendole un piatto.

«Forse perché mi conosci già abbastanza.»

«Ne dubito», rispose Alexander prendendo un altro piatto.

«Perché?»

Lui aprì la scatola di cartone per estrarre una pizza ma, si fermò, soppesando la deduzione. «Ad esempio, non avrei supposto che ti saresti rivestita intenzionata ad andartene subito», chiarì.

Rebecca inspirò. «Ci siamo avvicinati all'altro ponendoci delle regole e se non rammento male, la tua prima indicazione è stata quella relativa alla tua privacy e ai tuoi spazi. E quando è capitato che mi trattenessi per la notte, al mattino eri alquanto spiazzato e preoccupato. Ed io non intendo invadere la tua privacy. Stasera ero qui per scopare e mi sono soddisfatta alla grande!» dichiarò più dura del necessario ma, le bruciava la consapevolezza che l'indomani lui sarebbe stato nelle braccia di un'altra donna, in quella stanza del castello riservata solo a lui.

Gli occhi di Alexander lampeggiarono, le sue labbra si serrarono.

«Benissimo! Sempre lieto di soddisfare le tue brame! E gradisco i ringraziamenti», la provocò con aria sfrontata.

«Magnifico, allora grazie tante. Le tue performance sono sempre stupefacenti, varie e fantasiose. Sei uno stallone di razza, senza alcun dubbio, e sai cosa c'è, Alex? Non ho più fame e ti libero immediatamente della mia presenza, così se vuoi, puoi subito tornare al lavoro con un'altra!»

Alexander sussultò, poi il suo sguardo si scurì.

«Bene, dopotutto è questo che fanno i prostituti, giusto?» replicò con voce fonda, serpeggiante d'ira repressa.

«Sì, ed è questo che tu sei per me!» ribadì Rebecca decisa alzandosi rapidamente.

«Allora ti puoi accomodare!» la congedò lui glaciale e immobile.

Rebecca corse via della cucina, afferrò la borsa e i sacchetti dei suoi acquisti e si precipitò fuori di casa.

46
Un castello di sabbia che crolla miseramente

Ma che stronza!
Ed io che mi concedo anche a pensieri assurdi su di lei, ipotizzando scenari diversi mai contemplati in vita mia! Per lei, con lei, in lei, per una stronza priva di sentimenti che mi considera un pupazzo, uno "stallone di razza" disponibile a soddisfare le sue brame!

Ecco quello che sono per lei!

Cazzo, è l'unica donna di mia conoscenza che non si auguri una relazione con me, che non voglia un'evoluzione, che non aspiri a qualcosa di più. E per chi cazzo perdo la testa io, coglionissimo babbeo?

Per la più stronza e disinteressata delle donne!

Che il diavolo se la porti! E cazzo, neanche mi preoccuperò per come diavolo tornerà a casa!

Ho chiuso con lei, maledizione! E di sicuro non ho alcun bisogno di lei!

47
Risoluzione

Rebecca camminava a passo rapido verso casa.
Era così arrabbiata, così delusa, così amareggiata che si sarebbe messa a piangere per la desolazione.

Era scivolata dalle *stelle alle stalle*[3] in un baleno, senza neanche capire come.

Un attimo prima era felice, appagata, soddisfatta, speranzosa, traboccante d'amore e il secondo successivo era cambiato tutto.

Ma forse era stata precipitosa, forse aveva frainteso, magari Alexander non sarebbe andato al castello il giorno successivo, oppure ci andava ma per una ragione diversa da quella supposta. Forse doveva incontrare qualcuno per motivi di lavoro, anche se la persona con cui aveva parlato era una donna che si chiamava Irina. Ma non doveva necessariamente scoparsela, no?

E perché non avrebbe potuto farlo? C'era forse un qualche impegno tra loro? Una relazione stabile, un vincolo, una qualche sorta di promessa, un legame? No, non c'era assolutamente nulla e avevano solo scopato di comune accordo producendo faville. Tutto si riduceva a quello e poco importava che lei avesse riscontrato la magia ogni volta che Alexander si era fuso con lei, o che, a suo dire, fosse stata l'unica che avesse baciato in bocca.

Perciò, doveva davvero dimenticarsi di lui. Non doveva perdersi per un uomo che la considerava solo una vagina utile al suo sollazzo. O meglio, si era già perduta eppure, doveva tornare sui suoi passi e smettere di credere che ci fosse qualcosa di più profondo tra loro, abbandonare l'idea che anche lui avesse provato sensazioni uniche ed emozioni significative.

E se per cancellare Alexander dal suo cuore le fosse servita una prova, l'avrebbe ottenuta, per non rimproverarsi niente!

Sì, avrebbe verificato con i suoi occhi per comprendere il motivo che avrebbe condotto Alexander al castello.

---

[3]Modo di dire: dalla gloria all'infamia, dalla ricchezza alla miseria e così via, detto di una persona che si trova a sperimentare entrambi questi estremi.

48
Riflessioni e decisioni

Alexander tirava di boxe con un'energia impensabile per un uomo che avesse dormito poco o niente, e che ce l'avesse con il mondo intero e in particolare con una donna che non comprendeva.

Accidenti a Rebecca che gli era penetrata nel sangue, nelle papille gustative della lingua, nella mente e maledizione, anche nel cuore!

Possibile che quella donna così calda e così partecipativa non investisse altro nei suoi amplessi? Non fosse sfiorata da alcun sentimento? Non provasse assolutamente niente per lui?

Non riusciva a crederlo. Accidenti, un uomo lo capiva quando si scopa per consumare sesso e quando si fa all'amore, quando si condivide un atto che accomuna due esseri, lasciando a sopire tra loro qualcosa di solido e durevole su cui costruire.

E lui era certo che con Rebecca avesse fatto l'amore. E allora perché dopo la bellezza e la magnificenza di quell'atto, lei gli si era rivoltata contro come una gatta azzannata alla gola? Difendeva il suo cuore? Temeva di perdersi per lui? Aveva paura di amare?

Oh, ma lui non ci pensava affatto a inseguirla, a provare a convincerla, ad aspettare che abbandonasse ogni difesa. Era ciò che era accidenti, con i suoi pregi e i suoi difetti e se una compagna doveva esserci per lui, questa lo avrebbe amato senza timori o remore, e non sarebbe stata convinta ad apprezzarlo da uno che neanche ci capiva un cazzo dell'amore.

Si fermò ansante, stanco, incazzato, ferito. Eppure, c'erano di quelle donne che lo avrebbero amato a occhi chiusi se solo lui lo avesse consentito. Se solo lo avesse permesso ad Emma, per esempio, se le avesse concesso un po' di affetto, lei di sicuro glielo avrebbe restituito triplicato.

E Rebecca invece ... no, basta! Non avrebbe dedicato altri pensieri a quella donna. Intendeva liberarsi di lei e ci sarebbe riuscito!

Intanto occorreva una mega doccia per lavar via sudore e pensieri negativi, mentre si organizzava la giornata lavorativa che rammentava fitta d'impegni. E a conclusione di quel giorno c'era anche l'incontro al castello con Irina e Vladimir. Irina aveva proposto di mangiare cinese ma forse aveva dimenticato il suo appetito e che il cibo cinese non lo saziava, perciò era opportuno ordinare cibo pronto in quantità, da far consegnare al castello prima di sera.

49
Scontro in corridoio

Rebecca buttò il bicchierino vuoto nel cestino. Il caffè di quella macchinetta era imbevibile e doveva decidersi a cambiare la sua scelta se voleva consumare qualcosa di più gradevole, realizzò muovendosi per uscire dalla stanza del caffè.

Volse l'angolo del corridoio a capo chino, controllando la lista delle mail dal telefonino. L'urto fu così violento che la sbalzò indietro e, quasi in terra, se due mani solide non avessero mollato i fascicoli che reggevano per afferrarla prontamente.

Sollevò il viso di scatto, affanno e confusione a oscurarle la mente. Alexander era davanti a lei, bello come un sogno, come l'incarnazione dell'Uomo che ogni donna avrebbe ammirato sbavando, ma così fosco e ostile che un brivido le serpeggiò nella schiena nel momento stesso in cui lo osservò in viso.

Lui allontanò le mani che l'avevano sorretta.

«Forse faresti meglio a guardare dove metti i piedi», la rimproverò gelido come un mare artico, mentre si chinava a raccogliere i suoi fascicoli.

Voleva articolare una risposta pungente, rispondere a tono, ma la disposizione alquanto disordinata dei capelli dell'uomo la distrasse, colmandole il cuore di una assurda tenerezza. Avrebbe voluto tendere una mano a sistemare qualche ciocca, a lisciargli il capo e le spalle che scorgeva rigide e poi stringerlo e confessargli che si era innamorata di lui, e pregarlo di provare a circoscrivere il mondo a loro due per comprendere dove sarebbero potuti arrivare insieme.

Invece non si mosse e non fiatò.

Alexander raccolse i fascicoli e si sollevò tornando a guardarla. Un sorriso ironico che non lo rese meno affascinante gli curvò le labbra.

«Che c'è? Imbatterti inavvertitamente nel tuo prostituto personale ti ha privato della parola? Non mi insulti? Non mi ritorci contro la responsabilità dell'incidente come tua abitudine? Non mi ricordi che se non avessi piedi da elefante o che se non camminassi con il naso per aria, ti avrei vista in tempo?»

Dispiacere, dolore, rimpianto, vergogna, si agitarono nella mente di Rebecca.

«Davvero sono sempre così ... stronza?» chiese dubbiosa e lo sguardo duro di Alexander assunse una sfumatura di tenerezza che per un attimo addolcì ogni tratto del suo viso.

«Anche molto di più», garantì con un cenno di saluto passando oltre.

Aveva colto dispiacere nella sua voce? Rimpianto? Desolazione? Era arrabbiato con lei? Perché? Ma quanto teneva a lei? E se anche lui credeva che ci fosse qualcosa di più profondo tra loro, avrebbe provato a recuperare un rapporto-non rapporto o non gli importava abbastanza?

Ma in ogni caso, prima di considerare qualsiasi opportunità, doveva avere la certezza che Alexander andasse al castello a divertirsi con un'altra donna. La voleva quella conferma per non lasciarsi andare ai dubbi, per non cominciare a considerare che quell'uomo poteva anche accontentarsi solo di lei giacché, viveva qualcosa di speciale nelle sue braccia. E costatare che invece lui la considerava al pari di tante altre, che poteva disinvoltamente passare da un letto ad un altro, da una partner ad un'altra e che la sua priorità fosse solo divertirsi a ogni costo e con chiunque, l'avrebbe aiutata a decidere che direzione intraprendere.

50
Chiodo fisso

«Non mangi?» chiese Matteo indicando il toast sbocconcellato nel piatto del fratello.
«No, è immangiabile!»
«Perché?»
«È mal tostato, manca della nota umida, il prosciutto sembra cartone e poi ho lo stomaco chiuso», spiegò Alexander che non riusciva a sbollire il suo malumore.
«Che hai?» s'informò Matteo.
«Niente, cosa vuoi che abbia?» rispose sgarbato.
Matteo depose il suo toast, si pulì la bocca e lo inchiodò con uno sguardo fermo e severo. «Alex sputa il rospo! Sei così nero e avvelenato che se non ti sfoghi finirai per scoppiare. Avanti, dimmi tutto, si tratta di Rebecca?»
«Non nominarmi il nome di quella donna, donna? Ma che dico, quella è una stronza, una gelida mangiauomini, no, non gelida ma rovente, però gelida di cuore! E io non capisco le sue contraddizioni e maggiormente voglio evitarla più me la ritrovo tra i piedi. E lei mi attira come una calamita, mi ipnotizza, canta il suo canto ardente di sirena, gioisce e gode come forse non ha mai fatto in vita sua e che fa dopo? Assume un atteggiamento dispregiativo verso di me e si allontana piantandomi con un palmo di naso e la cosa mi fa impazzire.»
«Ma ...»
«Impazzisco perché lo so che io sono quantomeno diverso da tutti per lei, lo so, lo sento. E sono certo di non sbagliare, però lei lo rinnega.
Subito dopo la passione si trasforma in una donna sprezzante che denigra quello che abbiamo condiviso e il bello è che a me piace anche quando è sprezzante, quando fa la stronza, quando ribatte con intelligenza a ogni mia provocazione.»
«Forse ...»
«No, no, si può dire tutto di lei ma è indubbio che sia intelligente e ha carattere da vendere, cazzo! E oggi ero anche deluso come un cretino, come il coglione che sono, perché non mi ha risposto a tono. Comprendi la mia immensa coglionaggine? La provoco e lei resta muta, con i suoi occhioni da cerbiatta sgranati su di me. E non punzecchia, non reagisce ed io avrei voluto afferrarla, scuoterla e dannazione, baciarla! Comprendi Matt? Io che non baciavo una donna da venti anni, che provavo ribrezzo solo a percepire il calore dell'alito, mi perdo nella bocca della più stronza delle donne!»
«Sì, capisco e poi?»

«Perché il suo sapore è ... come dire ... giusto. Ma lei non vuole niente oltre al letto e dovrebbe andarmi bene così, mi è sempre andato bene così, e maledizione sono io che sto cambiando le carte in tavola mentre il gioco è in corso e non capisco ... non comprendo neanche me stesso, guarda!»

Alexander si zittì guardandosi attorno. Matteo attese.

«Non dici niente?»

«Stai andando alla grande da solo. Ascolto.»

«E sei un coglione anche tu! E basta! Rebecca deve sparire dai miei pensieri. Sì, lei mi fa stare male perciò deve essere accantonata, cazzo.»

«Okay, accantoniamola», concordò Matteo sconcertato da quel fiume di parole, dalla reazione così insolita del fratello. Che davvero avesse perso la testa per la bella Rebecca Mayer?

«Fratello hai bisogno di distrarti, perciò questa sera verrai con me da ...»

«Non posso stasera», lo interruppe Alexander.

Matteo aggrottò la fronte. «Non dirmi che incontri Rebecca.»

«Guarda, neanche se mi pregasse offrendomi il suo corpo, la asseconderei. No, devo vedere Irina e Vladimir.»

«Irina e Vladimir? Non ricordo chi siano.»

«Irina è la nipote di Misha Nureyev, l'amico di mio nonno.»

«Ah, ho capito, quella che poi ha sposato uno dei proprietari del castello di Mattofogli.»

«Infatti.»

«Ci sono guai al castello?»

«Spero di no. Lo sai che per quanto mi è possibile li aiuto a mantenere le cose al castello sul piano della legalità offrendo la mia consulenza, anche se consentendo delle vere e proprie orge all'interno di alcune stanze private, qualche rischio lo corrono di imbattersi nella giustizia. In ogni modo Irina mi ha solo informato di volermi parlare di una faccenda che le sta a cuore e mi ha chiesto di cenare con lei e Vladimir. Vuoi venire con me?»

«No, grazie, preferisco l'happy hour di Kelly. Sai com'è, in quell'ambiente girano di quelle gnocche che ti tolgono il fiato.»

«Già, conosco la sensazione. Come possono alcune donne essere tanto gnocche? Da che dipende secondo te? Perché Rebecca non è solo bella, no, lei ha qualcosa di seducente in sé, nel modo di muoversi, di porsi, di camminare, non so ... lei è soda, è appetitosa ... è femmina. Riesco a spiegarmi?»

«Perfettamente.»

«Il suo corpo mi rammenta scopate magnifiche, mi riporta a carni accoglienti, mi parla di desideri arderti che aspettano di essere soddisfatti, e come può la dannatissima curva di una natica o di un fianco, e una vita sottile o un bel seno, rappresentare tutto ciò?»

«Non ne ho idea, Alex.»

«E lei non fa nulla, non assume atteggiamenti studiati e artefatti, lei è proprio così com'è, assolutamente autentica, eppure diventa sexy anche solo se accavalla le gambe, o se mi guarda accennando un ironico sorriso, perché in lei c'è un fuoco che avvolge e abbaglia e cazzo, risveglia ogni mio senso.»

«Davvero? Non lo avrei detto», lo derise Matteo e il tono ironico riacutizzò l'attenzione di Alexander. Maledizione stava di nuovo parlando di Rebecca.

Sbuffò alzandosi brusco.

«È ora di andare», sbottò inseguendo l'immagine della pera veloce nel suo abbaino. Aveva bisogno di scaricarsi ancora. L'allenamento del mattino non lo aveva aiutato.

51
Un sogno infranto

Rebecca varcò la soglia del salone del castello e avanzò sulla sommità dell'imponente scalone controllando che la sua maschera fosse ben sistemata sul viso.

Anche quella sera il castello era animato e popolato di una moltitudine inverosimile di maschere e costumi.

Il cuore di Rebecca batteva forte e lo percepiva nelle orecchie. Da quell'incursione dipendeva il suo futuro. L'esito di quella spedizione alla fine l'avrebbe allontanata definitivamente da Alexander o le avrebbe concesso la possibilità di un nuovo tentativo di avvicinamento all'uomo di cui, suo malgrado, si era innamorata.

Ma per quanto fosse presa, per quanto desiderasse di poter vivere una relazione significativa con lui, per quanto bramasse continuare ad andarci a letto, tutto quello non si sarebbe conclamato se lo avesse scovato in compagnia di un'altra donna. E temeva così tanto di trovarlo a letto con una sconosciuta che era tentata di voltare le spalle e andarsene, tuttavia, non avrebbe risolto nulla se lo avesse fatto, e i dubbi avrebbero continuato a tormentarla, perciò si costrinse a discendere la scala che conduceva al salone delle feste. Ogni passo le costava fatica, la prostrava inducendola nella certezza che di lì a poco, avrebbe perso ogni speranza di un eventuale futuro con Alexander.

Conoscendo la strada per le camere private, non si fermò nel salone centrale ma si diresse senza esitazione al cunicolo di comunicazione.

La stretta galleria che conduceva nell'altra ala del castello era un luogo freddo e umido, un po' cavernoso, con pareti in pietra liscia ed erosa che le fecero pensare che il condotto fosse nato come scolo per le acque. L'umidità trasudava dalle intercapedini tra le grosse pietre trasmettendole freddo e ansia.

Corse per giungere in fretta nell'altra sala anticamera.

Le porte che si affacciavano su quell'atrio erano chiuse e Rebecca passò oltre, diretta alla scala che conduceva ai piani superiori.

Con il cuore in gola raggiunse il secondo piano e percorse tutto il corridoio fino alla stanza sul fondo, quella in cui si era intrattenuta con Alexander e che lui aveva specificato essere sempre disponibile per lui.

Si fermò fuori della porta ansando. Era davvero decisa ad effettuare quella verifica? Tese l'orecchio e l'accostò all'uscio. Non si udiva alcun rumore provenire dall'interno della camera.

Tese la mano e la pose sulla maniglia, inghiottendo la spessa saliva che le aveva invaso la bocca.

Il suono sommesso di una risatina di donna la bloccò. S'immobilizzò talmente, che smise persino di respirare ma, dopo qualche secondo e, con tutta la sua determinazione, abbassò la maniglia e spinse la porta.

L'uscio si aprì mostrando la stanza illuminata. Lo sguardo corse al grosso letto in cerca della donna e dell'uomo che vi si intrattenevano.

Il respiro le si mozzò in gola quando si accorse che sul letto c'erano due donne, una dalla pelle rosea e una di colore, entrambe coperte solo da peccaminosa biancheria, di colore nero per la ragazza dalla pelle chiara e di colore bianco per quella dalla pelle scura.

Le ragazze erano ambedue bellissime, superbe, voluminose e assai attraenti e ridevano complici. Volsero le teste verso l'uscio e si rizzarono.

«E tu chi sei?» chiese la donna di colore.

La ragazza dalla pelle bianca ridacchiò. «Un'altra?!» gongolò giuliva. «Per quanto quell'uomo possa essere un toro, credo che tre siano troppe anche per lui!»

«Dov'è?» chiese Rebecca con voce malferma.

«Lo stiamo aspettando, ti ha mandata Irina?»

«Quante volte vi siete trovate qui con lui, entrambe? Quante dannate volte lo avete scopato in due?» domandò Rebecca cercando di dominare il tremore nella voce.

E forse a causa del tono vacillante, o per la curiosità insita in quelle domande, o forse a causa del costume che indossava, le ragazze si allertarono.

«Oh cazzo, non sarai mica una fidanzata gelosa?» sbottò la prima.

L'altra saltò giù dal letto mostrando un corpo modellato e burroso. I grossi seni quasi trasbordavano dalle coppe del reggiseno di pizzo nero.

«Esci! Questa è una stanza privata e non puoi stare qua!» ordinò risoluta indicandole l'uscio.

«Voglio solo sapere quante volte ...» iniziò Rebecca ma la ragazza le afferrò il polso e la tirò verso la porta.

«Ho detto esci! Non puoi entrare qua e se non te ne vai subito sarò costretta a chiamare la sicurezza!»

Rebecca non se lo fece ripetere. La collera, il dispiacere, la delusione, l'amarezza la stavano soffocando e voleva solo fuggire via da quella camera, da quelle donne, dall'abbondanza di carni nelle quali Alexander si sarebbe smarrito di lì a poco.

Scese le scale di corsa trattenendo nella gola il gemito di sofferenza che pretendeva di erompere. Ripercorse la strada a ritroso in preda allo sconforto, alla pena, al peso del fallimento e fu quando giunse correndo alla fine del cunicolo e rientrò nel salone che si scontrò con qualcuno che indossava una maschera da falco.

«Mi scusi ... le ho fatto male?» chiese Alexander facendosi da parte per lasciarla passare.

«Sei atteso, affrettati!» sibilò provando il desiderio di distruggerlo. Corse via per non avventarsi sull'uomo.

«Rebecca?!»

Non rispose e incurante di chi spingeva per farsi spazio, si allontanò in tutta fretta.

«Rebecca?! Fermati ... aspetta ...»

Ma era già lontana e correva come una lepre per allontanarsi da Alexander, dalle donne che lo aspettavano per essere sbattute da lui e dal castello che l'aveva resa consapevole di quanto non si fosse mai sentita donna, prima di verificarlo nelle braccia di Sacha.

52
Gli amici e l'eredità

Rebecca?! E che diavolo ci faceva là? Perché si era recata al castello quella sera? Che cercava? Possibile che non fosse soddisfatta di quello che avevano condiviso?

Sorrise con amarezza scrutando tra i costumi che affollavamo il salone ma, Rebecca era sparita.

No, consumare sesso non era esattamente come sbronzarsi. Non si faceva il pienone per poi votarsi all'astinenza per giorni, o fino a quando non si fosse smaltita la sbronza. E lei poteva essere andata in quel luogo in cerca di emozioni, di una nuova e più travolgente avventura.

La stizza gli invase la mente inducendolo a sudare. Si affrettò ad entrare nel cunicolo per godere della fresca umidità di quel luogo angusto.

Il temporaneo abbassamento della temperatura gli fu d'aiuto e lo riportò all'impegno di quella sera.

Rebecca doveva essere accantonata in un angolo della mente, per il momento.

Sbucò nella sala anticamera e raggiunse le scale ma non le salì. Dietro una spessa tenda individuò la massiccia porta di legno. Non perse tempo a bussare e aprì l'uscio chiamando Irina.

«Alexey, vieni, sono qui», rispose la donna alzandosi.

Alexander procedette nell'ampia camera salotto. Una serie di enormi divani bianchi occupava lo spazio e tra quelli avanzava Irina, splendida come sempre. Gli fu davanti in un attimo e lo abbracciò.

«Ciao Alexey, ma diventi sempre più affascinante?» chiese la donna con una forte cadenza russa, baciandolo sulle guance.

«Anche tu non scherzi! Cazzo, se non fossi così amico di Vladimir ...»

La risatina gorgogliò nella gola della donna mentre si ritraeva. Lo invitò a sedere con lei.

«Come stai? Innanzi tutto, devo dirti che mi dispiace moltissimo per tuo nonno», esordì la ragazza passando disinvoltamente al russo.

«Sto bene, grazie», rispose Alexander nella stessa lingua. «E tuo nonno?»

Irina accennò un sorriso preoccupato. «Sta benone anche se è molto depresso. Tutti i suoi più cari amici se ne sono andati e ora crede che sia arrivato il suo tempo», rispose con un sospiro.

«Già, ovvio che lo pensi. Vladimir dov'è?»

«È arrivato un rifornimento di cibo e se ne sta occupando. Non capiamo da chi arrivi.»

«Forse da me.»

«Da te?!»

«Splendore, ti avevo avvertito che non è facile soddisfare i miei appetiti e poiché il cibo cinese non mi sazia, ho provveduto con qualcosa di più ... appagante.»

Irina rise divertita. «Avevo creduto che ti riferissi ad un altro appetito e infatti, ho provveduto a mandarti in camera un po' di compagnia», spiegò.

«Che cosa?!»

«Già, ci sono Angela e Luana, la luce e l'ombra che aspettano solo te. Se dopo cena vorrai accomodarti ...»

Alexander la interruppe sollevando la mano.

«Ti ringrazio molto per l'offerta ma questa sera non ci sto con la testa», chiarì declinando l'invito.

Irina aggrottò la fronte.

«E questa è una novità. Che ti succede Alex?»

«Niente, ma un uomo non può avere un momento di défaillance?» si schernì stupito.

«Un uomo, certo, ma non tu che hai fatto del sesso il pilastro della tua vita!»

«Che sciocchezza», sbottò scuotendo il capo.

Irina lo studiò per qualche secondo con i suoi lunghi occhi chiari di un insolito colore dorato.

«Questo cambio di rotta è dovuto forse a una donna?» indagò curiosa.

Alexander si rizzò. «No Irina e se anche fosse non ne varrebbe la pena! Siete così dannatamente incomprensibili per me che ...»

La risata di Irina lo bloccò.

«Oh, sì che c'è una donna e anche questa è una novità. Tranquillo amico mio, che non siamo poi tanto incomprensibili e sappi che qualsiasi nostro comportamento che risulti indecifrabile è motivato solo dalla gelosia e, povera ragazza, ne avrà davvero motivo con uno come te!»

«Che cosa?! No, no, non è affatto come credi e poi che diavolo vuoi dire con quel "uno come te"?»

«Che sei un figaccione mica da poco», intervenne qualcuno avanzando rapido nella stanza.

Alexander si alzò per salutare l'amico.

«Che fai? Continui a tirare di boxe? Hai un fisico di prim'ordine», notò Vladimir che non era meno corpulento e muscoloso dell'amico.

«Già, eccoli qui i miei Bronzi di Riace», li ammirò Irina con occhi sognanti.

«Ehi, non entusiasmarsi troppo per Aleksej! Hai rinunciato a ogni uomo per me, due anni fa, te lo ricordi Regina?»

La risata argentina di Irina carezzò le orecchie degli uomini.

«Lo ricordo perfettamente, come tu sai che Alexey è stato il mio primo amore», replicò la ragazza maliziosa.

«Avevamo otto anni», chiarì Alexander.

«Come stai? Condoglianze per tuo nonno. Irina ti ha spiegato?» continuò Vladimir sedendo vicino alla moglie.

Anche Alexander tornò a sedersi.

«No, mi ha solo informato del gentile omaggio che mi aspetta in camera», rispose ironico.

«Chi hai mandato su?» chiese l'uomo rivolto alla moglie.

«Luce e Ombra.»

«Ah, un connubio molto riuscito, alquanto esplosivo ... a quanto mi si dice», si affrettò a precisare.

«Già, ma Alexey non sembra volerne verificare l'effetto», spiegò Irina.

«Non è detto», si corresse Alexander per smorzare la curiosità e bloccare le congetture. «Dunque di che volevi parlarmi?» s'informò desideroso di cambiare argomento.

«Ho parlato con tuo padre, Alexey, mi sono informata per la dacia di tuo nonno ma lui mi ha spiegato che tu hai ereditato quasi tutte le proprietà di suo padre e che a lui è toccato solo quello che gli spettava per legge. Tuo nonno ha voluto fare dono a te della sua ricchezza e quello che non hai avuto per successione, ha finto di vendertelo, giusto? Perciò ora sta a te decidere se vendere o tenere le varie proprietà. Ecco, in merito a questo, volevo solo comunicarti che nel caso in cui decidessi di vendere, io sarei intenzionata a comprare. Ricorderai che la residenza di tuo nonno è confinante con quella della mia famiglia.»

«Sì, lo ricordo e sinceramente Irina, non ho ancora considerato alcuna opzione per le proprietà di mio nonno. E in ogni caso, è comunque anche mio padre che deve decidere in merito, anche se l'erede sono io e non lui, ma solo per un fatto di ostinata ottusità.»

Irina sorrise comprensiva, Vladimir agitò le mani nell'aria.

«Gli uomini di un certo stampo non ammettevano l'omosessualità», replicò con una smorfia.

«Già, ma esiste oggi come in passato. È sempre esistita anche se prima si tendeva a soffocarla e nasconderla ed è quello che ha fatto mio padre per anni, arrivando persino a prendere moglie.»

Irina lo soppesò con lo sguardo. «Scusa se te lo dico, tuttavia c'è da chiedersi come abbia fatto a generare una macchina da guerra come te», aggiunse con occhi maliziosi e Alexander alzò le spalle.

«Forse ho ereditato i geni del nonno, o magari dell'altro ramo della famiglia. Ignori che mio nonno materno ha avuto tre mogli e anche lui una schiera di amanti da popolarci un harem?»

«Sì, ricordo che tuo nonno ne parlava e nonostante tutto, ammirava quell'uomo. Diceva che erano molto simili. In ogni modo, se doveste decidere di vendere, consultatemi prima di chiunque altro, okay?»

«Va bene Irina. Torni sempre con frequenza a casa?»

«Sì, ma solo se Vladimir viene con me perché qui da solo, non resta di certo», precisò la donna tendendo una mano a pizzicare il fianco del marito. Lui sobbalzò e le allontanò le dita con una protesta.

«Non è successo niente Iri, te l'ho già spiegato!» replicò seccato.

«Certo, ma tu ricorda solo che te lo affetto, chiaro? E ora accomodiamoci in sala da pranzo che sto morendo di fame», concluse alzandosi e porgendo il braccio ad Alexander.

53
Non scagli la pietra chi ha peccato

Rebecca era andata a casa, si era cambiata ed era uscita di nuovo. Aveva capito che doveva distrarsi, assolutamente.

Non poteva continuare a pensare ad Alexander in quella stanza del castello, conteso dalle due belle ragazze desiderose entrambe di lui, delle sue attenzioni, della sua energia, del suo calore, delle sue spinte vigorose. No, quel pensiero la stava tormentando e il cuore le doleva.

Forse era solo la bocca dello stomaco a bruciare e doveva mangiare qualcosa, eppure, aveva la sensazione che fosse il cuore a fiammeggiare e dilaniarsi.

E non capiva.

Sì, certo, gli uomini non facevano che ripetere che non era necessario amare una donna per andarci a letto, che il consumo di sesso si riduceva in certi casi, a una semplice azione meccanica, tuttavia, Alexander non sembrava farlo in quel modo con lei, sembrava investirci qualcosa di più del semplice istinto perciò, come poteva cambiare così disinvoltamente partner? Che cercava? Che voleva? Ed era soddisfatto? Era così che vedeva la sua vita futura? Un susseguirsi infinito di compagne diverse nel letto e l'aridità assoluta del cuore? Questo auspicava per se stesso?

Che il cielo lo aiutasse, allora.

Frenò e s'infilò nel parcheggio del locale. A giudicare dalle auto parcheggiate doveva esserci il pienone all'interno del Mambo, come ogni volta che Kelly organizzava un qualche evento per l'agenzia pubblicitaria.

I suoi contatti erano infiniti e di sicuro, quantomeno, la vista avrebbe beneficiato di uno spettacolo di tutto rispetto con la partecipazione all'evento della moltitudine di modelli che lavorava per la sua agenzia.

E forse, tutto quel bel vedere avrebbe oscurato per qualche tempo l'immagine di un Alexander sedotto e inebriato dal contrasto di pelle delle due donne stese su di lui e impegnate a contenderlo.

Entrò nel locale affollato e si guardò attorno cercando di individuare gli amici. Identificò la zona del privé e ci si diresse.

Kelly era là con Manuel, Daniel, Giada e tanti altri amici. Li salutò tutti e Billy, il più caro amico di Kelly, l'abbracciò stretta in una dimostrazione plateale di affetto, com'era da lui.

«Tesoro, cosa hai fatto ai capelli? I colpi di sole? Stai benissimo», notò immediatamente, contemplandole il capo, ma i faretti di luce artificiale del locale sfalsavano un po' il colore dei capelli.

Anche lui era ricorso ad un accorgimento e i suoi capelli scuri presentavano alcune ciocche più chiare.

«Anche tu stai benissimo», replicò Rebecca sincera.

Billy era un gran bel ragazzo e Manuel era stato gelosissimo di lui prima di comprendere che fosse gay e che l'amicizia che lo legava a Kelly, non avrebbe mai potuto varcare i confini dell'affetto e dell'affiatamento tra amici intimi.

«Dici? Kelly mi ha convinto, però, forse avrei dovuto farli di un tono più scuro ... magari c'è troppo contrasto, i miei capelli sono proprio neri, perciò partendo da una base così scura ...»

«Beck, sono contento che tu ce l'abbia fatta a venire», disse suo cugino Manuel circondandole le spalle con un braccio.

«Manu, non trovi anche tu che Billy stia benissimo?»

Manuel scrutò l'amico perplesso. «Certo, come sempre, perché, ha qualcosa di diverso?»

La risatina chioccia di Billy fu indicativa della sua omosessualità.

«Oh, gli uomini! Non si accorgono di un'innovazione neanche se gliela sbandieri sotto il naso», lo derise dedicando a Manuel uno sguardo affettuoso.

E Manuel si rizzò subito come un gallo. «Io mi accorgo di tutto!» precisò.

«Certo, certo, vieni che ti presento il mio ragazzo», continuò Billy afferrando la mano di Rebecca e tirandola verso un altro gruppetto di ospiti.

«Teso», chiamò Billy alle spalle di un ragazzo che a Rebecca parve di conoscere e grande fu la sua sorpresa, quando lui si volse e riconobbe Noha.

«Noha?!»

«Ciao Rebecca.»

«Vi conoscete?» s'informò Billy.

«Sì, balliamo sempre insieme alla scuola di Giada», precisò Rebecca. Non aveva supposto che quel bellissimo, sensuale ballerino di latino-americani, fosse gay.

«Già, come ballo con lei non ballo con nessun altro e se Rebecca manca, cambio sala», spiegò Noha.

«Infatti, questi due sono così fantastici che stavo valutando di iscriverli a qualche gara», aggiunse Giada.

«Forte!» dichiarò Noha.

«Non credo che ...» iniziò contemporaneamente Rebecca ma poi si zittì, avendo udito il velato consenso di Noha a quell'accenno di proposta.

«Perché non ci fare vedere quanto siete bravi?» propose Billy.

«No, dai non ...» iniziò Rebecca ma fu interrotta da Giada.

«Sì, offrite una dimostrazione del vostro talento», li esortò. «Aspettate solo un attimo che chiedo una base per il Kizomba e poi potrete scatenarvi», annunciò esultante, lieta di mostrare i ballerini più talentuosi della sua scuola di ballo, agli amici.

Rebecca comprese che non poteva evitarselo e, sebbene non fosse felicissima di esibirsi, fece buon viso a cattivo gioco. E poi ballare le piaceva e sicuramente l'avrebbe distratta dal suo pensiero fisso e persistente.

«Diamo il meglio di noi, amica, e lasciamoli tutti a bocca aperta!» le bisbigliò Noha, afferrandole la mano. Un attimo dopo già ballavano, la mano abile dell'uomo a suggerirle i comandi muovendosi sulla sua schiena, nella sala affollata di amici che non appena si accorsero di quel ballo, cominciarono ad arretrare per offrir loro maggiore spazio.

Si ritrovarono al centro di un largo cerchio di amici allegri e vocianti che li incitavano a perseguire quella danza calda e sensuale.

I fianchi di Rebecca ondeggiavano, oscillavano al ritmo lento e romantico della melodia, simulando quei movimenti erotici che tanto ricordavano un amplesso in un'armonia di dondolii congiunti.

Rebecca sentiva la musica insistente, le percussioni elettroniche e rispondeva ai comandi muovendosi in modo elegante e morbido, sebbene eccitante.

Era completamente concentrata sulla cadenza del ballo quando, lasciando vagare lo sguardo sul gruppo di amici che l'attorniavano, scorse un paio d'occhi che la osservavano con disapprovazione.

Conosceva quegli occhi; Alexander era là?!

Eseguì qualche altro passo di camminata con Noha, poi si volse.

No, non era Alexander quello che la considerava con rimprovero ma suo fratello.

Dunque, anche lui partecipava a quella festa?

Eseguì un'altra rotazione di bacino, strusciò appena contro i fianchi di Noha incitata dagli amici, molti dei quali erano già piuttosto sbronzi e continuò la romantica danza che Noha improvvisava.

Quando la musica cessò si fermarono applauditi dagli amici. Il suo compagno s'inchinò ringraziandola, poi la guidò al bar.

«Sei bravissima Rebecca, ed è un piacere ballare con te», dichiarò l'amico.

«Grazie Noha, anche tu sei davvero abile ed è proprio una festa eseguire questo ballo con te», ammise la ragazza soddisfatta.

«Sì, siamo riusciti a stabilire la connessione, perciò andiamo alla grande insieme», rispose che già Billy ed altri amici li avevano affiancati e si complimentavano con loro.

Si fermarono al bancone del bar, Rebecca ordinò da bere, Noha invece, accerchiato, raccoglieva ammirazione e consensi. Molte ragazze chiedevano di ballare con lui.

«Davvero bravi, esemplari, perfetti, a dimostrazione di una ovvia e profonda intesa.»

Rebecca volse il capo riconoscendo la voce, perché era simile a quella di Alexander.

«Ciao Matteo.»

«Mi chiedevo fin dove si estende questa intesa. Andate a letto insieme?» chiese il fratello di Alexander e quella domanda la indusse a divampare nella collera. Come si permetteva quello sfrontato di domandare a lei se andava a letto con Noha, quando suo fratello in quello stesso istante probabilmente stava scopandosi due donne in contemporanea?

«E se anche fosse?» chiese aggressiva.

Lo sguardo di Matteo si oscurò e i suoi occhi si fecero gelidi e ostili e le apparvero ancora più somiglianti agli occhi di Alexander.

«Se così fosse suggerirei a mio fratello di mandarti a cagare! Che donna è quella che un giorno dorme con Alex e il giorno successivo si intrattiene con un altro?»

No, quello era davvero troppo!

«Invece di chiederti che donna sono io, perché non ti domandi che uomo sia tuo fratello?» sbottò indignata.

Matteo si irrigidì. «E perché dovrei chiedermelo? Lui non ha fatto nulla per cui ...»

Non lo fece terminare.

«Ne sei certo? Ma lo sai dov'è lui, ora?»

«Sicuro che lo so e ...»

«Bene! Ed è normale secondo te?» lo aggredì Rebecca.

Matteo aggrottò la fronte. «E perché non dovrebbe essere normale intrattenersi con gli amici?»

La risata di Rebecca eruppe spontanea. «È questo che ti ha detto? Ah, allora quelle due puttane saranno sue amiche di vecchia data! Però, ciò non toglie che sia lui quello che ieri ha scopato con me e che stasera si dedica alle "amiche". Perciò non domandarti che donna sia io e non ti permettere di giudicarmi perché tu non sai niente di me, mentre devi solo vergognarti per tuo fratello, di lui e con lui! E a cagare ti ci mando io e pure a lui perché non so davvero che farmene di un uomo così e di un fratello che non ha niente di meglio da fare che disapprovare me, invece di biasimare un fratello vizioso e incontentabile!»

Ciò detto volse le spalle e si allontanò fumando come un vulcano, la rabbia ma, soprattutto, il dolore ad erompere da lei se solo il pensiero correva ad Alexander.

E a quel punto della serata voleva solo fuggire da tutti e andare a nascondersi in un luogo remoto e inaccessibile, così si diresse a passo rapido verso le toilette.

54
Dalla padella alla brace

Rebecca si attardò a rinfrescarsi buttandosi l'acqua fredda sul viso.
Era così adirata che si sentiva ardere. Tuttavia, era quel chiodo fisso, quel pensiero persistente che la stava logorando: Alexander conteso dalle due belle e navigate professioniste.

Non voleva pensarci perché quella certezza induceva il cuore a dolere eppure, non riusciva a soffocare l'immaginazione.

Si asciugò il viso ed entrò in uno dei bagni per svuotare la vescica.

Qualcuno entrò nella sala da bagno ridendo.

«Però potrei anche accontentarmi del fratello; è talmente carino anche lui», stava dicendo una donna e mossa dal puro istinto, Rebecca acuì l'attenzione.

«Sì, nulla da ridire sul fratello che è proprio un gran figo!» rispose un'altra.

«Già, ma è troppo giovane per i miei gusti.»

«E allora perché gli stai così appiccicata?»

«Per arrivare ad Alex! Ultimamente è così irraggiungibile che mi sta facendo impazzire!»

Il suono di quel nome noto la fece sussultare. Esistevano milioni di Alex eppure, era certa che quella donna e la sua amica si riferissero proprio ad Alexander Jenko. Il suo istinto l'aveva subito messa in guardia e, sicuramente, non a caso.

Si affrettò a uscire dal bagno per osservare le due ragazze. Andò ai lavabi e cominciò a lavarsi le mani studiando attraverso lo specchio, le due amiche.

«Forse ora è il turno di qualche altra. Lo sappiamo come è fatto Alex e come si stanchi in fretta di una compagna», continuò ignara una delle due, stendendo sulle labbra un rossetto scarlatto. Era un tipo piuttosto volgare, un po' tamarra nell'abbigliamento e nel modo di porsi.

L'altra sembrava più di classe sebbene, non fosse proprio bella.

Sorrise in maniera piuttosto inquietante mentre si spazzolava lunghi capelli castani.

«Possibile, ma non avrà maggior fortuna delle altre. Qui l'unica ad avere qualche possibilità, con Alex, sono io perché sono a conoscenza di quello che vuole quell'uomo, di cosa lo spinga, di cosa lo domina. E con me trova sempre ampia soddisfazione.»

L'amica ridacchiò. «E che cosa vorrebbe se non trombare?» domandò ironica sistemandosi la corta gonna sui fianchi generosi.

«Certo che vuole quello ma tu lo sai il perché? Sai cosa voglia dimostrare e come spingerlo nel letto senza indugio?»

«Vuole dimostrare di essere un diavolo. E che diavolo!»

«Sicuro, ma c'è un motivo. Suo padre è gay e Alex vuole attestare di non essere come lui, pertanto, basta qualche riferimento al suo genitore perché s'infiammi come un toro e si senta obbligato a portarti a letto.»

«Davvero?! Ma che mi racconti?» continuò la ragazza impressionata prendendo la sua borsa. L'amica la imitò ed insieme uscirono dal bagno dopo averle rivolto un cenno di saluto.

Rebecca andò con la mente al padre di Alexander. Quando lo avevano incontrato al ristorante insieme al suo amico, non aveva notato nulla. Era pur vero che aveva percepito una certa tensione nell'aria ma, non poteva attribuirne il motivo a quella improbabile spiegazione.

Forse il suo istinto aveva preso un granchio. Dopotutto non era di Alexander Jenko che parlavano quelle due donne.

55
Credibilità posta in discussione

Alexander entrò in casa percependo la vibrazione del cellulare contro il petto e udendo il suono che segnalava la ricezione di un messaggio.

Sbuffò estraendo l'i-phone dalla tasca della giacca. Se fosse stato ancora Matteo, lo avrebbe mandato a cagare.

Aveva continuato a mandargli messaggi chiedendogli dove diavolo fosse, come se non lo avesse saputo. Evidentemente voleva convincerlo a raggiungerlo a quella dannata festa.

Era ancora lui, infatti.

Inoltrò la chiamata dirigendosi in camera.

«Alex, finalmente!» esordì Matteo aprendo la linea.

«Cazzo Matt, mi spieghi che diavolo vuoi?» sbottò esasperato da tanta insistenza.

«Dove sei?» chiese il fratello.

«A casa ma dannazione, è successo qualcosa?»

«E prima dov'eri?»

«Lo sai dove cazzo ero! Mi dici che diavolo vuoi?»

«Cosa è successo con Rebecca?»

«Con Rebecca?! Niente, non sono stato con lei ma con Irina e Vladimir. Che c'entra Rebecca?»

«L'ho vista stasera e be' ... da quello che mi ha detto ... ho creduto che ti avesse visto in compagnia di qualcuno ... intento a ... divertirti.»

«Che cosa? No, non è accaduto niente del genere e sì ... effettivamente l'ho incrociata quando sono arrivato al castello ma ci siamo imbattuti l'un nell'altro nel salone pieno di gente. Ignoro cosa abbia visto che l'abbia indotta a fantasticare e, fattore più importante, non mi importa un accidente di quello che lei pensa, perciò se era di questo che volevi parlarmi potevi fare a meno di tempestarmi di messaggi! E ora lasciami andare che sono stanco e ho anche l'acidità!»

«Alex ... davvero hai incontrato ... Irina e Vladimir?»

«Matt, vai a cagare!» sbottò Alexander chiudendo la linea.

Ora suo fratello dubitava di quello che affermava? Per dare credito a chi? A una ciarliera bugiarda e fantasiosa che chissà che cazzo aveva creduto di vedere? E per quale dannato motivo lei era andata al castello? Che cercava tra quelle mura? E dopo? Dove l'aveva incontrata Matteo, alla festa cui aveva partecipato? E cosa precisamente gli aveva riferito lei?

Sbuffò spogliandosi e lanciando gli abiti dove capitava. Più voleva allontanare il pensiero di quella donna, maggiori domande si poneva e ancora, come già era accaduto in precedenza, quella stanza era satura del sentore di lei, del suo odore così dannatamente inebriante che lo costringeva e stare all'erta, a inalare come un segugio l'aria per ricercare quel lieve aroma che lo eccitava e stordiva.

Sollevò le lenzuola, spostò i cuscini, poi si chinò a guardare sotto il letto e quando avvistò la fascia elastica che le aveva mantenuto i capelli, imprecò.

Raccolse la fascia e la portò al naso. Certo, era quella dannata striscia a essere impregnata di lei e a diffondere quell'effluvio di aromi che gli riportavano alla mente il suo corpo morbido e così desideroso di lui, così anelante e impaziente. L'appallottolò, poi tirò a sé un cassetto del trumeau e la spinse nel fondo, quindi richiuse il cassetto con una manata.

Maledizione e stramaledizione al suo naso così fine e sensibile!

56
Un turbine travolgente

Alexander marciò fino all'ufficio di Rebecca brandendo la fascia elastica della ragazza. Era adirato con se stesso perché l'istinto gli imponeva di portarla al naso e, resistere, si stava rivelando alquanto difficile.

Non si preoccupò di bussare ma spalancò la porta di colpo.

«Questa ti appartiene e ...» Si bloccò costatando che l'ufficio era vuoto.

Dov'era Rebecca? Eppure, Bettina gli aveva confermato che lei era arrivata in ufficio.

Tornò fuori e ripercorse il corridoio fino alla stanza del caffè ma Rebecca non era neanche là, pertanto ritornò dalla collaboratrice.

«Rebecca non è nel suo ufficio. Hai idea di dove possa essere andata?» chiese irritato.

«Forse è andata in archivio ... mi ha chiesto una pratica vecchia che non ho più e magari è andata a prenderla là», ipotizzò la ragazza.

«In archivio?» ripeté sconcertato.

«Sì.»

«E perché?»

«Perché voleva quella pratica.»

«E non poteva chiedere a un addetto?»

«Alex, lo sai che quando Rebecca vuole qualcosa non aspetta che sia qualcuno a portargliela, però io sto solo ipotizzando», si difese la ragazza che intuiva il malumore di Alexander.

«E ipotizzi male! Perché diavolo dovrebbe andare in archivio? Lo sai dov'è l'archivio? Nei sotterranei, accidenti!»

«Okay, allora magari starà chiacchierando con qualche collega e tra poco tornerà nel suo ufficio», replicò Bettina accomodante anche se era certa che Rebecca fosse andata nell'archivio a cercarsi la sua pratica. Era stata alquanto irritata dal non rinvenirla più nel suo ufficio.

Alexander non rispose e si volse. Mosse qualche passo verso il proprio ufficio ma, dopo qualche metro, si volse di nuovo e andò all'ascensore.

Si augurava che Rebecca non fosse nell'archivio però, qualcosa gli suggeriva che lei era andata laggiù, incurante del fatto che le pratiche cartacee fossero conservate in un sottoscala cavernoso e isolato.

Il processo di automazione del tribunale era lento e dispendioso e archiviare tecnologicamente milioni di documenti richiedeva tempo e personale qualificato, pertanto di moltissime pratiche si recavano ancora tracce cartacee.

Entrò nell'ascensore e premette il pulsante relativo al sottoscala.

Le porte si aprirono sull'antro scavato per impiantare le fondamenta del palazzo settecentesco che ospitava gli uffici della Procura.

Lo spazio enorme era occupato da file e file di scaffali metallici carichi di raccoglitori.

«Rebecca?» chiamò Alexander incerto.

«Sono qui», rispose lei e, seguendo la voce, s'inoltrò nell'umido stanzone.

«Qui dove?» chiese sollecitando una risposta che gli servisse a capire dove dirigersi.

«Scaffale erre ventisette», rispose Rebecca.

Piegò sulla destra e s'inoltrò tra le file di scaffali. Già da lontano la scorse appollaiata su un'alta scala e un brivido gli corse giù per la schiena.

Corse fino alla base della scala e sollevò il capo a cercarla. Ciò che vide da quella posizione gli mozzò il fiato in gola. Rebecca indossava la gonna e per una maggiore presa sui pioli vi si appoggiava a gambe larghe.

«Rebecca, scendi immediatamente da questa scala!» ordinò con voce fonda e decisa.

«Perché?» domandò lei tendendosi per afferrare un altro raccoglitore.

«Perché, primo, potresti cadere e farti male e secondo, ciò che scorgo da qui me lo sta facendo venire duro, perciò scendi subito!»

Rebecca sobbalzò, poi si affrettò a ridiscendere la scala. Quando pose i piedi a terra si volse, lo sguardo rivolto al suo basso ventre alla ricerca della conferma che quanto aveva affermato fosse vero. Aveva le guance in fiamme, le labbra dischiuse ad emettere un respiro già corto e affrettato. L'aria era così satura di lei, del suo sentore buono che Alexander ne fu travolto e inebriato e il suo sesso si indurì maggiormente.

Lei indossava una camicia di seta trasparente che si appoggiava ai seni, stretti in un reggiseno a dir poco peccaminoso.

Tese le mani verso di lei e Rebecca mosse un passo avanti contemporaneamente. Si ritrovarono abbracciati, ignorando chi fosse stato ad avvinghiarsi all'altro.

Le tuffò il viso nei capelli a inalare quell'odore che lo aveva tormentato per gran parte della notte, spingendo le mani sotto la gonna a carezzarle i sodi glutei nudi. Il cordoncino del perizoma li divideva e seguendo la striscia sottile lungo la fenditura tra le natiche trovò la carne umida, già separata.

Alexander gemette spingendo i fianchi contro di lei.

«Non sei ancora soddisfatto?» ansimò Rebecca.

Di cosa doveva essere soddisfatto? Non godeva di lei da due giorni e no, non era affatto soddisfatto. Le cercò la bocca spostando la stoffa sottile, infilando il dito in quell'anfratto umido e caldo e ansimò per lo smarrimento che provava a scivolare in quell'ambiente così morbido e accogliente.

Rebecca rispose al bacio con un'energia che lo stese. Gli avvinghiava la lingua combattendo con essa una strenua battaglia, assecondando l'intrusione del suo dito, sollevando una gamba per facilitargli la penetrazione.

Gemette già pericolosamente vicino alla meta. Riuscì in qualche modo ad aprirsi i calzoni e a spingersi dentro di lei con un vigore che intendeva punirla, ma che pretendeva anche la sua resa. Voleva che Rebecca comprendesse che tra loro era fantastico, potente e che lei ne costatasse il bisogno al pari di lui. Le sollevò entrambe le gambe che si strinsero intorno ai suoi fianchi e dovette appoggiarla con la schiena contro il muro per spingersi più agevolmente in lei. Ogni affondo era guidato da una spinta poderosa dei fianchi, da una penetrazione profonda, da una stretta ai glutei, da un assalto alla sua lingua laboriosa. Si sentì afferrare in un turbine e dovette forzare il ritmo per non perdersi.

Rebecca s'irrigidì e urlò. Le tappò la bocca per zittirla e si nutrì dei suoi gemiti mentre esplodeva dentro di lei, conficcandosi a fondo perché ogni contrazione di lei lo serrasse e custodisse bene in profondità.

Il piacere fu sfavillante, accecante quasi. Le ginocchia cedettero e dovette appoggiarsi al muro con una mano per sostenere il peso di entrambi.

«Pertanto, non ti è bastato. Cos'è ... due non sono abbastanza per te?», ansimò Rebecca senza fiato.

Due?! Due sere prima avevano consumato due amplessi?

Le distese adagio le gambe sottraendosi.

«Due? E che importanza vuoi che abbia il numero?» chiese arretrando e chiudendosi i calzoni. Le afferrò il mento con la mano e le sollevò il viso. Gli occhi di Rebecca fiammeggiavano, benché sul fondo vi aleggiasse ancora un'aria sognante. Le labbra erano gonfie e arrossate per i suoi baci rudi, le guance colorite ed era certo che se le avesse sfiorate si sarebbe scottato. Lei era adirata e già pronta a tirarsi indietro.

«E ora rinnega anche questo se ci riesci, ma prova ad essere sincera con te stessa!» l'ammonì inseguendo i fulmini dei suoi occhi.

Per un attimo la tempesta si placò e negli occhi di Rebecca comparve lo sconcerto.

Le lasciò il viso e arretrò per non avventarsi di nuovo su di lei.

Accidenti a tutti gli accidenti ma voleva stringerla, ricercare il contatto, assorbirla, riempirsi di lei con le mani, l'olfatto, la vista, il gusto, l'udito e invece era essenziale che lei riflettesse su quello che era di nuovo accaduto tra loro.

Si volse e si allontanò in tutta fretta e per non fermarsi ad attendere l'ascensore scese il percorso pedonale, per allontanarsi da Rebecca il più rapidamente possibile.

57
Un chiarimento essenziale

Rebecca era stordita, spossata, confusa.
«Sacha ...» chiamò ma Alexander era già lontano.
«Alexander!» riprovò sistemandosi la gonna indosso.
Quella cosa andava chiarita, accidenti a tutti gli accidenti!

Alexander non poteva comportarsi in quel modo e tornare da lei dopo essersela spassata con due professioniste.

No, forse il numero non contava, però importava che lei non fosse la sola a godere di lui, contava la sua disinvoltura nell'infilarsi tra paia di gambe diverse, incideva la sua propensione a fiondarsi in ogni vagina che gli capitasse a tiro e sì, era solo colpa sua se ancora gli aveva permesso di inondarla di lui, di insozzarla, di invaderla con quel ... quel ... piffero immorale che non era in grado di riconoscere il luogo cui apparteneva.

Le lacrime le inondarono gli occhi ma serrò le labbra e si costrinse a reprimerle.

Si mosse decisa verso gli ascensori. Doveva parlare con Alexander assolutamente!

Alexander uscì dal bagno in cui aveva provveduto a ripulirsi e rimettersi in ordine. Tornò nel suo ufficio e recuperò il telefono e le chiavi dell'auto, quindi uscì di nuovo. Entrò nell'ascensore che il suo telefono emetteva il suono della ricezione di un messaggio.

Sperando che fosse Rebecca, lo estrasse dalla tasca mentre le porte dell'ascensore si richiudevano e si aprivano quelle dell'altro ascensore in salita e Rebecca ne usciva.

Mangiamo insieme? Al solito posto? Così parliamo un po' di ieri.

Il WhatsApp era di Matteo.

Sto andando a Brescia per lavoro e mangerò qualcosa in autostrada. Vediamoci stasera, rispose digitando rapidamente. L'ascensore era approdato nel garage.

Happy hours da Sweet Black?
Propose Matteo.

Non perse tempo a rispondere e inviò il simbolo del pollice verso.
Sarò là per le diciannove, ti aspetto, concluse il fratello.
Montò nell'auto e mise in moto. Il telefono cominciò a squillare. Lo estrasse di nuovo dalla tasca e un moto di felicità lo pervase quando lesse il nome di Rebecca sul display.

Aprì la linea mentre si muoveva.

«Sì», disse cauto.
«Dove sei?»
«In auto.»
«Sei uscito?»
«Dal momento che sono nell'auto», ribadì con ironia.
«E quando rientri?»
«Nel pomeriggio.»
«Ah, e io sarò impegnata. Alexander noi dobbiamo parlare!»
«Sì, concordo», rispose attivando il Bluetooth.
«Non puoi ...» Rebecca esitò e si zittì.
«Cosa?» la sollecitò Alexander.
«Continuare a comportarti in questo modo!»
«Siamo in due, Rebecca.»
«Lo so, come sono consapevole che la colpa è anche mia perché te lo consento.»
«E ti sei domandata il motivo di tanta indulgenza?»
«Non è questo il punto!»
«No?! A me sembra piuttosto determinante. In ogni modo se vuoi parlare vieni stasera a casa mia.»

Alexander percepì l'esitazione della ragazza, il suo dubbio di finire di nuovo a rotolarsi nel letto nell'attimo in cui si fossero di nuovo trovati davanti all'altro e in cuor suo gioì, perché per quanto misero, era pur sempre un potere che poteva utilizzare per indurla a capire che lui non era uno qualunque e, che lei non poteva ogni volta rinnegare quello che avevano condiviso, negandone l'importanza.

«Intendo solo parlare!» chiarì decisa e Alexander sogghignò.

«Ricordati di cenare prima di venire», l'avvertì. «Sarò a casa per le ventuno.»

58
Supposizioni

Alexander si fece strada nel locale cercando il fratello. Quando lo avvistò si diresse verso di lui.
«Ciao Matt», lo salutò sedendo.
«Ciao Alex, ho già preso qualcosa nell'attesa. Serviti», lo esortò spingendo verso di lui il piatto colmo di pizzette e piccoli rustici.
«Grazie, mi passi anche il bicchiere?»
Matteo eseguì. «Sei tirato», notò scrutando il viso stanco del fratello.
«Già, dormo pochissimo, lavoro tanto e niente sembra girare nel verso giusto in questo momento e per quanto possa sembrare strano, mi manca anche mio nonno. Lui era un riferimento importante per me», chiarì Alexander prendendo una pizzetta dal piatto che Matteo aveva riempito.
«E in più ...» disse Matteo.
«Soffro pure di acidità di stomaco», brontolò Alexander.
«Scopi pure come un ossesso», continuò Matteo coprendo le parole del fratello.
Si guardarono, valutando l'affermazione dell'altro.
«Ah, non quanto vorrei», chiarì Alexander accigliato. «Quella femmina sta limitando anche la mia libertà sessuale.»
«La femmina sarebbe Rebecca?»
«E chi altri sta condizionando i miei desideri? Io la desidero come non ho mai desiderato nessuna e questa cosa mi ha persino impedito di fiondarmi nelle braccia di due ragazze favolose che aspettavano solo me per coccolarmi in ogni modo. Ti rendi conto di quanto sia fuori di me in questo momento?»
«Eppure, Rebecca ieri sera sembrava credere proprio che tu fossi occupato con queste due ragazze cui hai fatto cenno.»
«E come diavolo poteva esserne informata? Salvo che non sia andata al castello per cercarmi, si sia recata nella camera che mi è riservata e abbia incontrato le due ragazze. Però, se a lei non interessa costruire un rapporto un po' impegnativo con me, non dovrebbe neanche importarle chi incontro oltre a lei. Che ti ha detto di preciso?»
Matteo scosse il capo. «Non so Alex, non capisco ... hai ragione, lei è strana ... sembrava incazzata con te ... diceva che dovresti vergognarti eppure, si era appena esibita in un Kizomba mozzafiato con un tipo che sembrava uno dei modelli di Kelly. E per ballare in quel modo così coinvolgente è necessaria un'intesa profonda con il tuo partner. E gliel'ho chiesto se ci andasse a letto con quel tipo e lei mi si è rivoltata contro come una gatta inferocita citando te ed esortandomi a preoccuparmi di te e non di lei.»

«Perché, lei si ritiene in diritto di scoparsi chi vuole? È così terrorizzata dal perdersi per me che prova ad allontanarmi concedendosi a chiunque? Eh no, cazzo, non funziona mica così!

Maledizione Matt, sono così ... scazzato! Per la prima volta nella mia vita sento il bisogno di avere qualcosa di più. La mia esistenza mi appare vuota e solitaria nonostante tutto, perché, morto mio nonno e, con mio padre lontano e dedito a un'altra vita, a parte te e la mamma non ho altri affetti significativi e davvero mi sembra arrivato il momento di costruirmi un futuro di affezioni solide e durature e ... per alcuni versi, Rebecca mi sembrava ... giusta ... come dire ... adatta ... per un fatto assolutamente istintivo. Ma poi scopro che come il solito non capisco un cazzo delle donne, che ho sbagliato valutazioni, che è meglio che mi liberi di quella ragazza prima che mi faccia male e che combino? Non appena la vedo le salto addosso e lei si fionda nelle mie braccia! Non ho alcun bisogno di convincerla, lei è pronta per me e mi esige! E dannazione, tinge di rosso il mio mondo, accelera i battiti del mio cuore, valorizza il mio tempo, mi colma di un calore che non conoscevo, di un'emozione che ignoravo esistesse.»

«Te ne sei innamorato», riassunse Matteo con semplicità.

«Già, sembra strano ma verosimile», concordò Alexander.

«E allora perché non glielo dici? Perché non ci provi seriamente con lei?»

«Perché Rebecca ed io non vogliamo le stesse cose. Lei mi ha parlato di un'astinenza in seguito alla quale adesso pare si stia scatenando, ma non cerca altro, non è pronta per una relazione seria. E poi è votata alla carriera, sta valutando un'offerta favolosa da parte del cugino che l'aiuterà a crescere ancora di più e sarebbe da stupidi rinunciarci, cosa che lei non è assolutamente. Perciò, dubito le interessi impegolarsi in una storia impegnativa, adesso. Forse farei bene a chiedere a Emma di sposarmi. Lei sarebbe felicissima di costruirsi una famiglia con me e mi amerebbe con tutto il cuore.»

«Emma?! Sei ammattito? Mi hai sempre ripetuto che quella è buona solo per i pompini!»

«Ma mi ama, me lo ha ripetuto molte volte», insistette Alexander ostinato.

«Ma tu non ami lei e dopo qualche mese ne avresti le palle piene», lo redarguì Matteo.

Alexander sospirò e lanciò un'occhiata all'orologio sul polso.

«Devi andare da qualche parte?» chiese il fratello notando il gesto.

«Già, Rebecca vuole parlarmi. Tra un po' me ne andrò per incontrarla.»

«Ah, bene, sì, forse ti chiarirai un po' le idee se riuscirete a parlare», rispose Matteo con un sogghigno.

59
Regole

Alexander stava infilando la chiave nella serratura del portone, quando si sentì chiamare.
Rebecca era dietro di lui e lo raggiunse in tutta fretta.
«Ciao», lo salutò evitando i suoi occhi. «Arrivi adesso?»
«Sì, anche tu o mi stavi già aspettando?» domandò Alexander facendosi da parte per lasciarla passare.
«No, ho perso tempo perché non trovavo parcheggio», spiegò la ragazza incamminandosi verso l'ascensore.
Aveva indossato jeans scoloriti e t-shirt ma non per questo risultava meno attraente del solito.
Alexander distolse gli occhi dai suoi fianchi evidenziati dal taglio particolare dei jeans.
«Hai cenato?» s'informò affiancandola.
«Sì.»
«Anche io», precisò aprendo le porte dell'ascensore. Entrarono nella cabina e si appoggiarono alle pareti opposte restando cautamente lontani l'uno dall'altra. Rebecca guardava ostinatamente in terra.
Restarono in silenzio fino al piano. Alexander aprì le porte dell'ascensore e poi quella di casa.
«Vieni, accomodati, vuoi bere qualcosa?»
«No grazie.»
«Vieni, la strada la conosci. Vuoi un caffè?»
«No, grazie Alexander.»
Entrarono nel salone e l'uomo indicò il divano. «Siediti», la invitò. «Io mi verso qualcosa da bere», aggiunse prendendo una bottiglia e un bicchiere posti sul tavolino di fianco al divano.
«Preferisco restare in piedi», rispose Rebecca.
«Come preferisci.»
Alexander si versò da bere ed esitò, in attesa.
«No, tu siediti pure», lo pregò Rebecca.
Ubbidì e la osservò provando ad allontanare dalla mente le immagini che vi si stavano componendo suo malgrado. Già, si vedeva ad afferrarla per costringerla sulle sue gambe.
«Di cosa volevi parlarmi?» la invitò per concentrarsi su altro.
Rebecca mosse un passo sul tappeto mantenendosi ben lontana da lui.
«Ecco Alexander ... per dirla tutta ... a me piace molto ... venire a letto con te», ammise camminando avanti e indietro.

«Questo si era capito», non poté impedirsi di rispondere e Rebecca gli lanciò uno sguardo fiammeggiante.

«Certo, è risultato ovvio che mi piaccia e che mi sia soddisfatta», lo rimbeccò agitando le mani nell'aria.

«Bene, e volevi comunicarmi questo?» chiese Alexander sorseggiando dal suo bicchiere. Diavolo quanto gli piaceva quella donna!

Era dotata di occhi stupendi che in quel momento sembravano valutarlo per decidere quanto ancora ammettere.

«E sempre se tu sei d'accordo, non mi dispiacerebbe continuare a farlo», aggiunse spavalda, fermandosi a gambe larghe davanti a lui ma lontana di un paio di passi.

La contemplò per cercare di leggere in lei. Aveva sollevato il mento in un atteggiamento di sfida, però il colorito del suo viso era più acceso, quasi fosse arrossita.

«Stamattina non mi sei sembrata così bendisposta», ricordò scrutandola.

«Infatti, e perché possa accadere ancora, che noi ... sì insomma ... hai capito, credo sia opportuno stabilire delle regole.»

«Altre?»

«Già.»

«E quali regole intendi suggerire?»

«Non è ...» Rebecca si interruppe e inspirò riprendendo a muoversi. «Non è ...» riprovò ma si bloccò di nuovo.

«Che cosa non è?» la sollecitò curioso.

«Non è ammissibile che si cambi partner ogni sera.»

«Con chi sei andata a letto ieri sera?» la provocò e Rebecca si fermò di nuovo, ancora lo sguardo a fiammeggiare in quegli incredibili occhi che sembravano scoccare dardi infuocati indosso a lui.

«Sei tu che lo hai fatto!» lo accusò con rimprovero.

«Davvero Rebecca? E tu che ne sai?»

Rebecca rise riprendendo a muoversi. Eppure, quel suono non fu gioioso ma piuttosto amaro. «Che ne so? Ti ho visto, ricordi?»

«Perfettamente e ricordo che ci siamo incrociati nel salone delle feste del castello», precisò Alexander bevendo un altro sorso di grappa.

Rebecca si fermò di nuovo, questa volta un po' più vicino a lui.

«Alexander, sono stata nella camera riservata a te e le ho viste! Erano due, maledizione!» sbottò serrando i pugni.

«E cosa ti lascia supporre che io sia entrato in quella camera?»

«Cosa me lo lascia supporre? Il fatto che loro ti stessero aspettando e che tu eri là al castello!»

«Sì, al castello ma non in quella camera e non ci sono entrato.»

Gli occhi di Rebecca parvero trapassarlo da parte a parte.

«E allora perché eri là?»

Posò il bicchiere e indicò il divano al suo fianco. «Siediti che mi fai andare gli occhi per traverso.»

Rebecca esitò, poi mosse un cauto passo e per non spaventarla cominciò a parlare.

«Sei al corrente di chi siano i proprietari di quel castello?»

«No.»

«Un gruppo di cinque soci, russi, tutti amici di mio nonno.»

«Sei russo?!»

«Mio nonno sì, era nato a Mosca, non io. In ogni modo, li conosco bene tutti e fornisco loro la consulenza perché non esulino nell'illegalità, cosa molto difficile da evitare considerando quanto avviene in quelle mura.»

Rebecca sedette al suo fianco. Ora che era vicina riusciva a percepire il suo odore.

«Ed Irina è uno di questi?»

Alexander aggrottò la fronte. Che ne sapeva lei di Irina?

«Irina è la moglie di uno dei soci. Ci conosciamo da quando eravamo bambini. Dove hai udito il suo nome?»

«Le hai parlato al telefono.»

«Sì, mi ha chiamato convocandomi al castello per parlarmi e aveva pensato di rallegrarmi la serata organizzandomi per il dopo cena, un incontro a tre ma, ho gentilmente declinato la sua offerta e non ho mai messo piede in quella camera.»

Gli occhi di Rebecca scavavano nei suoi ma vi lessero la sincerità, perché lei si rilassò di colpo e i dardi incendiari sparirono dalle sue pupille.

«Ah, ecco ... lo so che non posso importi nulla ... ma non ... non mi andava giù che ...» esitò mordendosi un labbro.

«Cosa?» la sollecitò posandole un dito sotto il mento e sollevandolo un po'.

«Che potessi passare disinvoltamente da me a ... due ...»

Alexander avvicinò la bocca e le sfiorò delicatamente le labbra.

«Ti conoscevano quelle due.»

«È probabile», rispose riaccostando le labbra. Quelle di Rebecca erano morbide ma sode, cedevoli, avvolgenti.

«Perché non ci sei andato?»

Arretrò il capo e la guardò. «Perché non ho desiderato consumare sesso con quelle donne. Ora, in questo momento, sei tu che alimenti quel desiderio, Rebecca.»

Lei deglutì. «Okay», bisbigliò.

«Okay», le fece eco e stava per baciarla di nuovo quando lei parlò.

«Perché a me pare che sia molto bello quello che si sviluppa tra noi», continuò tendendo una mano a carezzargli i capelli.

«Sì, ho avuto la stessa impressione», confermò ironico.

«E se tu mi avessi mostrato che invece non fa la minima differenza se nel tuo letto ci sono io o ...»

Le tappò la bocca posando la propria sulla sua. «C'è una differenza abissale ...» ammise spingendo la lingua a lambirla dolcemente.

«Loro erano in due ... ti piace farlo con due? Quante volte ...»

La zittì spingendo la lingua avanti, avvolgendo la sua, stuzzicandola e blandendola e lei non tardò ad avvinghiarlo. Scivolò sulle sue gambe e si pose cavalcioni su di lui.

«Mi piace da morire farlo con te Sacha, e ti consentirò tutto quello che ti divertirà ma sarà solo con me», precisò abbracciandolo e lui rise sollevandosi con un colpo di reni e portandola con sé.

«Fatina, non avrei energie sufficienti per tre», rispose stringendola a lui, le gambe di Rebecca avvinghiate ai suoi fianchi.

Si avviò alla stanza da letto continuando a baciarla.

«Dopo fuggirai rinnegando tutto?» chiese adagiandola sul letto.

«Non ho mai rinnegato niente.»

Si sollevò per slacciarle i jeans che le fece scivolare dalle gambe.

L'additò lasciando cadere i jeans.

«La regola vale anche per te», precisò slacciandosi la cintura.

Rebecca si sfilò la t-shirt. «Assolutamente equa», rispose sfilandosi anche il reggiseno.

Alexander si denudò completamente e si fermò a contemplarla. Era già così carico che percepiva il sangue ribollire dentro di lui. Non sapeva da dove cominciare, come muoversi perché durasse il più a lungo possibile ma, già solo guardare quel corpo bellissimo, era un piacere di cui godere.

Rebecca lo fissava con occhi fondi. Si sollevò adagio passandosi la lingua sulle labbra, inumidendole, e seppe quello che lei stava per fare. Tremò, in attesa di percepire quelle labbra turgide scivolare contro il pene duro e vibrante. Lei aprì maggiormente la bocca, la lingua fece capolino e si spinse fuori fino a lambire la punta del membro. L'avvolse, la lisciò e poi le labbra si chiusero intorno a lui, inglobandolo.

S'irrigidì imitando le onde del mare, assecondando la bocca di Rebecca, le sue mani che lo accarezzavano, la lingua che lo avvolgeva ma voleva di più, voleva riempirsi di lei, proprio come stava facendo Rebecca.

Arretrò allontanandole il capo e la spinse giù. Si chinò a baciarle i seni, a carezzarli e plasmarli nelle sue mani avide e poi scivolò più in basso, in cerca del suo sapore, del succo eccitato del suo desiderio.

Lei era turgida, rorida di umori, calda e gonfia. La baciò, la leccò e succhiò il duro bocciolo inducendola a fremere e gridare ma poi la placò, appoggiando il palmo della mano contro di lei perché non voleva che godesse da sola. Si sollevò e la penetrò affondando adagio nell'umido passaggio che si contrasse risucchiandolo più a fondo. Le sollevò una gamba, strinse la natica soda entrando e uscendo da lei e cercò l'altro ingresso con il dito. I muscoli anali si strinsero quando titillò l'apertura e Rebecca cominciò a contrarsi preda di un orgasmo che sembrava risucchiarlo ad ogni spasmo. Si spinse a fondo mentre la corrente lo investiva e serpeggiava fluendo da lui e ancora, di nuovo, assurdamente, considerò che avrebbe potuto piantare un seme dentro di lei, così a fondo da non essere sradicato.

Si accasciò su Rebecca cercando di allontanare quel pensiero inconcludente.

«La percepisci anche tu, Sacha?» ansimò Rebecca nel suo orecchio.
«Cosa?»
«La magia ... è ... è meraviglioso ... e nasce da te e me ...»
«Sì, fatina ...» concordò stringendola a sé.
«E la voglio per me, solo per me», dichiarò Rebecca con veemenza.
«Per quanto tempo?»
«Per quanto? Non lo so ...»
«Per qualche sera, qualche settimana, per un po' ...» azzardò Alexander.
«Per un po'», confermò lei.
«Non ti spaventa?»
«No e a te?»
«No.»

Tirò indietro il capo e la guardò. «Vediamo dove ci condurrà», prospettò valutando la sua reazione.

Rebecca annuì e si accoccolò maggiormente contro di lui.

«Ovunque ci condurrà ne varrà comunque la pena», bisbigliò tendendo una mano a carezzargli il viso.

60
Luminoso risveglio

Rebecca aprì gli occhi e fu subito consapevole della felicità che provava.
Era sazia come una gatta, appagata, satura del gusto di Alexander. Avevano continuato a far l'amore per gran parte della notte e lei era stupita. Si domandava come potesse un uomo essere tanto attivo. Nessuno di quelli che aveva conosciuto e incontrato si era mai mostrato così energico e be' ... questo un po' la impensieriva.

Aveva anche cercato di allontanare dalla mente l'immagine di Alexander nelle braccia di quelle due ragazze del castello, di evitare di immaginare come si fosse giostrato tra le due, dal momento che era dotato di un solo attrezzo atto all'utilizzo, eppure intuiva che in passato le avesse soddisfatte entrambe e si chiedeva se sarebbe stata in grado di sostituire tanta varietà e fantasia, lei che non aveva un'ampia esperienza, che non conosceva le "perversioni" di Alexander, che si muoveva solo in risposta alle sue sollecitazioni.

Però poteva investirci altro, donargli il cuore, mostrargli l'ampiezza del sentimento che stava radicando in lei sperando che lo apprezzasse e che non se ne sentisse oppresso. E forse l'amore, in aggiunta al sesso scoppiettante, avrebbe colmato la misura.

Scivolò fuori dal letto e infilò la camicia di Alexander. Cercando di sistemarsi i capelli uscì dalla stanza e andò in cucina. Percepiva un rumore basso e continuo, come di colpi ripetuti ma non capiva da dove provenisse e cosa lo provocasse. Alexander non era in cucina però sul tavolo troneggiava un tocco di strudel. Ne tagliò un pezzetto che addentò.

«Sacha ...» chiamò inoltrandosi nel corridoio.

Quando si fece vicina alla scala a chiocciola che conduceva all'abbaino, il rumore le parve più forte. Scivolò sul gradino e cominciò a salire e poco dopo lo vide. Alexander tirava di boxe contro una pera piccola, con una disinvoltura e una continuità che la impressionarono.

Dunque, era in quel modo che conservava la sua forma fisica perfetta e il gonfiore dei bicipiti?

Le sue spalle muscolose si contraevano e distendevano, le fasce muscolari apparivano per pochi secondi sotto la pelle lucida di sudore, per poi scomparire. I calzoncini morbidi erano scivolati giù dai fianchi sottili e mostravano il cespuglio scuro del pube, l'attaccatura di quel muscolo che pur nella detumescenza dava l'impressione di soda e nervosa compattezza.

Era bellissimo, vigoroso, forte e trasudava energia.
Ma di cosa si nutriva?

Lui si fermò ansante e volse un po' il capo avvistandola sulla scala.

«Rebecca ... ti sei svegliata ... vieni», la invitò prendendo una salvietta con cui si deterse il viso. «C'è un magnifico terrazzo qui ... che puoi utilizzare per prendere il sole anche nuda se ti va, siamo molto in alto e fuori vista», spiegò adagiando la salvietta sulle spalle ampie e mostrandole quel che c'era oltre le portefinestre.

«Che bello, non lo usi mai?»

«No, non dispongo di molto tempo per prendere il sole e non amo restare fermo, preferisco tirare di boxe, però stavo pensando di attrezzare questo spazio con lettini e ombrelloni. Che ne pensi? Magari potresti darmi una mano a sceglierli se non hai impegni questa mattina», propose asciugandosi una goccia che stava scivolando giù dalla tempia.

Si accostò a lui e si adagiò contro il suo petto. Alexander fece per sottrarsi. «Sono sudato ...» chiarì a disagio.

Gli sottrasse la salvietta e con quella gli sfiorò le tempie e la nuca.

«Alexander la sai una cosa?»

«Cosa?»

«Io ti ...» esitò. E se lui non fosse stato pronto per quello? E se si fosse ritratto spaventato? Stavano appena cominciando la loro relazione e forse apprendere che lo amava lo avrebbe contrariato, rendendo quell'inizio di storia più complicata di quanto non gli servisse.

«Ti apprezzo in ogni modo, anche sudato, e sei bello da togliermi il fiato», continuò rapida stampandogli un bacio sulle labbra.

«Molto bene», rispose lui afferrandola alla vita e caricandola sulla spalla.

Rebecca urlò e rise. «Che fai? Mettimi giù», urlò ridendo ma lui non si fermò se non nella stanza da bagno posta sul fondo dell'abbaino e dentro, la cabina doccia. Là la depose in terra e aprì l'acqua che scrosciò calda su di loro.

«Meglio bello e pulito che bello e sudaticcio, non credi?» chiese baciandola, incurante dell'acqua che scorreva su di loro.

La strinse già duro e prestante.

«Non sei stanco?» domandò Rebecca carezzandogli i gonfi bicipiti.

«Lo ero quando mi sono fermato ma ho riscoperto ogni vigore nel momento in cui ti ho vista. Anche tu sei bellissima ... desiderabile ... appetitosa ... specie con la mia camicia bagnata indosso che si attacca alla pelle ...» bisbigliò aprendo la camicia e sfilandogliela dalle spalle.

«Lasciati lavare», propose Rebecca prendendo la spugna e il bagnoschiuma.

Gli occhi di Alexander si accesero di bagliori maliziosi. Si sfilò i calzoncini e si adagiò contro il vetro alle sue spalle sollevando le braccia.

«Prego tesoro», la invitò.

Intrise la spugna di bagnoschiuma e cominciò a massaggiargli le spalle e il petto, poi la spugna scivolò lungo gli addominali contratti e si arenò sui genitali. Là scivolò più adagio, più cauta, più avvolgente e Alexander fremette, rigido e possente.

Rebecca si abbassò e cominciò a bere da lui, a lambire quel muscolo dilatato che sembrava indurirsi maggiormente ogni volta che entrava nella sua bocca con un fiotto d'acqua. Alexander gemette, poi tese le mani e le afferrò le spalle tirandola su. «Vieni con me», pregò entrando rapido dentro di lei. Con una manata dietro le sue spalle interruppe l'erogazione dell'acqua, le sollevò le gambe e si avventò sulla sua bocca. E ancora una volta la travolse, la fulminò, la incendiò con il vigore delle sue spinte rapide, con la sua sete che sembrava intensificarsi ad ogni spinta successiva, con la foga del suo desiderio che non sembrava placarsi nonostante continuassero a fare l'amore, con l'impeto e l'ardore di una passione che entrambi seguitavano ad alimentare.

L'urlo di Rebecca fu liberatorio, gioioso, sfavillante come l'orgasmo che erruppe da lei con la forza di uno scoppio.

E il trionfo fu palese nell'unico "sì" che sgorgò dalle labbra di Alexander, un sì graffiante e colmo di piacere.

«Oh Sacha, mi fai morire», ansimò Rebecca ancora stretta a lui.

«E invece voglio darti la vita», rispose Alexander.

«Oh sì, muoio e rinasco», assicurò Rebecca scivolando via dai suoi fianchi e ponendosi in piedi.

Alexander riaprì l'acqua, prese lo shampoo e ne versò un po' sul capo della ragazza. Le insaponò i capelli massaggiando la cute con dolcezza poi la spinse sotto il getto e lavò via la schiuma prendendosi cura di lei, accarezzandola e coccolandola come poteva, l'eco delle sue stesse parole nelle orecchie.

... Voglio darti la vita ...

Quella cosa cominciava a impensierirlo e non aveva saputo di desiderare un figlio fino a che non aveva incontrato Rebecca. E ancora non riusciva a valutare quella cosa nella sua immensa portata, però ... però ... quell'idea lo disponeva a una serenità sconosciuta. Ma lei come avrebbe reagito se avesse intuito il corso dei suoi pensieri così estranei?

Finì di lavare via la schiuma, poi chiuse l'acqua.

«Non ti muovere fatina.»

Lei sorrise come un angelo.

Uscì dalla cabina, aprì l'anta di un mobiletto per prendere un accappatoio e tornò da lei. L'aiutò a infilarlo, l'avvolse completamente, la prese sulle braccia e fece per muoversi ma Rebecca lo fermò.

«Lascia, posso fare da sola e tu goccioli acqua ovunque», considerò accarezzandogli il viso. «Grazie per esserti preso cura di me», bisbigliò deponendogli un bacio sulle labbra, poi scivolò in terra. «Lo trovo un phon nel bagno dabbasso?»

«Certo fatina.»

«A dopo amore», rispose strizzandogli un occhio e uscendo rapida dal bagno.

... a dopo, *amore* ...

Sorrise di piacere e gioia, di speranza e fiducia, di aspettativa e soddisfazione.

Ah, il potere di quella parola era davvero immenso!

61
La scelta degli arredi

Il negozio era enorme, di quelli fornitissimi di ogni articolo pertinente la casa, il giardinaggio, l'utensileria, l'idraulica eccetera eccetera.
E Alexander e Rebecca quasi litigavano per scegliere gli arredi del terrazzo.

«Non capisco perché hai scartato questa poltrona a priori. A me sembra molto più comoda di quella che hai scelto tu», s'impuntò Alexander che si stava proprio divertendo.

Rebecca sollevò il viso verso di lui, lo sguardo agguerrito che tanto amava in quegli occhi verdi come smeraldi. Nel negozio c'era caldo e le sue guance erano accese proprio come dopo aver fatto l'amore. La desiderò ancora con un'intensità che lo stupì.

«Perché è tutta stoffa, Alex! Queste sono di plastica!» precisò Rebecca.

«Appunto, non sono più dure quelle di plastica?»

«Certo, ma poiché dubito che al primo scroscio di pioggia tu ti preoccuperai di proteggere le tue sedie in terrazzo, quelle di stoffa si inzupperanno e non ti ci potrai sedere per giorni, mentre da quelle di plastica sarà più facile tirare via l'acqua. Basterà lasciarle sgocciolare e poi asciugarle per tornare a sederci subito dopo la pioggia.»

Be', doveva proprio ammettere che al momento, nella sua mente, albergava solo l'intimo cuore di Rebecca, le onde morbide di carne che lo custodivano, il suo umido interno nel quale affondare perché non ci voleva poi una mente tanto eccelsa per considerare anche ciò che Rebecca aveva evidenziato. Ma la sua mente non riusciva a vedere altro che Rebecca stesa nuda su un lettino e calda di sole, e lui intento a carezzarla.

Deglutì. «Sì ... la pioggia ...» mormorò. Anche quella sarebbe stata un'esperienza, prenderla sotto la pioggia, asciugarla con il proprio corpo, farle da scudo mentre ...

«Ehm ... già ...» borbottò girando intorno a un tavolino. «Meglio tondo o quadrato?» si chiese cercando di concentrarsi sugli arredi e non su altro.

«Rotondo e se lo posizioni sulla sinistra, poi ti resta tutto lo spazio per due o più lettini. E sai anche cosa ci starebbe benissimo?» continuò Rebecca che saggiava la compattezza del gommapiuma di materassini e cuscini.

«Cosa?» chiese tendendo la mano a scostarle una ciocca di capelli dal viso. E lei parve gradire quel gesto perché gli rivolse un sorriso da star.

«Delle macchie verdi, fioriere e vasi di rampicanti.»

Cosa?! Ma di che parlava?

«No, non saprei da dove cominciare e dubito che riuscirei a ricordarmi di innaffiare i fiori», rispose desolato. Avrebbe voluto rendere quel terrazzo accogliente per lei, offrile un'oasi in cui rifugiarsi sperando anche che ci si affezionasse e l'avrebbe pure attrezzato con i fiori se lei avesse acconsentito ad occuparsene di persona tuttavia, temeva che per Rebecca sarebbe stato troppo in quel momento un impegno di quel tipo, che incondizionatamente la legava a lui e alla sua casa.

«Esistono anche gli annaffiatori automatici con tanto di timer», replicò Rebecca sedendosi su una delle sedie di plastica. «Meglio l'altra, guarda questa come si piega», costatò dondolandosi.

Effettivamente le gambe della sedia si piegavano ad ogni sollecitazione. Se si fossero azzardati a sedersi in due sarebbero finiti col sedere per terra, pensò non potendo impedirsi un sorrisetto che Rebecca colse.

«Lo so che stai pensando», sentenziò con un misto di rimprovero e divertimento.

«Sì?!»

«Sì, lo leggo a chiare lettere, perciò smettila subito!»

Le sorrise provando il desiderio di abbracciarla e lei rise, rilassata e bella come un raro fiore.

«Alexander, ci sei?» lo sollecitò accarezzandolo con uno sguardo carico di tenerezza.

Le si pose davanti, la tirò in piedi e la strinse a sé. «Sei bellissima, lo sai?» le bisbigliò nell'orecchio e fu deliziato di scorgerle il rossore invaderle le guance quando si ritrasse.

«Allora prendiamo quelle?» domandò per distrarla.

«Sì, certo», rispose decisa ma il sorriso aleggiava sulle sue labbra e la luce gioiosa nei suoi occhi la rese ancora più seducente.

«Che vuoi fare?» chiese Alexander tornando all'auto. «Mangiamo qualcosa o vuoi rientrare? Posso comunque accompagnarti dove vuoi e poi ti riporto l'auto.»

«No Alex, mangiamo e poi torniamo a casa tua a prendere la mia macchina. Per le sedici devo essere dal parrucchiere. Tu che impegni hai?»

«Alle diciassette gioco a calcetto.»

«Okay, allora non è necessario affrettarci.»

«Bene e che vuoi mangiare?»

«Una piadina andrà più che bene.»

Montarono nell'auto e Alexander stava ripartendo quando il suo cellulare cominciò a squillare.

Attivò il Bluetooth aprendo la linea.

«Ciao Matt», esordì avendo riconosciuto il nome del fratello.

«Ciao campione, ti ricordi del calcetto, vero?» s'informò il fratello.

«Certo e mi meraviglia che tu me lo rammenti», rispose perplesso. Non era sua abitudine dimenticarsi degli impegni.

«Be', ieri eri alquanto scazzato e ho temuto che oggi volessi disertare ma, lo sai che la tua presenza in squadra è alquanto necessaria», rispose il fratello.

Alexander lo bloccò subito, prima che potesse aggiungere qualcosa di inappropriato.

«Le cose sono un po' cambiate da ieri ... sono con Rebecca», specificò certo che il fratello capisse di essere ascoltato anche da lei.

«Ah ... e sei in vivavoce?» chiese Matteo intuitivo.

«Sì.»

«Ciao Rebecca, come va?»

«Molto bene Matteo, grazie, e a te?» rispose Rebecca divertita.

«Bene, bene, e poi se mio fratello è contento, lo sono anche io.»

Rebecca aggrottò la fronte.

«È un messaggio per me?» domandò cauta e Matteo rise.

«Solo una costatazione Rebecca. Allora a più tardi, ciao ragazzi.»

Ricambiarono i saluti poi Alexander chiuse la comunicazione.

Rebecca si volse verso di lui e tese una mano a lisciargli la spalla.

«Eri di malumore ieri?» s'informò scrutandolo.

«Già.»

«Per il lavoro?»

«Non proprio ... diciamo che al momento ho bisogno di crearmi nuovi obiettivi e d'impegnarmi per raggiungerli.» Tacque considerando che cosa aggiungere. «Devo solo capire chi può essere con me in questa nuova impresa», aggiunse pensoso.

«Capisco ... hai bisogno di sostegno?»

Alzò le spalle. «Non mi dispiacerebbe accompagnarmi a qualcuna che ambisse a ciò che voglio anche io.»

«E cos'è che vuoi Alexander?» chiese Rebecca sommessa.

«Andare avanti insieme ... condividere ... posizionare delle basi ... un po' seriamente», azzardò cauto.

«Ah ... non sembra qualcosa di irrealizzabile.»

«Credi? Eppure, potrebbe esserlo se magari lo chiedessi a qualcuna che in questo momento sta cercando di realizzare se stessa, se mira ad agguantare un lavoro entusiasmante che inevitabilmente l'assorbirà.»

Le labbra della ragazza si piegarono in un sorriso appena accennato. «Le cose potrebbero comunque evolversi di pari passo. Anche chi ambisce a realizzarsi nel lavoro si augura dell'altro per se stessa. Ad esempio, così, giusto per parlare, se tu lo chiedessi a me, ti risponderei che amo il mio lavoro, che mi gratifica e mi soddisfa eppure, io non mi sento completa perché la sfera affettiva lascia a desiderare. E oggi comincio a desiderare quello che ha mio fratello e ogni mio cugino; una famiglia.»

Alexander stese la mano e afferrò la sua. La strinse nella propria.

Rebecca osservò le loro dita intrecciate e quel gesto le fornì il coraggio per cercare ulteriori conferme.

«La famiglia potrebbe far parte dei tuoi obiettivi futuri? Potresti contemplare una sola donna con la quale crescere, ignorando e dimenticando i divertimenti cui ti sei dedicato fino ad oggi?» azzardò scettica, rammentando le due ragazze che lo attendevano nella stanza del castello.

Alexander infilò il parcheggio e spense il motore.

«Mi sono divertito abbastanza, fatina. Oggi voglio allestirmi il terrazzo per godere di quello che ho», rispose volgendosi a osservarla.

Davvero era pronto a rinunciare a tutte le donne che ancora avrebbe potuto incontrare, per lei?

E già mentre si poneva la domanda gli risultava chiara la risposta, la sentiva fluire nelle vene sintetizzata dalla velocità del sangue che scorreva rapido sollecitato dal ricordo di ciò che aveva provato mentre era immerso in lei, dall'attrazione che ancora lo spingeva ad afferrarla, a stringerla, a bearsi di lei, dal trasporto che lo obbligava a tenerla vicina, a renderla più consapevole della sua vita coinvolgendola nel suo quotidiano, a quel pensiero che ancora si agitava nelle profondità della sua mente, quel pensiero che non affrontava ma che in qualche modo lo colmava di un calore sconosciuto e che solo con lei si era concretizzato, solo dentro di lei, nel suo cuore, per riuscire ad essere davvero parte di lei.

Le prese il viso tra le mani e si fece più vicino. «E a volte vale la pena restringere il campo d'azione per beneficiare di una maggiore intensità del piacere ...» sussurrò accostando le labbra alle sue, carezzandole con una dolcezza presto soppiantata dalla passione che lo animava. Le penetrò la bocca con impeto, aggredì la sua lingua avvolgendola sensuale alla propria, desideroso di ottenere di più e la risposta di Rebecca lo incendiò. Si ritrasse a fatica mentre lei gli restava aggrappata. La guardò in viso e lo sguardo annebbiato e sognante della ragazza lo inorgoglì. Le accarezzò il labbro umido e gonfio con il pollice, poi si riaccostò per succhiarlo e morderlo mugolando.

«Dio Sacha, non so che ti farei», gemette Rebecca.

Si ritrasse dedicandole un ambiguo sorriso. «Pensaci fatina, elabora e concretizza i tuoi desideri e dopo potrai dimostrarmeli. Avrai carta bianca e accetterò tutto quello che ti piacerà inventarti ... sarò il tuo umile schiavo e potrai chiedermi di tutto e di più. Consentimi solo di mangiare qualcosa per ricaricarmi e poi ce ne torneremo a casa.»

Rebecca piegò un sopracciglio arretrando. «Non varrai una cicca sul campo dopo che avrò finito con te, lo sai, vero?» chiese maliziosa e Alexander eruppe in una gioiosa risata.

«Correrò il rischio», assicurò rubandole ancora un bacio.

62
Prime avvisaglie di una feroce gelosia

«Pertanto vi siete chiariti», riassunse Matteo allacciandosi le stringhe.
«Sì, e abbiamo stabilito qualche regola», confermò Alexander sfilandosi i calzoni della tuta.
«Che regole?»
«Del tipo solo noi due per un po', per verificare che ce ne viene.»
«Ah, un bel passo avanti per te.»
Alexander alzò le spalle. «Al momento non mi appare come una rinuncia questa regola. Rebecca mi basta e mi avanza», replicò con un sorrisetto sognante.
Matteo sorrise. «E per lei?»
«Cosa?»
«Per lei è una rinuncia?»
«Guarda che Rebecca non è una mangiatrice di uomini.»
«Ah no?»
«No, per niente.»
«Pertanto quel fichissimo ballerino che strusciava su di lei ...»
L'ingresso negli spogliatoi degli altri amici interruppe le considerazioni del fratello.
Alexander corrugò la fronte.
Che diavolo era quella specie di morsa che gli comprimeva le tempie al pensiero che qualcuno potesse strusciare sul corpo di Rebecca percependone la morbidezza e la soda pienezza dei suoi appetitosi rilievi?
«Se ballavano insieme è normale che strusciassero l'uno sull'altra, tuttavia nella sua vita, al momento, non ci sono altri uomini», specificò deciso.
«Ah ... okay», disse Matteo.
«Okay», ripeté a chiusura di quel discorso, consapevole della propria ferocia. Sì, diavolo, durante tutta quella prova, Rebecca sarebbe stata solo sua e di nessun altro!

63
Gelosia reciproca

«Pertanto come ci organizziamo?» chiese Matteo trattenendo sulla spalla i manici della sua borsa. «Andiamo a mangiare?»

«Ora chiamo Rebecca e vedo se ha finito dal parrucchiere, se devo passare a prenderla o se ci raggiunge al Sombrero», replicò Alexander tastandosi nelle tasche in cerca del telefono.

Erano ormai fuori dal campo sportivo e si dirigevano ai parcheggi quando qualcosa bloccò la loro avanzata. Un volto sorridente si parò davanti ad Alexander e un attimo dopo si ritrovò la ragazza appesa al collo.

«Amooooore ma dove eri finito?»

«Ehm ... Emma, lasciami andare», protestò Alexander cercando di allontanare la ragazza.

Emma arretrò il capo e lo scrutò. «Che succede?» chiese stupita.

«Lasciami», intimò di nuovo afferrando la ragazza alla vita e costringendola indietro e fu allora che si accorse di Rebecca poco discosta. Si fece ancora più deciso nel districarsi dalle braccia dell'amica.

«Lasciami ... sono atteso ...» precisò.

«Oh!» Le braccia di Emma scivolarono giù dalle sue spalle. Volse il capo a guardare dove lui puntava lo sguardo e il sorriso sparì dalle sue labbra quando si avvide di Rebecca.

«Scusami», mormorò Alexander sorpassandola e muovendosi lesto. Raggiunse rapido Rebecca vicino all'auto.

«Sei qui ... mi stavo chiedendo se avessi finito», iniziò disinvolto attivando il telecomando per aprire il portabagagli dell'auto. Vi lanciò la borsa e attese che anche il fratello deponesse la sua.

«Ho finito prima del previsto e ho pensato di raggiungerti.»

«Ciao, Rebecca», la salutò Matteo.

«Ciao Matteo.»

«Stai molto bene», aggiunse Alexander osservando la ragazza. Di certo non doveva aver gradito l'abbraccio di Emma. Rebecca lanciava occhiate infuocate verso la ragazza che ancora si attardava ad osservarli.

«Chi è?» chiese Rebecca indicandola. Dove aveva già visto quella ragazza?

«Un'amica», rispose Alexander sbrigativo aprendole lo sportello anteriore dell'auto perché sedesse.

«Molto affettuosa», sottolineò Rebecca ironica, lanciando ancora dardi infuocati con gli occhi verso Emma.

«Be' ... tutti abbiamo amici affettuosi», insorse Matteo montando nell'auto del fratello.

Rebecca che si era seduta si volse verso di lui.

«A chi ti riferisci?» domandò intuendo già la risposta.

«Mi sembra che anche quel ballerino tuo amico sia molto affettuoso e ... intimo», ricordò Matteo. Ancora gli rodeva quel ballo cui aveva assistito e non avrebbe permesso all'unica donna di cui Alexander si era innamorato, di prendere suo fratello per il culo!

Gli occhi di Rebecca si assottigliarono.

Certo che erano davvero belli. Capiva come si sentisse Alexander ogni volta che si perdeva in quello sguardo verde.

«Guarda che tuo fratello è perfettamente in grado di portare avanti le sue battaglie e non ha bisogno di avvocati difensori!» lo ammonì Rebecca.

«Sì, normalmente è così», confermò Matteo ma prima che potesse aggiungere che quel caso esulava dalla normalità perché a quanto vedeva suo fratello era abbastanza inebetito, Alexander si intromise.

«Ragazzi state calmi! È la fame che vi rende aggressivi? Andiamo al Sombrero? Vi va?»

«Sì, certo», confermò Matteo.

«Sì, però sia chiaro che io non approvo le amiche "affettuose"!» chiarì Rebecca con uno sbuffo.

Alexander le prese una mano e la strinse nella sua.

«Posso capirlo e tuttavia vorrei precisare che soltanto oggi abbiamo concordato di essere una coppia ... in prova. Fino a qualche giorno fa mi ritenevo un uomo libero e gradivo affetto e attenzioni da parte delle amiche. E a quanto pare anche tu, giusto?»

«Sì, con la differenza che io con Noha non ci sono mai andata a letto a differenza di te!» sbottò Rebecca incapace di tacere. Ma lo sapeva che Alexander si era scopato quella ragazza, lo aveva capito da come lei gli si era avvinghiata al collo strusciando su di lui e per un attimo, era stata accecata da qualcosa di sconosciuto che voleva erompere da lei con un urlo intimidatorio per tutta la concorrenza.

Alexander tacque confermando la sua intuizione.

«Ribadisco che fino a quando non hai cominciato a condizionare le mie scelte, vedi la gentile offerta di Irina, mi consideravo libero da legami e non c'era motivo di rifiutare le attenzioni di Emma. Lei è una che offre senza pretendere nulla in cambio», spiegò pacato e con grande stupore di Alexander quella tranquilla spiegazione rese Rebecca una furia.

«Questa vostra presunta, incredibile cecità mi indigna! Quella donna si è offerta senza chiedere nulla in cambio? Come puoi essere così credulone, così ignaro? Offrirsi a un uomo senza pretendere nulla ha solo uno scopo: istupidirlo, inebetirlo col sesso per conquistarne il cuore!» spiegò infiammata liberando la mano.

«Ad Emma non importa nulla di me», rispose sapendo di mentire.

«Sì, certo, ci credo io come ci credi tu!»

Tacquero, ognuno immerso nei propri pensieri fino a quando Alexander non parcheggiò davanti al Sombrero.

«Così, giusto per saperlo e prepararmi, ce ne sono molte di queste amiche? E quanto tempo sarà necessario perché sappiano che ora non sei più sul mercato?» domandò Rebecca fumante ancora di rabbia.

«Non comprendo tutta questa rabbia, Rebecca. Non ho fatto nulla per cui sentirmi in colpa e solo se ora ti dimostrassi di non essere in grado di cambiare stile di vita potresti ritenerti indignata e adirarti con me. Da qui in avanti e non certo per quello che ormai è passato!»

«Io ... io forse sono stata avventata ... non ho valutato con chi mi impegnavo ... il tuo stile di vita ... accidenti, al castello erano in due ad attenderti in stanza!» sbottò Rebecca mordendosi un labbro ma non riusciva a togliersi quelle due ragazze dalla mente. Matteo fu rapido ad aprire lo sportello e uscire dall'auto, Alexander e Rebecca non si mossero.

«Ci stai ripensando?» domandò Alexander con voce ferma e Rebecca scosse la testa.

Sollevò lo sguardo e lo fissò.

«Sacha ... io ci sto investendo il cuore in questa relazione. Non c'è solo il sesso, lo sai vero? E non so nulla di quello che desideri, di ciò che pretendi, se hai perversioni, se hai ...» Non riuscì a completare la frase. Alexander sollevò un dito che le pose sulle labbra per zittirla.

«In passato ho consumato sesso in contemporanea con due donne perché nessuna delle due mi trasmetteva la magia. Tu da sola me ne sommergi, Rebecca. La vivo così intensamente che ho cominciato anche a considerare pensieri estranei, del tipo di come cristallizzare ciò che provo, impiantandomi dentro di te ... nel tuo utero per essere precisi.

Oh, mi piace fare sesso, e più è fantasioso maggiormente mi appaga tuttavia, non devi credere che non sappia e non possa accontentarmi di un'unica donna che ne vale due e anche di più, perché mi sommerge di qualcosa che è simile a un incantesimo e mi induce nella gioia assoluta.»

Lo sguardo di Rebecca si fece liquido, una piccola marea ondeggiò sulla superficie delle sue cornee.

«Ti trasmetto la stessa gioia che provo io, Sacha.»

Alexander sollevò la mano a carezzarle il viso.

«E non è questo il fine del sesso? Vivere la gioia? Perciò se siamo appagati a che serve cercare altre soddisfazioni?»

«E se non ti bastasse più?»

«È per quello che siamo in prova, giusto?»

Finalmente Rebecca sorrise, più distesa. Oh, la gelosia era proprio una cattiva consigliera.

«Stai ... stai diventando molto importante per me», ammise persa nei suoi occhi.

«Anche tu e ti assicuro che mai prima d'ora ... ho considerato ... quella strana idea», precisò Alexander abbozzando una smorfia.

«Quella dell'utero?»
«Sì.»
«Sarebbe un passo importante.»
«Già.»
«Comporterebbe delle responsabilità.»
«Indubbiamente.»
La fronte di Rebecca si increspò, un sopracciglio si piegò. «Fammi capire, quel pensiero te l'ho istillato io o ci sei arrivato per un fatto di età?» chiese dubbiosa.
Alexander si ritrasse e aprì lo sportello.
«Lo scopriremo insieme», replicò sibillino uscendo dall'auto.

64
Amici di letto e amici di latte

Si incamminarono verso l'ingresso del locale tenendosi per mano. Al suo interno cercarono Matteo e gli altri amici che si erano già accomodati.

«Vado a lavarmi le mani», disse Rebecca sfilandosi la giacca e deponendola su una sedia.

«Okay», rispose Alexander sedendo.

Rebecca si volse, mosse qualche passo e si ritrovò avvolta da due braccia poderose. «Ciao Broadway.»

«Oh Luca, anche tu qui?» rispose la ragazza arretrando.

«Già ... sei in compagnia?»

«Sì e tu?»

«C'è tutta la band.»

«Ah, dopo passo a salutarvi.»

«Sì ... ci stiamo organizzando per Venerdì.»

Rebecca rise.

«State organizzando un pullman?» chiese ironica.

Anche Luca rise. «Già, lo sai che nessuno vuole mancare a quell'evento.»

«Dai, ci vediamo dopo ... devo andare in bagno.»

«Sì, ciao Broadway, la prossima volta però balli con me!»

«Non ci contare, io ballo solo con Noha!»

Con una strizzata d'occhio Rebecca si avviò, seguita dallo sguardo divertito di Luca che poi si volse a osservare fuggevolmente gli amici della ragazza.

Gli occhi corsero veloci sui componenti del gruppo, valutativi, ma all'improvviso s'inchiodarono, imbattendosi in un paio d'occhi di ghiaccio che parevano trapassarlo da parte a parte.

Luca s'irrigidì, consapevole dell'interesse di quell'uomo per Rebecca e si chiese quanto fosse stato affettuoso il suo abbraccio.

Sperava proprio di non aver messo l'amica nei guai.

Accennando un vago cenno col capo volse le spalle e si allontanò.

Tempo qualche minuto e fu Emma a farsi avanti.

Fece per sollevare la giacca di Rebecca ma Alexander la fermò.

«È occupata questa sedia. Siediti dall'altro lato», le intimò l'uomo con cipiglio ma Emma non si mosse.

«Vai a sederti altrove», ripeté Alexander con voce decisa.

La ragazza lo contemplò con uno sguardo derisorio e beffardo.

«C'è una nuova fiamma? Ne stai approcciando un'altra? Ma tanto da me torni! E sappi che questa volta potresti anche non trovare la porta spalancata. Regolati, mio caro Alex», terminò acida.

«Emma vieni, questa sedia è libera», la chiamò Matteo sollecito indicando una sedia ben lontana dal fratello.

Alexander sospirò.

Non era stata una scelta felice quel locale.

Già, c'era in giro troppa gente fonte di fastidio e perplessità.

Chi diavolo era quell'uomo che aveva avvolto Rebecca nelle braccia come a volerla fagocitare? Che voleva da lei? Perché la chiamava Broadway? Voleva ballare con lei? E dove si sarebbero trovati il successivo Venerdì? Qual era l'evento per cui bisognava organizzare un pullman? E perché Rebecca non lo aveva invitato? Era stato organizzato qualcosa al castello per il Venerdì successivo? Non riusciva a ricordare ...

In verità ora non riusciva neanche più a pensare perché Rebecca riempiva il suo campo visivo e di conseguenza, la sua mente.

Avanzava con un'andatura fluida e sensuale, com'era nella sua natura.

Era quello che le piaceva di lei e che lo attraeva, quella sensualità impressa nelle linee del suo corpo da favola, nei movimenti istintivi di quelle curve che quando si contraevano, gli procuravano spasmi incontrollati nel ventre.

Come poteva un ammasso di nervi, carne e ossa trasmettergli quelle sensazioni?

«Ehi ... che c'è?» chiese Rebecca approdando davanti alla sedia.

Si affrettò a liberarla della giacca per permetterle di sedere.

«Nulla ... aspettavo te per ordinare qualcosa da mangiare. Ho solo ordinato da bere. Che prendi?»

Lo sguardo della ragazza vagò distrattamente ma d'improvviso si offuscò e Alexander seppe che aveva incrociato Emma.

Sospirò di nuovo.

Avrebbero dovuto entrambi imparare a convivere con il loro passato e i loro vecchi amici.

«Ascolta mia piccola Broadway, poni un velo sul passato proprio come faccio io e guarda al presente, a ciò che stiamo vivendo adesso e che ci siamo ripromessi di portare avanti. Non sarà facile per nessuno dei due ma, con un po' di impegno ce la possiamo fare.»

«È che mi risulta più facile voltare pagina quando riesco a capire. Spiegami nel dettaglio chi è quella ragazza e quello che c'è stato tra voi», rispose Rebecca decisa. Aveva riconosciuto Emma, era la stessa che aveva affermato di possedere un asso nella manica e dalla quale Alex avrebbe sempre fatto ritorno per dimostrare di non essere come il padre, ammesso che il padre di Alexander fosse omosessuale.

L'uomo corrugò la fronte.

«Dai Rebecca, te lo devo illustrare nel dettaglio? Vuoi che ti racconti di ogni singola scopata, di cui non ho neanche più memoria? Perché in definitiva è solo questo che mi ha legato ad Emma.»

«Lei sostiene di essere a conoscenza di qualcosa che ti costringerebbe a dimostrare la tua virilità e che per quel motivo tornerai sempre da lei!»

Le labbra dell'uomo si incrinarono in un sorriso un po' inquietante. «Dimostrare la mia virilità? E non credi che lo abbia fatto con te? Davvero sospetti che io debba tornare da quella donna per dare il meglio di me tra le lenzuola? Non ritieni che la mia virilità si sia espressa a chiare lettere mentre, insieme inventavamo l'amore?»

Rebecca sospirò.

Si fece più vicina e tese una mano a carezzargli il viso.

«Sasha ... io ho posto in ballo cuore e anima», iniziò specchiandosi nei suoi occhi. «Ti prego, amore ... non farmi male», pregò sommessa.

«Fatina mia, qui siamo in due. Non ci penso a farti del male, voglio solo godere di te e con te e ti rivolgo la tua stessa preghiera: non ferirmi, non trattarmi da stupido, non prenderti gioco di me e della mia ingenuità perché per quanto possa aver scopato, io non ho esperienza dell'amore e tra noi c'è amore Rebecca. Lo percepisco io come lo percepisci tu. Ma ti ripeto: non ne so assolutamente nulla e voglio imparare con te.»

«Beck, amooooore!»

Alexander e Rebecca si volsero insieme al caloroso richiamo.

Rebecca saltò in piedi scorgendo Billy seguito da Noha. Alexander la imitò perplesso.

«Billy, ciao.»

«Ciao amore, Luca mi ha detto che eri qua», rispose l'amico stringendola fra le braccia e deponendole due sonori baci sulle guance.

«Già, l'ho visto prima e contavo anch'io di passare a salutarvi. Voglio presentarti il mio compagno: lui è Alexander, e loro sono Billy e il suo compagno Noha, il mio super ballerino di fiducia», spiegò Rebecca a beneficio di Alexander, il quale distese immediatamente i muscoli contratti del volto esibendosi in un sorriso che per un attimo abbagliò anche Billy.

Si strinsero le mani mentre Billy continuava a parlare.

«Infatti, questi due sono una forza della natura, sono sensazionali quando ballano insieme ed è per questo che Giada li ha iscritti ad un paio di gare che sicuramente vinceranno.»

«Amo, non esagerare. Siamo bravi, certo, però non è detto che ...»

Billy agitò le mani nell'aria davanti al suo compagno per zittirlo.

«Vincerete cucciolotto, ne sono sicuro! Siete troppo bravi e troppo belli quando ballate insieme e così sensuali che mi viene voglia di scoparti all'istante», rise lanciando occhiate cariche di significato al suo compagno.

«Allora ci vediamo Venerdì?» continuò rivolto ad Alexander che corrugò la fronte.

«Venerdì? Dove?»

«No, ancora non ne abbiamo parlato», intervenne Rebecca. «Giulio ha invitato Alex e suo fratello ma poi non ne abbiamo più parlato e non so che impegni abbiano e se possono venire.»

«Oh, i tuoi genitori e tutta la famiglia sarà oltremodo delusa se lui non sarà dei nostri. Sono tutti curiosi di conoscere il misterioso Lord Fener», chiarì Billy.

«È stata Vivian a dirtelo? Ma è possibile che si debba spargere la voce non appena comincio a frequentare qualcuno che mi piace?»

«Appunto perché risulta ovvio che ti piaccia che la famiglia si incuriosisce e hai ragione Beck, capisco perché ti piaccia!» considerò con un largo sorriso e un'occhiata d'intesa verso Alexander. Ma subito dopo si rivolse a Noha. «Nessuno mi piace quanto te, sia chiaro, ma non trovi anche tu che Alexander sia un bel tipo?»

«Indubbiamente.»

«Ehm ... vi ringrazio», rispose Alexander un po' impacciato.

«In ogni modo, se Alexander non vorrà venire, avrà tutta la mia comprensione!» continuò Rebecca.

«E perché, scusa?» s'informò Alexander.

«Ti ho già spiegato che l'invito di mio fratello è una mossa strategica per analizzarti fin dentro i boxer!» sbottò Rebecca.

Alexander rise, e Billy e Noha risero con lui.

«Sarà sicuramente un bel vedere», scherzò Billy.

«Già, ma non vorrei renderlo pubblico», lo rimbeccò Rebecca.

«Tesoro non rammenti più la mia storia con Kelly e Manuel? Incuriosisce e spaventa ciò che non si conosce ma quando sei informato non temi più nulla.»

Si rivolse ad Alexander. «Te l'ha raccontato di me e Manuel?»

«No.»

«Oh, fattelo raccontare, è una storia divertentissima. Be', spero di vederti Venerdì», continuò Billy porgendogli la mano.

«Ci sarò», replicò Alexander e non mancò di cogliere il sorriso di Rebecca.

«Ciao Rebecca, noi ci vediamo domani alla scuola di ballo», continuò Noha serrando la mano della ragazza.

Poco dopo gli amici se ne andarono e Rebecca e Alexander tornarono a sedere. Gli amici attorno a loro ridevano e schiamazzavano. Nel locale c'era il pienone.

«Allora verrai? Puoi?» chiese Rebecca prendendo il suo cocktail che nel frattempo, era stato servito.

«Sì, dovrò solo disdire qualche appuntamento ma niente che non si possa procrastinare. E poi sono un po' curioso anch'io di conoscere i tuoi famigerati cugini. Quanti sono?» domandò Alexander quasi urlando per farsi udire al di sopra del baccano e del vociare del locale.

«Tre. Il maggiore è mio cugino Stefano, il figlio di zia Lucia e zio Massimo che è il fratello gemello di mio padre e del padre di Manuel e Daniel.

Zia Lucia ha una bellissima tenuta in campagna e ormai tutti i nostri genitori si sono ritirati a vivere là. Si occupano dell'allevamento dei cavalli, dei terreni e della fattoria. E ogni anno celebrano la Festa del Buon Augurio, giorno in cui ci si riunisce tutti, con gli amici più cari», spiegò la ragazza.

«Sembra interessante.»

«Già.»

«E Stefano è il Presidente della Cosmo, giusto?»

«Sì.»

«Si dice in giro che sia uno squalo.»

Rebecca sorrise. «Lo era prima che incontrasse Ilaria. Ora è solo un tenero agnellino che si ritaglia sempre più tempo per sua moglie e per i suoi bambini e per questo motivo sta investendo di maggiori responsabilità ogni suo cugino, assorbendolo all'interno della sua società.»

Alexander annuì. «Ci hai pensato?» chiese alzando ulteriormente la voce per farsi udire.

Rebecca mosse una mano nell'aria. «Sì, ci sto pensando ma sono un po' spaventata perché è un impegno così gravoso. Credo che potrei farcela se avessi un valido aiuto, qualcuno che collaborasse con me, altamente capace e di cui mi fido ciecamente.» Fece una pausa e gli cercò gli occhi. «Tu hai mai preso in considerazione l'idea di lasciare la Procura?» indagò studiando la reazione dell'uomo i cui occhi, le rimandarono un'espressione sorpresa.

«Mi stai proponendo di collaborare con te? E tuo cugino che ne pensa?»

«Stefano mi lascerà ogni facoltà di scegliere di chi avvalermi per riorganizzare l'ufficio legale della Mayer Cosmo», chiarì Rebecca bevendo un sorso del suo cocktail.

Il vociare attorno a loro si fece più alto, qualcuno aveva anche cominciato a cantare. Già discutevano a fatica, quasi urlando, ora era impossibile continuare.

«Ne discuteremo dopo, a casa», disse Alexander infastidito da tutto quel vociare.

Rebecca annuì e sorrise come un angelo e l'uomo si chiese perché lei avesse sorriso in quel modo ma poi comprese, riudendo nelle orecchie le sue stesse parole.

... *Ne discuteremo dopo,* ***a casa*** ...

65
Apertura degli armadi per mostrare gli scheletri

«Pertanto il tuo ballerino figo e sexy, con il quale balli dimostrando molta intimità, in realtà, ha un compagno», riassunse Alexander guidando tranquillo verso casa.
«Già.»
«Anche mio padre.»
«Cosa?»
«Ha un compagno.»
Rebecca tacque per un po'.
«Una volta ho udito quella ragazza parlare con un'amica.»
«Quale ragazza?»
«Quella che ti si è spiaccicata addosso all'uscita degli spogliatoi.»
«Emma, ebbene?»
«È successo la famosa sera del castello, quando credevo che fossi in compagnia di quelle due ragazze. Per non pensare a te nelle braccia di quelle due e lacerarmi il cuore, sono andata ad un evento di Kelly, che è la moglie di mio cugino Manuel ed ha un'agenzia pubblicitaria.»
«Ah, quella per la quale lavora spesso anche Matteo.»
«Sì, infatti, c'era anche Matteo a quell'evento. Ebbene, mi sono imbattuta nella tua caaaara amica proprio nei bagni. Lei parlava di un tale Alex e per quel motivo ho prestato attenzione. Sosteneva di avere un asso nella manica. Essendo a conoscenza di questo particolare riguardante la vita di tuo padre, sapeva di tenerti in pugno ed era certa che saresti sempre tornato da lei per dimostrare di non essere … ehm … gay.»
«A lei ritengo di averlo ampiamente dimostrato. E sì, forse un tempo era importante dimostrarlo perché era fondamentale per mio nonno. Era un uomo di altri tempi, ahimè, con una mentalità alquanto ristretta e non ha mai accettato l'omosessualità di mio padre. Dunque, toccava a me ripercorrere le sue orme di uomo dedito ai vizi, però, alla fine, mi ha confessato di aver sbagliato tutto nella sua vita esortandomi a non diventare come lui. Il suo conforto era dovuto al fatto che nonostante i suoi insegnamenti, io non lo rispecchiassi in pieno.»
Rebecca stese una mano e gli carezzò le spalle. Si fece più vicina. «Ora tuo nonno non c'è più», disse sommessa.
«Già.»
«E non devi più dimostrare niente a nessuno», insistette pacata.
«Lo so.»

«Perciò non è necessario accettare ogni invito», chiarì lisciandogli la spalla.

Alexander sorrise. «Avevo capito che volevi approdare a quello», aggiunse divertito.

«E quella Emma la devi mandare a cagare!» sbottò Rebecca perdendo la sua compostezza.

Alexander rise ancora e approfittando della momentanea sosta per un semaforo rosso, si volse e la strinse a sé.

«Ma ti pare che possa accettare inviti ora come ora? Devi credermi davvero un superuomo», aggiunse lieto, non mancando di infilare una mano sotto la gonna per carezzarla.

«È bene che tu lo sappia Sacha, so essere davvero feroce! È una prerogativa di ogni Mayer; dolci e mansueti come agnellini ma diventiamo davvero terribili se traditi. Ecco perché dicono di Stefano che sia uno squalo.»

«Wow, mi stai davvero spaventando», rispose Alexander ritraendosi e ripartendo ma il suo tono leggero lasciava intendere il contrario.

«Sei avvertito! Non commettere l'errore di sottovalutarmi.»

«Non lo farei mai», rispose l'uomo e ora il suo tono era serio. «Nutro il massimo rispetto per te e mi piaci proprio perché non sei una donna comune e, non so se ammetterlo apertamente, mi piaci anche quando sei infuriata!»

Rebecca lo studiò, non sapendo se ridere o meno.

«Be' ... mi sembra un buon segno e una garanzia», considerò riflettendo.

«Però ... ecco, neanche io resto passivo davanti ad un'ingiustizia o ad un affronto. C'è comunque anche il sangue di mio nonno a scorrere nelle mie vene e non nego che lui ... sia anche ... ecco ... ricorso a soluzioni estreme. Non che io ne sia capace, sono pur sempre un uomo di legge, tuttavia ... neanche tu devi sottovalutare me.»

«Ricevuto.»

«E dunque? Qual è la storia di Billy e Manuel?» riprese Alexander in tono discorsivo.

«Oh, nulla, solo una feroce gelosia da parte di Manuel che non aveva capito che genere d'amore intercorresse tra Kelly e Billy. Manu e Kelly si sono conosciuti e innamorati proprio al castello, indossando una maschera[4].»

Erano arrivati.

Alexander parcheggiò ma esitò, desideroso di scorgere di nuovo il sorriso da angelo sulle labbra della sua donna.

«Ehm ... neanche ti ho chiesto se avessi voluto seguirmi a casa. Ho dato per scontato che volessi tornare qui, con me.»

E il suo cuore si aprì nella gioia quando le adorabili labbra di Rebecca tornarono a stendersi in quel sorriso che era una promessa.

«Sì, Sacha, ora non vorrei essere in nessun altro luogo che non sia qui, con te», bisbigliò Rebecca tendendo una mano a carezzarlo in viso.

---

[4] Vedi **Il Bacio del Gatto**

«Vieni», la invitò sommesso e fu come la premessa di quel che sarebbe seguito.

«Con te», precisò lei.

Uscirono dall'auto e subito si strinsero l'uno all'altra, il desiderio di fondersi così impellente da desiderare di essere già a casa, casa che appariva maledettamente lontana.

Fu lui a ritrarsi.

«Andiamo se non vuoi che ti prenda per strada!» borbottò accigliato e la risata argentina di Rebecca lo placò all'istante.

«In verità amo i giardini bui», puntualizzò indicando la macchia verde e oscura che circondava il palazzo.

«Non se ne parla proprio! In questo condominio la gente va e viene in continuazione», replicò tirandola nel palazzo.

Nell'ascensore restarono prudentemente lontani. Ma non appena Alexander ebbe richiuso l'uscio di casa, la tirò vicina e cominciò a spogliarla in fretta.

«Sai cosa vorrei?»

«Cosa?»

«Che tu ballassi con me, per me, come fai con Noha», spiegò denudandosi anch'egli.

Rebecca rise.

«Ma quando ballo con Noha non c'è questo attrezzo così ingombrante tra di noi», rispose cominciando ad agitare i fianchi e a strusciare su di lui, sulla dura e calda appendice.

«Lo spero bene», rispose Alexander posandole una mano sulla schiena e cominciando a guidarla ma ogni movimento dei fianchi di Rebecca lo eccitava, ogni strofinio sul suo sesso lo infiammava inducendolo a serrare i denti, in un'espressione quasi di sofferenza.

Ascoltavano una musica inesistente e si muovevano sensuali, nudi, godendo del contatto con il corpo caldo dell'altro nonostante fossero entrambi roventi. Ed ogni strofinio, ogni sussulto, ogni minimo attrito contribuiva ad aumentare il desiderio di prendersi. Gambe tra le gambe, petto contro petto, fianchi contro inguine in un'altalena di movimenti erotici ed eccitanti.

«Oh cazzo, non resisto più», disse Alexander trattenendo il fiato.

Rebecca arretrò fino a trovare il tavolo dietro le sue spalle. Vi si adagiò tirandolo a sé. Si baciarono con un ardore aggressivo.

Alexander le afferrò le gambe e gliele sollevò entrando rapido dentro di lei. E si mosse impetuoso perché era davvero carico e i suoi genitali così pesanti da opprimerlo. Gli sembrava di essere un vulcano pronto all'eruzione e si controllava solo per dare tempo a Rebecca di arrivare con lui.

Il rumore delle carni che sbattevano tra loro scandiva i suoi affondi, gli ansimi della donna gli facevano eco e le sue piccole mani che gli artigliavano la schiena lo spingevano ad un ritmo ancora più rapido e forte.

Poi lei urlò irrigidendosi e Alexander s'immobilizzò solo per qualche istante in cui il piacere parve cristallizzarsi in attesa di erompere, e dopo, fu ancora più divino affondare perché sapeva che entrambi si sarebbero contratti negli spasmi del piacere.

Non aveva creduto possibile che si potesse godere in quel modo.

Per quante volte avesse consumato sesso, mai aveva provato quella gioia, quella completezza, quel conforto così pieno e corposo.

Si spinse avanti ancora e ancora pulsando ed eruttando il suo fuoco, poi si arenò tra le braccia di Rebecca sul suo seno caldo, stretto dalle sue braccia come se lei temesse di perderlo.

«Giuro sul mio cuore che non ho mai provato qualcosa di più bello», ansimò Rebecca stordita e stupefatta.

«Anche io mi chiedo se ho davvero mai fatto l'amore», rispose Alexander altrettanto frastornato.

66
Indagine a tutto campo

Rebecca era sulle spine.
Stefano, Manuel, Daniel e Giulio avevano accerchiato Alexander e, con il pretesto di mostrargli i cavalli, si erano allontanati costringendolo a seguirli.

Detestava quel modo di fare della sua famiglia, accerchiare in quel modo un nuovo arrivato per sondarlo, analizzarlo, interrogarlo fino a che non avesse messo a nudo se stesso e le sue intenzioni e solo perché lei era l'unica cugina femmina, almeno da parte dei Mayer.

Quello spropositato senso di protezione avrebbe anche potuto urtare la suscettibilità del suo uomo, nonostante lo avesse avvertito e preparato.

«Non temere, sembra in grado di difendersi bene», considerò Vivian porgendole un bicchiere pieno per metà di vino rosso, corposo e profumato, preso da un vassoio che recava sul braccio.

Rebecca accettò l'offerta e bevve un sorso di vino.

«Che buono!»

«È l'ultimo prodotto e questo l'ha fatto tuo padre», specificò la ragazza.

«Non avrei mai detto che i miei si sarebbero trovati tanto a loro agio nei panni degli agricoltori e viticultori.»

Vivian rise. «Io credo che sia questo posto. Ha un fascino particolare ed ogni volta che ci vengo non me ne vorrei più andare. E poi tutti si divertono sempre tanto. Guarda Billy Noha e Matteo come si stanno scatenando nel ballo e ancora non abbiamo cominciato né a mangiare, né a bere. Tra poco il caro Zoster comincerà a cuocere le salsicce e Buck impazzirà per averne un po'», realizzò, indicando il grosso pastore tedesco ai piedi di Rebecca, poi passò oltre, a servire altri ospiti.

Rebecca si rilassò.

Vivian aveva ragione.

Alexander era perfettamente in grado di tenere a bada i suoi cugini, la serata era tiepida e gradevole, i parenti e gli amici si stavano divertendo come il solito e il buon cane di Ilaria se ne stava accucciato ai suoi piedi gradendo le grattate che gli elargiva.

Il cielo in lontananza aveva delle sfumature di colore meravigliose, dal rosa al violetto e all'oro, a segnalare un tramonto del globo infuocato imminente e già le prime luci dei lampioncini si erano accese.

Buck decise che le grattatine al collo potevano bastare e se ne andò.

Rebecca era serena, anzi, felice.

In quel luogo magico, circondata dai parenti e dagli amici più cari, e con la consapevolezza che da qualche parte lì attorno ci fosse anche Alexander, il suo cuore galleggiava nella gioia liquida.

Sì, aveva anche accettato che fosse innamorata persa.

«Lo staranno mica torturando?» chiese Matteo comparendo d'improvviso al suo fianco.

Rebecca rise conscia che Matteo si riferisse al fratello e ai suoi cugini.

«Conoscendo Alexander e tutti loro, sono più propensa a credere che avendo apprezzato le sue qualità, stiano cercando di coinvolgerlo in qualche attività di famiglia», rispose divertita.

«Non abbiamo più avuto modo di parlare ma ti devo le mie scuse», aggiunse Matteo rimboccandosi le maniche della camicia.

Aveva appena finito di ballare ed era accaldato.

Rebecca lo scrutò. «Per cosa?» chiese incuriosita.

«Per Noha, avevo creduto che ...»

«Non importa.»

«No, invece è importante! Io non ho mai veduto mio fratello così perso e abbagliato e innamorato. Tu sei l'unica che lo abbia ridotto così e se tu non provi gli stessi sentimenti ...»

Rebecca non ascoltò più e neanche si prese la briga di rispondere.

Aveva avvistato il gruppetto di uomini. Alexander era al centro, spalla contro spalla con Stefano e ridevano complici e amici.

Il sollievo invase la mente della ragazza, l'amore eruppe dal suo cuore, il trasporto guidò i suoi piedi che la obbligarono a spiccare la corsa per volare sul petto di Alexander che non tardò a stringerla e sollevarla.

«Ciao fatina», la salutò elargendole un sorriso che la liquefece.

«Ciao Amore», rispose illanguidita.

I cugini proseguirono, Stefano si fermò.

«Ehi, Beck, so di averti assicurato che avrai ampia facoltà di sceglierti i collaboratori qualora accetterai la mia proposta, però, se posso permettermi di darti un consiglio, io farei di tutto per coinvolgere Alexander. Con un collaboratore come lui, saresti a cavallo», buttò lì Stefano riprendendo a muoversi verso il patio ormai sfavillante di luci.

«Lo avevo capito ed ho già mosso le prime pedine», replicò e Alexander rise serrandola nuovamente.

«Ottimo», rispose Stefano senza fermarsi.

Rebecca tornò a specchiarsi negli occhi del suo uomo.

«È vero Sacha, laddove decidessi di lasciare la Procura, io ti farei una proposta difficile da rifiutare. E se non ho insistito, se non sono tornata sull'argomento ... ecco ... è stato solo per non darti l'impressione di volerti accerchiare, accalappiare, unire a me con vincoli che esulino dal nostro rapporto affettivo.»

«Ed io ci sto pensando, però non sono sicuro che moglie e marito debbano condividere anche il lavoro.»

Rebecca aggrottò la fronte. «Noi non siamo moglie e marito», gli fece notare dolcemente e lo sguardo che Alexander le rivolse le fece tremare le ginocchia.

«No fatina? Vorrai dire non ancora», bisbigliò chinandosi su di lei. Le sfiorò le labbra, le morse piano e le succiò.

«Basta che tu mi dica sì», mormorò frugando sulle sue labbra e quando lei le dischiuse si insinuò come una colata di miele.

Ma la dolcezza fu presto soppiantata dalla passione, come ogni volta che di baciavano e si stringevano l'uno all'altra.

«Sì», bisbigliò Rebecca senza fiato non appena riuscì ad arretrare.

«Sì, sì, cento, mille volte sì. Io non ti lascio più andare, sappilo!»

Alexander rise e di nuovo la strinse e la sollevò tra le braccia roteando con lei e poi non poté impedirsi di punzecchiarla.

«Sai com'è, l'ho appena promesso a tuo cugino e non vorrei subire ritorsioni», aggiunse fermandosi.

«Ah, è per questo che me l'hai chiesto?» indagò Rebecca ma, sorrideva.

Alexander scosse il capo.

«No, amore, te l'ho chiesto solo perché ho capito che con te sono finalmente un uomo completo e realizzato, solo con te sono davvero me stesso e solo con te ho fatto veramente l'amore. Ho bisogno di te e ti amo, Rebecca.»

«Io di più», rispose la ragazza adagiando la testa sul suo petto. «Io di più, Sacha, amore del mio cuore.»

FINE

Carla Tommasone